Margarita

y su Cuba adorada

Margarita

y su Cuba adorada

Manuel Hurtado E.

Colaboradores:
Teresa Hurtado Hernández: Datos Históricos.
Evangelina Mendoza Samaniego: Correctora de línea.
Daniel A. Sierra Jr.: Fotografías.

Número de Control de la Biblioteca del Congreso de EE. UU.:   2015902754
ISBN: Tapa Blanda   978-1-5065-0051-5
                    Libro Electrónico   978-1-5065-0050-8

Algunos de los personajes mencionados en esta obra son figuras históricas y ciertos hechos de los que aquí se relatan son reales. Sin embargo, esta es una obra de ficción. Todos los otros personajes, nombres y eventos, así como todos los lugares, hechos, organizaciones y diálogos en esta novela son o bien producto de la imaginación del autor o han sido utilizados en esta obra de manera ficticia.

Información de la imprenta disponible en la última página.

Fecha de revisión: 03/03/2015

Para realizar pedidos de este libro, contacte con:
Palibrio
1663 Liberty Drive
Suite 200
Bloomington, IN 47403
Gratis desde EE. UU. al 877.407.5847
Gratis desde México al 01.800.288.2243
Gratis desde España al 900.866.949
Desde otro país al +1.812.671.9757
Fax: 01.812.355.1576
ventas@palibrio.com
705584

ÍNDICE

ÍNDICE

INTRODUCCIÓN

¿No sabes tú que el alma solloza en su tristeza?
Hay cosas que en el fondo de mi angustiada vida,
me llenan de martirio y ...lloro de dolor.

¿No sabes que en las tardes cuando el laud se queja,
recuerdos melancólicos se anidan en mí ser?

Hay algo que no sabes de mi
orfandad temprana
que lucha en el desierto de mi intranquilidad.

En estas pocas frases de un poema de mi adorada Abuelita
Margarita me hizo investigar lo más que pude de su vida para tratar
de relatarla y es como empiezo esta historia en la que mucho la
he tenido que recomponer con los datos que encontré que quizás

no sea el 100% verdad pero los hechos que nos narra la historia y los recuerdos de mi Tía Teresa y los míos así como los poemas de mi Abuelita, pude con un sentido de pensar que podría ser yo o cualquier matrimonio que pudiera haber vivido la vida que mis Bisabuelos pudieron vivir, hechos que son muy comunes en nuestras vidas, pero que ha veces lo que ellos vivieron no los vive cualquiera pero también relato un poco de la vida de mi Abuelita de quien hubo más información de ella:

CAPÍTULO I

Mi descripción

¡Hola! voy a tratar de describirme como uno de los personajes de una historia trágica de tipo cívico militar que nos antecedió para ser la familia que hoy somos.

Nací a casi un mes de que empezara el desenlace de una de las tragedias más dramáticas de la humanidad y que produjo la muerte de más de 60 millones de seres humanos y el querer determinar si fue para bien o para mal, no soy yo quien pudiese juzgarlo, solo sé que fui uno más de los miles de millones de seres humanos que pudimos sobrevivir a la II Guerra Mundial producto de una desmedida ambición tanto de un lado como del otro en que se peleó hasta lograr la victoria del mundo Occidental.

Pero yo que nací en medio de un matrimonio inmaduro y en medio de la tragedia de la inmadurez y la que da un Padre que aún no terminaba sus estudios profesionales; que parecía un irresponsable, que no midió las consecuencias de sus actos al querer trabajar y estudiar, ocasionó muchos trastornos, haciendo que mi familia se separara, ya que en mi precaria niñez el recuerdo de las discusiones y pleitos en la casa se grabaron en mi mente cuando apenas tenía tres años, después la separación de mis padres produjo en nuestras

1

mentes más tragedias, inclusive ser internados en orfanatorios porque le estorbábamos a nuestra Madre.

He aquí una muestra de cómo vivíamos al lado de mi Madre.

Pero que gracias a aquel Padre de mi Padre que siempre trató de protegernos al llevarnos a vivir a su lado en Morelia, Michoacán.

Y en esta muestra de cómo llegamos a vivir con mis Abuelos.

Y ahí nos dió unos de los años más felices que recuerdo, ahí ya con algo de madurez empecé a oír los relatos de una tragedia que se había producido en los inicios de la niñez de mi Abuela.

Una mujer para mí admirable, que me dió ese amor de Madre que mi misma Madre no me dió, ahí empecé a escuchar sus relatos de su niñez, relatos que se fueron grabando en mi memoria inmadura y desorientada.

Aquellos relatos que ahora que mi vida se acerca a un final por la vejez quisiera traer a la luz ya que ahora he entendido la importancia que tenían sus poemas y su significado.

Esos relatos que mi Abuela Margarita escribió en forma de poemas y que nos relató, hoy he empezado a descubrir tantos hechos tan desconocidos para las generaciones actuales, pero que en su momento fueron tan trágicos que dió pie al origen de la familia que somos.

Me propongo tratar de revivir hechos que tuvieron tanta trascendencia en la vida de la Humanidad y que en esos hechos se evidenciaron muchos, entre los cuales los adelantos a mediados del siglo XIX se destacaron, tales como la invención del motor de vapor, que creó las primeras locomotoras, creando avances tan significativos como fue la creación de ferrocarriles, los barcos de vapor y tantos adelantos tecnológicos.

Como también fue precisamente la implementación de las máquinas de vapor que empezaron a revolucionar las industrias, entre ellas las de los Ingenios azucareros a los que me referiré más adelante, y dentro de esas nuevas invenciones como fueron la creación del telégrafo, el teléfono, el motor de combustión interna de gasolina que revolucionó la transportación al implementarse los automóviles y tantas otras aplicaciones.

También se empezaron a crear más avances en la medicina, la odontología, la anestesia que vino a simplificar tantos problemas médicos.

Los avances en las luchas laborales que permitieron se dejaran de explotar a los trabajadores al realizar reducir a tan solo 8 horas por turno de trabajo.

Algo tan maravilloso como la electricidad y la lámpara incandescente que le vino a quitar a uno de los grandes empresarios (Rockefeller) la industria del petróleo para las lámparas con las que se iluminaban las casas en aquel entonces.

Pero también vinieron grandes males para la humanidad, como la violación de los derechos civiles de la gente, la creación de armamentos bélicos capaces de destruir más fuertemente a los ejércitos en las guerras.

También se logró en muchos países la abolición de la esclavitud, la protección de los derechos humanos, la independencia para muchos otros países que después de años de luchas internas lograron obtener.

Una de las grandes innovaciones fue la abolición de la esclavitud, originada en Los Estados Unidos después de la guerra de Secesión.

Pero podría enumerar tantos hechos que llenaría hojas y hojas de datos, pero mi principal razón es la de traer a la luz pasajes que se suscitaron, pero que algunos no los podré describir plenamente por la razón de que los actores de esos hechos, la mayoría están muertos. Pero lo que sí trataré de buscar es a las personas que aun viven para que me puedan aportar relatos y que serán a quienes trataré de contactar, para tratar de encontrar aquella información que me ayude a aclarar muchas dudas.

Como una anécdota, mientras buscaba a estas personas encontré a la hija más pequeña de mi Abuelita Margarita que con sus 84 años me dió la gran parte de los datos con los que he podido armar mi historia sobre mis Bisabuelos y todo lo que ella recordaba de sus vidas, así como también cómo se desarrolló la vida de mi Abuelita Margarita en su niñez y el desenlace que tuvieron todos ellos a los que me refiero en esta obra; por lo que le vivo agradecido a mi TIA TERESA HURTADO H. una gran mujer que a sus 84 años me reveló sus memorias de sus Abuelos por lo que le doy las gracias por su gran aportación que me dio para esta obra.

Buscaré también de documentar mis relatos con historias que se formaron y que sé así como en muchas de esas informaciones que se pueden consultar en la historia.

CAPÍTULO II

España en los años 1868-1879

Empezaré por relatar más adelante esa Revolución que se empezó a germinar en el año de 1868 en nuestra hermana República de Cuba, quienes buscaban la Independencia de los Españoles, quienes los habían dominado por más de tres siglos, su lucha se extendió por más de treinta años ya que cuando Cuba empezó su revolución Estados Unidos estaba en la guerra de Secesión que afortunadamente para muchos fue un triunfo y para otros la pérdida de sus poderes, que hasta en esos momentos no habían sabido conservar y aumentar, y que 30 años después los ayudaron al declararle la guerra a España, guerra que describiré dentro de esta historia..

Como lo fue para España quien debiendo aprovechar tanta riqueza que tuvieron en sus manos y que los pudo hacer los amos del mundo, nunca la supieron conservar y concentrarse en ese poderío que pudieron lograr, y que sin embargo su torpeza y malas ambiciones mal llevadas los hizo perder todo lo que habían conquistado durante siglos y que ocasionaron tantas tragedias inútiles, tanto en los países que dominaron como entre su propia gente.

España perdió tanto por su soberbia y egoísmo al no permitir que hombres que tuvieron la visión para aumentar su poderío, se les discriminó o se les ignoró, y he aquí que me enfoco en una tragedia que trataré de investigar a fondo.

Para tratar de reivindicar seres que por ellos yo existo, y que para mí, fueron parte de las víctimas de la soberbia, ambición, egoísmo, maldad, y tantas formas negativas de nombrarles.

Entre esas grandes tragedias se sumó la muerte casi tan rápida, como empezó su lucha por la Independencia de Cuba el líder Cubano José Martí, por mencionar a uno de tantos que perdieron la vida en esa Revolución.

Una de las cosas que quisiera dar enfoque es a la busca del poder que los Estados Unidos que en su ambición de comercializar sus productos tanto industriales como comerciales y que empezaron a crear después de su guerra de Secesión, ya que se enfocaron a engrandecer su poderío a través

de su flota naval de guerra, así como sus ejércitos, gente misteriosa que nunca dio sus datos o nombres pero que supieron darle forma a ese poderío, y claro ellos nunca han medido las tragedias que han producido con tantos muertos e inválidos entre la gente que se les atravesó en su lucha por extender su poderío.

Se disfrazó la ayuda que le ofrecieron a los Revolucionarios Cubanos dizque para abolir la esclavitud y así lograr su Independencia de España, sin mostrar lo que realmente querían como fue el adueñarse de sus territorios como fue Cuba, Puerto Rico, la República Dominicana, Haití y Filipinas, sin que como dije, importarles las tragedias nacionales como familiares que eso produjo, y he aquí mi forma de introducirme a ese mundo de mis Bisabuelos en el siglo pasado como si estuviese viviéndolo yo mismo.

La vida transcurría en Madrid donde dos familias de la nobleza Española empezaron a relacionar a dos de sus hijos desde pequeños. Al empezar a ir a la Escuela uno de ellos que ya llevaba 6 años de enseñanza primaria, vio a una niña que ya había tratado en las reuniones que hacían sus Padres como integrantes de la nobleza y en las cuales ellos jugaban entre sí con otros hermanos y familiares. María Rafaela siempre buscó a Vicente Nicasio para sus juegos, sus pláticas de niños los hacían convivir mucho, por eso cuando la vió en la Escuela, Vicente luego, luego se dirigió a ella diciéndole que le daba mucho gusto ver que iban a estar juntos en la Escuela aunque él pronto tendría que ir a Escuelas superiores, pero esa amistad que ya había surgido desde antes los hizo estar más cerca uno del otro, como para jugar y platicar de sus pequeñas vidas.

Sabes Vicente, las clases de piano me cuestan mucho trabajo hacerlas por mis manos, pero mi maestra me dice que con el tiempo lo voy a lograr.

Sabes, a mí también me da mucho trabajo el Violín pero es uno de los instrumentos que mis Padres quieren que aprenda.

En eso los llamaron a cada uno a sus salones de clases. Pero esa relación que desde niños empezó a surgir para su adolescencia se volvería amor entre los dos, especialmente cuando Vicente Nicasio decidió ingresar a la Escuela Naval Militar de España.

María Rafaela llorando le decía que no quería que se fuera porque se iban a separar por mucho tiempo.

Vamos, no te preocupes, yo cada vez que venga a ver o a estar con mis Padres te estaré viendo a tí también.

Pero tú sabes que mi Padre es muy estricto y ya me ha regañado porque siempre nos ve juntos en todo, me dice que hasta en misa los dos juntos, y yo la verdad no quiero dejar de verte, ¿Qué no podrías estudiar otra cosa?

Mira a mis dos hermanos uno ya está estudiando Medicina y el otro quiere ser Abogado, pero yo quiero ser como mi Padre Isidro que ha llegado a escalar puestos importantes en la Armada y será Almirante en unos años más.

Sí, pero me da mucha tristeza separarnos, ¿Por cuánto tiempo serán tus estudios?

Hasta donde yo sé serán casi 10 años.

Para entonces yo tendré 18 años, quizás entonces pudiéramos formalizar esta relación.

Me parece muy grandioso que me tengas en tu futuro, pero debemos continuar nuestros caminos hasta que seamos grandes.

La emoción me embarga, voy en estos momentos a tratar de realizar mi sueño tan anhelado toda mi vida, entrar a la Escuela Naval Militar de España.

¡Padre, Padre! Le traigo a usted la noticia más importante que puedo darles a usted y a mi madre.

Vamos, hable usted, que nos tiene consternados con su alegría.

He sido aceptado en la Escuela Naval Militar de España como aspirante.

¿Pero qué no se ha dado cuenta que usted va a ir a una Escuela que se encuentra en un Buque Escuela, porque se cerraron las instalaciones en las que estaba por no tener los recursos económicos para sostener sus gastos?

A mí eso como creo que a muchos de los que están estudiando ahí, no les interesa, que lo único que queremos es ser Oficiales de la Armada Española como lo es usted.

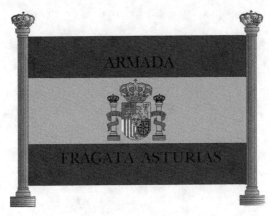

Vaya, así que sabe darme donde más duele, pues vaya usted a esa Escuela que ya estaremos atrás de usted para apoyarlo en todo lo que necesite.

Por cierto, les quiero decir que me voy a enlistar en el Buque Escuela Asturias en Portón de Ferrol, el Director de la Escuela es el Capitán de Navío Victoriano Sánchez Barcáiztegui para que estén en contacto con él por mi carrera y mi programa de estudios es el siguiente:

Como aspirante del Cuerpo General una vez que apruebe los cursos de aspirante me embarcaré en la Corbeta Villa de Bilbao donde estaré por 4 años como Guardiamarina de Segunda y previo examen seré ascendido a Guardiamarina de Primera.

Luego seré embarcado hasta tener vacante de Oficial, para lo cual tendré que regresar a la Escuela para mi promoción de Alférez de Navío, siempre que haya estado embarcado por un mínimo de seis años en Buques Armados.

"Y así comenzó la carrera Naval Militar de mi Bis-Abuelo.

CAPÍTULO III

La vida de los Padres de Vicente

Don Isidro se encontraba con sus amigos en un restaurante y como le empezaron hacer plática y preguntarle sobre los problemas de Europa él comenzó explicándoles lo siguiente:

Mientras en la Europa de mediados del siglo XIX la política Europea se organizó alrededor de seis estados en la búsqueda de un equilibrio político, como fueron: Francia, Inglaterra, Alemania, Italia, el Imperio Austro Húngaro y Rusia.

A pesar de que el progreso era general muchas cosas advertían de que un colapso era inminente.

En Francia con la promulgación de la III República en 1875 significó la creación de un vasto imperio colonial en África, mientras que Inglaterra a mediados de ese siglo, era la primera potencia mundial por la cantidad y extensión de sus colonias y el empuje de sus industrias.

La unificación de Italia siguió con el sucesor de Víctor Manuel II, a pesar de la oposición por la ocupación de Roma.

En Alemania el gobierno del II Reich se caracterizó por la dureza
de su política exterior y su desarrollo Industrial que bajo Otto
Von Bismarck con su extensión colonial la convirtió en la primera
potencia del continente Europeo.

Para el Imperio Austro Húngaro tuvieron que pasar por serias
dificultades por el nacionalismo Eslavo.

Rusia en el reinado del Zar Nicolás II tuvo que enfrentar la
guerra contra el Japón y al primer movimiento revolucionario
que lo obligó a ceder a reformas políticas como fueron la Duma o
Parlamento.

Oiga mi comandante Isidro, porqué no nos platica de todo lo
que ustedes saben de los movimientos que se están suscitando en
España, que por lo que vemos parece ser que se está destruyendo
España misma.

Miren ustedes, vaya que sí son muchas de las cosas que me
he enterado. Como que en España se estaban gestando varios
movimientos políticos en contra de la Reina Isabel, que fuera
acusada de corrupción ya que se había aprobado la venta del
Patrimonio Real para sufragar los gastos del Gobierno, pero a ella se
le está acusando de haberse apropiado del 25% de esa venta por lo
que ha sido desterrada a Francia.

Y precisamente el 18 de Septiembre de 1868 el Brigadier de la Armada y héroe de la campaña del Pacífico Juan Bautista Topete Carvallo, se ha pronunciado en Cádiz contra la monarquía de Isabel II con la colaboración de la numerosa escuadra fondeada en aquella Bahía.

Y es por el prestigio personal de Topete y el malestar de la Marina por las últimas reformas de Ministros incompetentes, ha bastado para el éxito de la Rebelión, que ha depuesto a la Reina y que ha sido aprovechada por los integrantes del Partido progresista como fueron los Generales Serrano y Prim y algunos otros políticos.

El General Prim con sus fragatas (3) ha extendido la revolución a los puertos del Mediterráneo.

Mientras que según sé en Alcolea han sido derrotadas las fuerzas Isabelinas por el General Serrano.

Dando formación del Gobierno provisional con Serrano al frente del mismo y al Duque de la Torre como Ministros de Marina, a Topete quien según sé copiando el modelo Inglés Formó el Almirantazgo, y a su vez, ha cerrado el Colegio Naval y así dado paso a una Escuela Naval Flotante. "El Asturias" que es donde mi hijo se ha ido a inscribir para llegar a ser Oficial de la Armada Española.

figura

Pero cómo le va a ir ahí ¿tendrán todo lo necesario para aprender como nosotros lo hicimos en la Escuela Naval?

Eso es precisamente lo que le he reprochado, pero no le importa y ya está ahí.

Y oiga mi Comandante, qué es eso de que el General Prim está buscando un Rey para España que esté totalmente desligado de la familia Borbónica para que así se pueda lograr la coronación de Amadeo de Saboya.

Bueno, ustedes saben que después de la destitución de la Reina ha originado un levantamiento popular de descontento, y por eso Serrano, Prim y Topete hacen un levantamiento en el que intervienen militares progresistas y el pueblo le ha llamado la revolución de Septiembre, y durante los primeros meses el poder ha sido ejercido por las juntas revolucionarias especialmente la de Madrid y que está al mando de Serrano y a ver si se va establecer la constitución de 1869. Pero también hay el problema que como los monárquicos han ganado las elecciones también ellos a través de Sagasta están buscando un Rey y es por eso que precisamente se eligió a Amadeo de Saboya, pero a la vez se han establecido nuevas reformas políticas como la Ley del poder judicial, la ley electoral, la de los matrimonios civiles y la penal.

Pero el Rey Amadeo sí Abdicó.

¿No Señor?

Lo que tengo entendido yo, es que a pesar de su estricto Constitucionalismo y su buena voluntad se vió forzado a abdicar ante las luchas internas españolas y el resurgimiento de la guerra Carlista.

Y es por eso que al abdicar Amadeo I se proclamó la Primera República de España pero como siempre rápidamente demostraron su incompetencia con sus fuerzas políticas muy fracturadas.

Y fíjense que también la Marina ha sido una protagonista muy importante en ese desorden que se ha vuelto histórico, con la sublevación de la escuadra en Cartagena a favor de los llamados Republícanos radicales Los Cantonales.

Y es por eso que tras diversas acciones la escuadra fue declarada Pirata por el Gobierno central y fue derrotada por el Almirante Lobo.

En algunos episodios en los que también ha tenido un papel importante el compañero Capitán de Fragata Pascual Cervera Topete ayudo en estos movimientos.

Por eso después de acabar con todos los puntos de levantamientos el general Pavia pudo entrar en Cádiz.

Pero fíjense que gracias al pronunciamiento del General Martínez Campos en Sagunto y la labor paciente de Antonio Cánovas del Castillo ha propiciado la restauración Borbónica en la persona de Alfonso XII quien ha llegado a España por mar, con lo que se ha logrado acabar con la guerra Carlista por lo que debemos esperar un largo período de paz para que los planes de construcciones navales sean muy importantes.

Solo que ahorita tengo entendido que España se encuentra en gravísimos problemas, pues nos ha llegado la nota de que en Cuba la Revolución que surgió, exigiendo la libertad o abolición de la esclavitud y que le han llamado "el grito de Yara en que un tal Manuel Céspedes se autonombró el líder de esta Revolución y ha provocado más muertos entre el ejército Español y que según sé no ha sido bien aceptada por todos los Cubanos y se ha estado negociando la paz ya que exige varias cosas, entre ellas: La rendición incondicional ante las Fuerzas Españolas de los insurgentes Cubanos, Reconocimiento de la máxima y única Autoridad al Gobierno Español en Cuba; se permitirían partidos políticos siempre y cuando no se opongan al Gobierno Español; piden también la libertad de los Cambises, a quienes se les reconoce como los guerrilleros que tratan de independizar a Cuba y por último que si habría libertad de prensa o de reunión no fuera para atacar los intereses Españoles.

Mientras en la casa de María se estaba organizando un viaje a Lisboa por asuntos de negocios de su Padre y que eso le iba a permitir estar de vacaciones en la Ciudad y así conocer el idioma, los lugares de interés de Lisboa, por eso cuando partieron ella pregunto que cuanto tiempo les tardaría regresar a Madrid.

Mira hija posiblemente nos toque estar unos tres meses y así podrás conocer la vida de la gente en Lisboa y sus lugares.

Y pronto partieron a Portugal donde estarían más de los tres meses; ya ahí María empezó a salir con su Madre a las plazas y en una de ellas había un grupo de Húngaros y dentro del grupo había una viejecita que empezó a seguir a María para decirle que ella le podría leer su mano y así adivinarle su futuro, pero su Mamá le decía que no, que no le hiciera caso, pero fueron tantas las veces que cuando iban a la plaza se la encontraba y las entretenía contándoles muchas anécdotas y hasta le enseñó un poco del idioma.

Mientras en sus recorridos visitaron el barrio Medieval de Alfama de calles estrechas y adoquinadas, las casas humildes, cubiertas de mosaicos, o que estaban pintadas de colores con sus balcones a la calle, escucharon la música del fado típica de Portugal en el Teatro Nacional, en la plaza de Comercio, o la plaza de Don Pedro IV la residencia Real del siglo XVI. Iban al mar o recorrían los hermosos jardines del Lapa Palace con sus fuentes y arroyos, visitaron también el Monasterio de los Jerónimos, el Ajuda Palace, la Catedral Románica, pero cada vez que iban al centro se encontraba con la viejecita Húngara que no dejaba de enseñarle lo que podía y se quedaban buen rato con María y su Madre, hasta que un día María se dejó convencer de que le leyera la mano y entonces le dijo:

"Tú pronto te volverás a encontrar con alguien que has amado siempre, se casarán y tendrán varios hijos, se irán a vivir a varios lugares entre ellos a un país muy lejano y luego te irás en medio de grandes tragedias a otro país, una de tus hijas se quedará en ese país y se te irá muy lejos uno de tus hijos, guárdate muy bien en el refugio que Dios te dé, sé caritativa, para que la divina providencia te ilumine y te ayude a sobrellevar tu vida en tus felices días como en los trágicos, pero recuerda que tendrás varios hijos, que los deberás dejar irse a donde puedan estar seguros, porque una guerra los puede envolver a tí y a tus hijos y hasta perder al amor de tu vida"

La Mamá para no discutir le preguntó que cuánto le debía por sus servicios y la viejecita Húngara le dijo que nada, porque ella había visto en María a una gran señora en su futuro por su altivez y su personalidad, que estaba llena de amor y que para ella era amor lo que sentía por su hija, que Dios las acompañara y cosa extraña ya no la volvieron a ver, pero Doña Lucía le decía insistentemente que se olvidara de esas cosas que solo eran tonterías de una viejecita Húngara, que siempre dicen adivinarte tu futuro para sacarte dinero y casi nunca es cierto lo que te dicen, por eso se quedó en la mente de María ese recuerdo de Portugal y sabía que tenía qué ver que tan cierto fue lo que le adivinó esa viejecita.

Así pasaron varios años y el Comandante Isidro comentaba con su esposa.

Ya viste que nuestro hijo después de haberse embarcado en la Goleta le está yendo muy bien y me está escribiendo que en esos viajes ha aprendido tanto sobre las maniobras, el uso de las armas del buque, la navegación; y en sus cartas aunque me dice que ha visto a algunos compañeros que han durado semanas enfermos y que se ha estado pidiendo se mejore la alimentación.

Pero ¿cómo le está yendo a él específicamente Isidro?

Bueno, lo que yo le entiendo es que él está bien y contento, que cada año que pasa se siente más seguro de terminar su carrera de Oficial de la Marina.

Pues espero que así sea por su bien.

Por cierto, me comentó que a pesar de tener la oportunidad de venir a pasar unos días a nuestro lado, se ha decidido a permanecer más tiempo para no perder la oportunidad de poder ascender, ya vez que dijo que tenía que completar su entrenamiento como guardiamarina de segunda y según dice le han prolongado el tiempo para que se especialicen mejor, que ya lleva más de un año del tiempo normal que deben llevar, pero que las órdenes superiores no les hacen saber el porqué de ellas, que solo les queda obedecer.

Bueno ¿y tú no puedes investigar? Tú eres su Padre y tienes bastante grado.

Hey no, no porque eso sería perjudicarlo más, que no ves que me lo tomarían como que estoy exigiendo trato preferencial para él, no mujer, no lo quiero perjudicar dejemos que las cosas sigan su curso.

¡Bah! Como quieras, total que siempre te debo dar la razón.

Bueno yo estoy preocupado por lo que va a pasar, mira que en los dos últimos años la gente de España se empezó a revelar por las malas condiciones de la vida en las ciudades, los malos salarios, las largas jornadas de trabajo, y el que hasta los niños cuando llegaban a los 7 años los mandaban a trabajar a las minas o a las fábricas, y luego con la mecanización de las industrias principalmente pensaban que las máquinas desplazarían a los trabajadores y que se quedarían sin empleos y por eso se empezaron a crear movimientos sociales en contra del gobierno y especialmente con las ideas socialistas Marxistas, creando líderes quienes querían imponer su dominio para lograr dizque mejores garantías para los trabajadores, cosa que ha sido muy difícil, dado que por todos lados las luchas por controlar el mercado mundial es pleito de todas las Naciones poderosas; por eso España parece no levantar cabeza con sus Gobiernos, máxime que esa revolución en Cuba de esos años ha desequilibrado todo, ya que han seguido mandando recursos de todo tipo a Cuba para enfrentarse a los revolucionarios.

Pero claro tú de eso ni te fijas.

Y cómo quieres que me entere, si estoy dedicada a los menesteres de la casa, oigo sí, pero no me quiero meter en las pláticas de los empleados de la casa y claro me preocupo por lo que dicen.

Sabes, nuestro hijo nos ha mandado sus cartas explicando sus viajes en la Goleta como Guardiamarina de segunda y nos narra cómo ha aprendido las reglas de la Navegación, el despliegue de velas, el uso de la astronomía para la navegación, el aprendizaje del uso de las armas de la Goleta, y tantas cosas que aprenden en esa carrera que hasta a mí me sorprende con los adelantos que se han logrado actualmente.

Por cierto, ¿qué me puedes explicar de esa Revolución de Cuba?

Que te podría yo decir, si estamos tan lejos, son solo las noticias las que nos llegan, pero sí, ya lleva varios años esa lucha encabezada por Manuel de Céspedes y que no es en toda Cuba solo que se dice que se está luchando por la abolición de la esclavitud y que quieren también la autonomía política; algo así se está gestando en estos momentos en España por los republicanos federales que buscan la autonomía política de España.

Y entre todos esos movimientos yo he visto que a pesar de las buenas intenciones y no obstante de los planes para lograr una fuerza naval no se ha logrado tener la visión necesaria para construir realmente una fuerza Naval Militar capaz de ser una verdadera potencia mundial que se pudiese enfrentar a cualquier Nación por su misma desintegración y desorden político de España durante estos dizque años de paz ya que a pesar de que en 1860 España era la cuarta potencia Naval, ya no lo es.

Bueno ¿y qué es lo que además te cuenta de su carrera nuestro hijo?

Que ya es Guardiamarina de Primera y que ahora está esperando su vacante para poder ser Alférez de Navío, ya que ya lleva más de los seis años embarcado en los buques de guerra, así que pronto nos vendrá a visitar para demostrarnos su grado.

¿Y cuándo crees que sea eso?

¿Por qué lo preguntas?

Recuerda que ya se viene el baile de presentación en el que lo podemos presentar, ya que como Conde tiene derecho a relacionarse con la Nobleza y como un buen candidato para las Señoritas de Sociedad como las Condesas, Marquesas, y la nobleza en general.

¿Bueno tú lo que quieres es ya casarlo?

Porque no, así lo podremos tener más tiempo a nuestro lado.

¡ay mujer!, quieres seguir viéndolo como un niño, entiende que ya es todo un Oficial de la Marina Española y que se debe a sus deberes de Oficial; mira que todavía tenemos que esperar a que le den una asignación y eso puede ser en cualquiera de las colonias Españolas.

Pues ojalá y no lo manden fuera de España, tú debes hacer algo por eso.

Vamos y yo te he dicho que no puedo opinar en nada a lo que se refiere de él ¿qué no entiendes que es un delito?

Pues yo no quiero perderlo, te lo anticipo, si lo mandan fuera me iría con él.

¡Ay si!, ya estará que te va hacer caso de que te vayas con él, no seas inocente.

Digas lo que digas yo te he seguido.

Sí, pero no mi madre, ella siempre prefirió mantenerse al margen y por eso tuvimos la suerte de convivir con ella por mucho tiempo.

¿Cuándo lo vamos a ver nuevamente?

Creo que como siempre, que ya vez en cada vacación que ha estado con nosotros, pero ya lo has visto que se la pasa estudiando y poco sale de la casa ante tantos disturbios que hay en las calles, lo único que quiere es salir a ver a esa niña María Rafaela y que casi ni lo dejan verla.

Eso es lo que no entiendo ¿porqué tanta manifestación y problemas políticos?

Se están viviendo movimientos originados por la falta de una autoridad unida y que esté tanto con el pueblo como con la monarquía.

Principalmente la mecanización de las industrias ha generado mucho descontento y hasta cierto punto descontrol en la producción de las mismas industrias ya que al aumentar los productos con menor mano de obra y la mecanización, los industriales están buscando ahora encontrar mejores mercados para sus mercancías, pero la competencia es mucha. Aparte de que muchos industriales están acudiendo a préstamos en el extranjero como son Francia e Inglaterra, que a su vez estos también están buscando más mercados para sus productos y esto a la vez está ocasionando conflictos entre los países productores y como los adelantos científicos están evolucionando todo, pero también a la vez están desquiciando a la gente.

CAPÍTULO IV

La graduación

Perdón mi Comandante le acaba de llegar esta carta de su hijo.

¡Abrela pronto! ¿Qué dice?

Espera mujer.

18 de Septiembre de 1879

Escuela Naval de España

Buque Escuela Asturias

Por la presente se les hace la invitación Oficial para la ceremonia de Graduación de los Alférez de Navío entre los que se encuentra su hijo el Alférez Vicente Nicasio Angulo y Cervera Conde de Diácono, la que se llevará a cabo en la explanada del muelle donde se encuentra el Buque Escuela el 1º de Octubre del año en curso.

Podrán asistir los Padres de los alumnos acompañados de tres invitados.

Se les agradece la atención a esta invitación y se espera su presencia

A T E N T A M E N T E

La Dirección de la Escuela

¿Qué dices mujer? Mira que tenemos que ir.

¿Pues qué esperabas que te contestara? Si ves que me estoy muriendo por estar al lado de mi hijo después de estos diez años que ha estado separado de nosotros.

Yo creo que no has madurado solo porque él es el mayor de nuestros tres hijos le has dado tanta importancia, mira a Alvaro que se ha recibido de Médico y a Sebastian que está estudiando para Abogado no les das tanta importancia.

Claro que no, ellos han estado viviendo con nosotros, ya ves disfrutamos de la boda de nuestro hijo Alvaro y ahora que nos ha dado nuestro primer nieto estoy feliz, pero el hecho de que Vicente

Nicasio esté tan lejos de nosotros y por tantos años, nunca me he podido acostumbrar.

Bueno allá tu mujer, solo te digo que tenemos que prepararnos para esa ceremonia de nuestro hijo Vicente Nicasio.

¿Y quienes más van a ir?

Nuestros hijos si es que pueden ir, por supuesto.

Y que no vas a invitar a los Padres de María Rafaela, ya viste que durante todos estos años Vicente no ha hecho otra cosa más que preguntarnos por ella, y que a mí me parece perfecto por si ellos llegasen a casarse.

Ves todavía no sabes los planes de Vicente y tú ya lo quieres casar con esa niña.

Pues aunque tú no lo creas él siempre me pregunta en sus cartas por ella.

Sabes voy a ir al Casino para ver con quién platico.

Que te vaya bien.

Vaya hombre hasta que te apareces.

¿Qué pasa?

Que no nos podemos conformar con todos los movimientos que han surgido por todos lados.

¿Como cuáles?

Pues mira, nos han dicho que por fin ha terminado la Revolución de Cuba al firmarse ese pacto que hicieron del que platicamos hace tiempo y solo esperamos que la paz en Cuba dure.

Eso estará por verse, ahorita me preocupa la paz que no se está viviendo aquí en España con tantos disturbios en las calles.

Bueno, ustedes saben que desde que se eligió al Rey Alfonso XII él ha luchado por establecer muchas reformas como son en la educación y la administración pública.

¿Como cuáles Comandante?

Como la instauración de la educación pública en la que se declara la educación primaria gratuita y obligatoria y que produce muchos descalabros por la situación de los Gobiernos y la mala situación económica, pero sin embargo se establece, así como también la educación media y se impulsa la creación de Universidades.

La situación económica ya de por sí mala se agrava con los movimientos sociales creados por los líderes obreros que tratan de implementar los sistemas socialistas.

Y qué decir del Gobierno que ante tantos partidos políticos se pelean por el poder creando un desgobierno que nos puede llevar al caos.

Bueno Señores, he venido a comunicarles que me ausento por unos días, mi hijo que está en la Escuela Naval se va a graduar y nos ha llegado la invitación para que asistamos a ella.

Señor, le deseamos lo mejor tanto para ustedes como para su hijo.

Regresando a su casa le dijo a su Mujer.

Debemos salir de inmediato para poder llegar con tiempo a Ferrol y tú sabes desde Madrid que es donde vivimos nos va a tomar tiempo, y debemos prepararnos con nuestros otros hijos si es que van a poder acompañarnos, y para eso voy a mandarles llamar para que se reúnan aquí en la casa y así decidiremos quienes van.

A Sebastián le podemos decir en cuanto regrese de la Universidad.

Sí, ya lo sé, pero necesito saber si puede faltar a la Universidad, mira por cierto está llegando.

Hola hijo, nos ha llegado la invitación a la graduación de tu hermano Vicente Nicasio para el día 1º de Octubre, ¿crees que podrías acompañarnos?

No lo sé ahorita, se los digo mañana, depende de mis maestros ¿Cuándo nos iríamos?

Pienso que para el día 25 de Septiembre y regresaríamos el día 3 de Octubre.

Correcto voy a checar a ver si puedo faltar esos días, ¿Cómo nos iríamos?

En Ferrocarril y quizás en carreta de Brañuelas a Porton de Ferrol si es que todavía no hay Ferrocarril.

De acuerdo ¿y mi hermano Alvaro?

Le voy a mandar hablar a ver qué nos dice.

De acuerdo, si no se tendrán que ir ustedes solos en caso de que los dos no podamos acompañarles.

Espero que puedan, y voy a mandar buscar a tu hermano.

Al siguiente día muy temprano se presentó Alvaro.

Hola familia, ¿qué está pasando? Que me han mandado llamar con tanta urgencia.

Nada malo, solo que tu hermano Vicente Nicasio se gradúa y queremos asistir con ustedes, ¿podrás?

Yo creo que no, mi trabajo en el Hospital de Madrid me tiene muy ocupado hay muchas enfermedades que requieren de nosotros todo el día.

Por cierto hijo, ¿qué está pasando?

La verdad no lo sé, nos llega mucha gente pobre enferma del estómago, pensamos que están bebiendo agua contaminada.

Pues ten cuidado, no te vayas a enfermar tú también.

Sí, lo tomamos muy en cuenta, pero prefiero decirte desde ahorita que no cuentes conmigo ni con mi esposa que está al cuidado de tu nieto.

Está bien, nos prepararemos para salir este 25 de Septiembre como te decía, salúdame a tu esposa y dale besos al nieto.

Sebastián nos ha confirmado poder acompañarnos mujer, así que preparémonos para irnos.

Se llegó el día de la partida y en la estación del ferrocarril, Alvaro y su esposa fueron a despedir a sus Padres.

Felicítenos mucho a Vicente Nicasio, dile que ahora que se gradúe que venga a Madrid para convivir con él y conozca a su sobrino.

Así se lo haremos saber hijo.

Ya en el tren salieron rumbo a Ferrol y sabían que llegarían hasta el 27 de Septiembre por la noche, pero ya el Almirante Isidro había hecho las reservaciones con sus contactos, para que les consiguieran hospedaje.

Con el viaje cansado para los dos, el Almirante Isidro se preocupaba por su esposa más que por el viaje, los inconvenientes de viajar durante dos días con su noche era muy cansado, sobre todo para su esposa que no estaba muy acostumbrada, y con la desesperación por ver a su hijo Vicente Nicasio la tenia más nerviosa; cuando por fin llegaron a Ferrol y se transportaron a la casa que les habían conseguido se fueron a dormir de inmediato sin siquiera cenar de lo cansados que estaban, no así Sebastián que se puso a caminar viendo el Buque Escuela Asturias, pero como no lo dejaron acercarse los Guardias, prefirió regresar a la casa y dormir, para esperar al día siguiente.

La mañana llegó y todos preparados fueron a las instalaciones de la Escuela para tratar de ver a Vicente Nicasio y después de solicitar en la guardia su presencia, después de un rato lo vieron venir en su uniforme de Oficial.

Padres que gusto verles, y a tí también Sebastián, y Alvaro, qué pasó ¿no vino?

No pudo venir, como Doctor en el Hospital no podía abandonar sus quehaceres con tanto enfermo.

Pero aquí estamos nosotros para acompañarte en tan grandiosa ceremonia para tí.

Por cierto ¿podremos ir a comer y pasar estos días juntos?

Por supuesto Padre, ahorita solo estamos en espera de la graduación para que después de ella nos indiquen a dónde nos van a asignar para el servicio en la Armada de España.

No se diga más entonces ¿salimos?

Sí, Padre.

Ya en la casa y a la hora de la comida sentados Vicente Nicasio preguntó ¿cómo están las cosas en Madrid?

Pues qué te podemos decir, la situación política y económica tanto del Gobierno como de la gente es casi un caos, solo esperamos que la mecanización de las industrias y las nuevas reglamentaciones que está haciendo el Gobierno junto con el Rey Alfonso XII mejoren las cosas.

¿Y qué me dice de la Armada Padre?

Hasta ahorita tengo entendido que se están proponiendo 3 diferentes planes para construir una verdadera flota de acorazados y destructores, pero tengo la impresión de que ninguno de los tres pueda tener aprobación lo que puede dar lugar a que España llegue a tener una pésima flota maltrecha, mal armada y sin los necesarios aprovisionamientos necesarios para enfrentar cualquier enemigo.

Y ¿qué no se puede hacer algo?

Yo pienso que va a ser muy difícil, ya que con tantos problemas políticos y la falta de una buena economía se está haciendo imposible que se realicen esos proyectos.

Cómo me gustaría que se construyeran los acorazados para llegar a comandar uno de ellos.

Y ¿para qué hijo?

Vamos Madre, le entiendo que como mujer usted no entienda de estos problemas.

Te equivocas, yo los entiendo porque es pensar que nuestros hijos irían a más guerras y de esa manera habría muchos muertos de cualquiera de los dos lados que se enfrenten.

Perdón Madre quizás tenga razón.

Aunque a tí no te lo parezca así es.

Bueno a otra cosa, tú ¿Sebastián cuándo te gradúas?

Tan solo me falta un año y medio para terminar y graduarme de Abogado.

¡Oh qué bueno!

Por cierto, no vieron a María Rafaela le envié la invitación y me confirmó que vendría con sus Padres ya que al Papá lo comisionó el Rey para que asista a la ceremonia.

La verdad hijo no los vimos en el tren.

A lo mejor llegan mañana.

Espero que así sea.

Se ha hecho de noche y tengo que volver a la Escuela porque mañana y pasado estaremos practicando para la ceremonia, así que no nos veremos hasta ese día.

Que te vaya bien hijo, nos vemos el día 1º en la ceremonia.

Buenas noches a todos.

El día 1º llegó y comenzó la ceremonia, era un día caluroso pero afortunadamente semi nublado de tal manera que el sol no les

MARGARITA Y SU CUBA ADORADA 33

afectó la ceremonia y todos ya en sus lugares los Aspirantes y los Oficiales que hoy se graduarían comenzaron a marchar.

Las palabras del Comandante director se dejaron escuchar;

Me complace anunciarles el inicio de esta ceremonia con la presencia del Ministro de Marina que a su vez viene en representación del Rey Alfonso XII así como el Señor Gobernador de Galicia y de las Autoridades Civiles y Militares como también el representante del Parlamento Gallego.

A esta ceremonia jurarán bandera 62 nuevos Aspirantes y recibirán sus despachos reales 53 nuevos Oficiales del Cuerpo General y 22 Oficiales de Infantería de Marina.

Me es muy grato como Comandante Director de la Escuela Naval Militar de Porton de Ferrol ensalzar los valores como el orgullo, el compromiso a las Fuerzas Navales Españolas de las que me honro pertenecer y los conmino a la entrega que es lo que debe remarcar la trayectoria de los nuevos Oficiales, así como a los Aspirantes que hoy han jurado Bandera. Recuerden siempre las virtudes y trayectorias Militares y la adaptación a la que estarán sujetos en los cambios de la Sociedad.

Siguió la misa de acción de gracias presidida por el Obispo de Galicia seguida de los desfiles de las Brigadas participantes, se cantaron los Himnos de España y de la Armada.

Después de las palabras de despedida para los nuevos Oficiales y bienvenida a los nuevos Aspirantes, el Comandante Director los incitó nuevamente a dedicar sus vidas a la defensa de España y sus Instituciones. Ahora como lo he dicho, la Armada Española cuenta ahora con 53 nuevos Oficiales del Cuerpo General que después de casi diez años hoy se gradúan; así mismo a los 22 Oficiales de Infantería de Marina a todos ustedes los felicita por mi conducto la Patria.

Dando así por terminada la Ceremonia de Graduación después de entregarles a cada uno sus Despachos y Espadas Reales a los nuevos Oficiales.

Cuando por fin se reunió con sus Padres, Vicente Nicasio abrió su despacho donde se le asignaba el Puerto de Barcelona en una Goleta como Oficial de Cuerpo General, lo que le dió mucho gusto a sus Padres ya que estaría un poco cerca de ellos.

En eso se le acercó María Rafaela y tocándole el hombro por atrás le dijo "Hola Vicente"

Volteando de inmediato, Vicente se quedó mudo ante la presencia de ella, impactado con su belleza de mujer, "Viniste, Oh Dios gracias" miren Padres apenas lo puedo creer tantos años sin vernos y ya eres toda una dama, y tan hermosa, con todo respeto.

Bueno ya te vi cuando te entregaban tu despacho, y ahorita mi Padre está con el Director ya que el Rey lo envió a presenciar esta ceremonia.

Por cierto Sra. Marquesa, discúlpeme por no saludarla como se merece, los interrumpió Don Isidro, mire que mi hijo se está portando muy descuidado.

No se preocupe Don Isidro, estos niños siguen actuando como tales, pero qué gusto el volverlos a ver y en estas circunstancias en las que se ha graduado su hijo Vicente Nicasio.

¿Cómo vé Sra. Marquesa Lucía, cree que su esposo acepte comer con nosotros?

Yo creo que sí, le voy a mandar buscar y nos veremos en el restaurante del Hotel donde nos estamos hospedando, que por cierto es el mismo donde creo que ustedes están.

Sí, ahí los estaremos esperando.

Pronto se reunieron y después de los saludos María y Vicente se sentaron juntos a platicar durante la comida, lo que el Papá de María veía con cierta molestia, pero la plática entre los Padres de los dos se concretó a hablar de la ceremonia y de la vida del Rey quien había sufrido la pérdida del amor de su vida ya que al casarse, a los seis meses su esposa murió de Tifus.

Pero María y Vicente solo platicaban de los años en que habían dejado de verse, Vicente le decía que nunca había dejado de pensar en ella, que hasta poemas le había dedicado en esas noches en que navegaban cumpliendo con el servicio. Que esos años no se le habían hecho tan largos ya que era uno de sus grandes sueños el estudiar lo que su Padre era, que era tanta su devoción que nunca le importaron los conflictos políticos ni militares, que su único sueño era el llegar a la ceremonia a la que María había presenciado.

Bueno si, todo es maravilloso ¿pero qué esperas ahora hacer?

Que quieres que te diga ahora, si ya no es un sueño, la realidad se me ha venido encima, ver que me han asignado a una Goleta como Oficial en ella en Barcelona, sé que vamos a seguir viéndonos no sé cada cuando.

Pues si que va a ser triste para nosotros.

¡Hey jóvenes! Los interrumpieron sus Padres.

Es hora de prepararnos para regresar a Madrid.

Perdón tienen razón.

María y Vicente se despidieron quedándose de ver en el tren a su regreso a Madrid.

Tuvo Vicente la gracia de poder regresar con sus padres a Madrid donde después de unas semanas que se le había dado de vacaciones debería de presentarse en Barcelona para sus nuevas asignaturas.

CAPÍTULO V

Madrid en el inicio de su amistad para el noviazgo

Cuando se embarcaron en el Ferrocarril todos iban contentos al estar nuevamente reunidos por fin, aunque fuera por unas semanas, en ese tren viajaba la familia de María Rafaela con sus Padres y claro, con su belleza María llamaba la atención, pero que desde que se subió al tren Vicente Nicasio ella no dejaba de verlo discretamente, cosa que Vicente Nicasio no dejaba de reparar en ella viendo lo hermosa que era.

Le comentó a su Padre de lo que le estaba pasando y él solo le contestó, "compórtese como el caballero que usted es"

Su Madre que alcanzó a oírlos, se dijo a sí misma, "yo voy a tratar de acercar más a nuestra familia con la de ella."

En una de las paradas del tren, la Madre de Vicente Nicasio se acercó discretamente a la María de la que sabía que desde niños se conocían y que veía como se miraban entre ellos, y claro le había llamado la atención esas miradas, por lo que discretamente le preguntó ¿si sentía algo más que amistad por Vicente Nicasio, por cierto, sabes que lugar es ése?

Disculpe Señora Virginia, no lo sé, pero si gusta pregunto, y a su primer pregunta nuestra amistad siempre fue muy profunda entre los dos, yo he seguido manteniendo nuestra amistad en estos últimos años al contestarle sus cartas que él me enviaba, del lugar, si usted quiere pregunto.

No, no te molestes solo fue curiosidad, ¿tú te llamas María? Creo que así oí que te llaman.

¡Oh sí!, María Rafaela Sandoval y Leyva.

¿Siguen frecuentando a la Realeza?

¡Oh sí!, como somos Marqueses de Torreblanca de Leyva no dejamos de convivir con ellos Señora.

Muchas gracias por tu sencillez, ya sabía tu nombre, ya que desde que eras una niña nuestras familias se conocían y aunque poca relación tuvimos te recuerdo cómo siempre tú y Vicente andaban juntos y gracias por tu bondad al contestarme, ¿tú sabes que mi nombre es Margarita de Cervera y de Angulo?

¡Oh sí! y estoy encantada Señora Virginia por su plática.

De nuevo en sus asientos, María se retraía en voltear a ver a Vicente Nicasio porque ya sabía que tenían que guardar compostura por sus Padres, pero también él empezó a recordarla con mayor énfasis cuando la veía en su niñez su lado.

Madre, le ví platicando con María Rafaela, de que platicaban, cuénteme.

No, no aquí, compórtese como le dijo su Padre, no sea indiscreto.

Pero es que a lo mejor me va a ser más difícil volver a verla.

Pues ni modo, ya Dios dirá.

Pronto llegaron a Madrid y los Papás de María Rafaela se habían percatado de las miradas de ella hacia Vicente Nicasio que venía en el mismo carro por lo que la llamaron que se apurara, no dándole tiempo a Vicente Nicasio de hacerle plática.

Doña Margarita solo le dijo:

"Que no comprende que así solo va a ocasionarle un disgusto con sus Padres a ella".

Sí Madre, pero y que tal que nunca más la vuelva a ver.

Pues no lo dude, ya que ella es una Marquesa y pertenece a la realeza y no creo que le sea tan fácil de convivir con usted o que sus Padres se lo permitan.

Pero si yo soy Conde de Diácono y eso me permite estar en la realeza, pero como usted quiera Madre, usted ordena.

Llegaron a su casa y a Vicente Nicasio le empezaron los recuerdos de su juventud por lo que decidió salir por la ciudad para encontrarse con sus antiguos amigos, pero grande fue su sorpresa conforme iba encontrándose con amigos casi todos se habían casado y como muchos no eran más que empleados u obreros no le hacían mucha plática, especialmente por las manifestaciones que casi a diario se suscitaban.

Pero uno de sus amigos lo invitó a tomarse un trago y ahí empezaron a platicar y a recordar viejos tiempos, eso platicaban cuando el amigo le preguntó que si no se había casado.

¡Oh no!, la Escuela me absorbió totalmente.

¿a poco no conociste ninguna mujer?

Pues acabo de volver a ver una chica muy hermosa, y que nos conocemos desde niños y fue ella a mi ceremonia de graduación con sus Padres y veníamos en el tren pero como es Marquesa mi Madre no me dejó que me le acercara mucho a pesar de que allá en Ferrol comimos junto con sus Padres, pero como que mi Madre se dio cuenta que el Papá de ella no le agradó mucho mi amistad para con ella.

Por cierto vale, hay un baile de Sociedad en el Palacio Real este sábado a lo mejor ahí la encuentras.

Pero ¿Cómo le hago para ir a ese baile si no conozco a nadie?

Y luego yo ¿qué?

¿Qué tú tienes conocidos ahí para ese baile?

No, pero tengo una invitación para dos personas y como mi novia es una empleada pues no la podría llevar, ¿Qué te parece si vas conmigo?

¿De veras?

Por supuesto vale ¿vamos?

Claro que sí, solo que voy a rezar para que ella vaya.

Bueno vale, no esperes milagros.

¿Cómo ves si voy uniformado?

Claro que sí, si no, creo que no te dejarían entrar.

Sabes, creo que ahora sí estoy seguro de que me he enamorado de María Rafaela a quien conozco desde que éramos chicos.

Pero que ¿ni siquiera cruzaste palabra con ella?

¡Oh sí!, por supuesto, pero qué quieres es tan bella que no me la puedo quitar del pensamiento, pienso en lo hermoso que debe ser tener un noviazgo con ella.

A estas alturas ¿cuándo te has recibido de Oficial de la Marina?

Es que en mi vida había visto alguien con esa belleza que me llamara tanto la atención y el pensamiento, que quizás no lo vas a creer pero nunca me imaginé que esa amistad de niños se volviese en ese amor que ahora siento por ella, pero hasta poemas he compuesto en mi mente con solo recordar su rostro de niña pero hoy que la he vuelto a ver, toda una mujer ahora sé, mi amor por ella es infinito, que por eso nos encontramos desde niños y hoy siento que estamos destinados el uno para el otro.

¡Huy vale que te ha pegado la chica!

Cómo no lo va a ser con esos ojos tan hermosos, con esa mirada tan profunda, no vale, no creo que llegue a encontrar una mujer como ella.

Bueno vale ¿cómo nos ponemos de acuerdo?

Tengo que ver la forma de ir lo más presentable como Oficial de la Marina además de que mis uniformes han estado guardados y necesito que me limpien y pulan todos mis metales del uniforme.

Por lo visto estás muy seguro de encontrarla ¿es así?

Claro que no, pero te imaginas si la encuentro no sabría ni como pedirle que me inscriba en su Carnét de baile únicamente a mí.

¡Oh sí!, por la Virgen de la Caridad que te va a aceptar solamente a tí, bueno vale, te busco mañana para ponernos de acuerdo ¿sí?

Por supuesto, te doy mi dirección para que me busques, mira que si no me buscas yo te buscaré, así que dame también tú, tu dirección.

Recuerda que el baile va a empezar a las 9pm y que gracias a que tengo la invitación no nos será difícil la entrada, te vas a impresionar del Palacio porque va a estar todo iluminado hasta en los alrededores también, además de que lo adornan con flores por todos lados cercanos al Palacio, ya me imagino cuando te vea llegar la prensa te van a querer entrevistar por tu uniforme, pero te recomiendo tú callao la boca.

Por cierto, ¿qué tan bueno eres para el baile? Recuerda que es muy importante saber bailar, y sobre todo en los salones de Palacio que son tan grandes que puedes bailar valses, polkas y todo lo que toquen porque te aseguro que la orquesta va estar grande por la cantidad de músicos y así deberás estar listo para que le puedas pedir todos los bailes a tu Marquesa, también te recomiendo no te olvides de las enseñanzas sobre los manuales de cortesía, urbanidad y buen tono.

Pues te bailo cualquier cosa y creo que en donde más podría tener dificultad en hacerlo es en las Polkas, por el uniforme, pero ya veré de no hacer el ridículo y sobre esos manuales de urbanidad ni te preocupes que en la Escuela Naval es de lo que más nos recalcan para los eventos en que nos vemos involucrados que debemos de saber como conducirnos.

Bueno, creo que entonces te busco este Sábado como a las 7pm.

Te estaré esperando con ansias ya que me muero por saber si a ella la pudiese encontrar en ese baile.

María Rafaela, te acaban de traer el vestido para el baile de este Sábado en Palacio, mira que ha llegado de Paris y a tu Padre le ha costado un dineral, espero que te quede bien, ¿diste bien las medidas para que te hicieran tu vestido?

Por supuesto Madre mía, usted sabe que soy muy estricta en eso.

Oye, por cierto, ¿Cómo vas en tus clases de Piano? Quisiera que organizáramos una reunión aquí en la casa para que tú amenices la reunión.

Me gustaría invitar algunas de las damas de la Corte para socializar y ver cómo les está yendo a ellas con los problemas sociales que se han visto ahora últimamente, con las rebeliones y eso que llaman socialismo.

Y mi Papá ¿qué dice, está de acuerdo? ya vé que ocupa un cargo en la corte, no le vayamos a causar problemas.

No te preocupes yo hablo con él, solo dime si estarías de acuerdo en lo que te pido.

Por supuesto Madre que estoy dispuesta, no tengo gran cosa que hacer, mis estudios de música van muy adelantados y me gustaría practicar delante de sus amistades, para ver qué tanto les gusta mi forma de tocar el piano y el violín.

Bueno, nos pondremos de acuerdo después del baile ¿le parece?

Sí hija, me da gusto que aceptes.

Por cierto Madre, no ha visto bien mí vestido ¿verdad?

Sería bueno que te lo probaras para ver qué más puedas necesitar, tenemos ver que echarpe de piel llevarás; tus guantes y los zapatos espero que ya te los hayan incluido con el vestido, tu carnet de baile lo debes tener listo así como tu tarjetero, pero acuérdate que a la entrada del salón en Palacio están los espejos y te puedes ver si todo tu atuendo está correcto en ellos.

Sí mamá, por supuesto que todo eso ya lo tengo previsto, por eso le pregunto ¿si quiere que me pruebe el vestido ahorita?

Vamos ándale, que es muy importante por si hay que hacerle ajustes, no quiero que a la hora de la fiesta te vayan a quedar mal las cosas.

Espéreme y voy a hacerlo.

Vés, te vés hermosa, parece que todo te queda perfectamente María.

Sí Mamá Lucía, ya me estoy viendo en ese baile.

¿Y con quién te vés?

Yo que sé, a lo mejor con algún Príncipe o vaya a usted a saber.

Que se me hace que ya está soñando con reencontrarse con Vicente Nicasio que venía en el tren.

Vamos Madre como cree.

Pero por algo te conozco, y sé que estás esperando que te puedas encontrar con él.

Pues sí Mamá, pero y si no va, ¿Qué voy hacer?

Pues ya bailarás con los que te pidan un baile.

Pues le aseguro que no aceptaré muchas peticiones.

Bueno, bueno, no nos adelantemos esperemos a ver qué sucede.

Mientras, Vicente Nicasio les platicaba a sus Padres lo del baile.

Les decía, saben sí estoy muy emocionado de haberme encontrado a mi amigo que tiene dos entradas al baile y me ha invitado a que vayamos.

Y claro tú no te negaste, ¿verdad?

Por supuesto que no cómo creen que iba a perder esa oportunidad ya que pienso que como Marquesa, María tiene que ir a esos bailes de la Corte.

Pues sí, y ojalá te acepte bailar contigo.

Pues hasta estoy esperando que sólo quiera bailar conmigo.

Bueno, ya nos platicarás que fué lo que pasó.

Por supuesto, ya que mi intención va a ser el casarme con ella.

Pero no se te hace que estás soñando mucho.

¡Oh no Padre!, que si no la encuentro ahí, la voy a buscar por todos lados, ya que mi Madre consiguió recordar que desde niños nos conocíamos.

A ver, a ver ¿Cómo que tú platicaste más con ella, mujer?

¿Qué no recuerdas que en una de las paradas del tren me levanté?

¡Oh sí!, ya recuerdo y ¿de qué platicaron?

Por supuesto que estuvimos platicando de cuando eran ellos unos niños, pero por eso le prohibí a Vicente que se le acercara, para que no le diera problemas con sus Padres, y ojalá la encuentre en ese baile que ya me tiene nerviosa.

Pues no sabe Madre, cuánto lo deseo.

Las horas y los días pasaron, el Sábado muy puntual se presentó Genaro el amigo de Vicente Nicasio en su carruaje que con su chofer y dos caballos se veía muy elegante.

Vicente Nicasio con su uniforme de gala salió a recibirlo, ¡hola Genaro! ¿Listo?

Yo sí y ¿tú?

Como un cañón listo a disparar.

No vamos a ninguna guerra, solo vamos a bailar en Palacio.

Por eso, porque no conozco a nadie, por eso voy preparado.

Vaya con el enamorado, bueno, vamos sube, que debemos llegar pronto.

Recorrieron las calles de Madrid y por la calzada iluminada como guía al Palacio para el baile se dejaron ir a él.

A las puertas del salón paró el carruaje y de él, descendieron Genaro y Vicente Nicasio.

¡Vamos Vicente! subamos la escalinata y entremos al salón, que todo parece que apenas acaban de empezar a llegar los invitados.

Te están pidiendo la invitación Genaro.

¡Oh sí perdón!, aquí está.

Adelante Caballeros, siéntanse en su casa les ha ofrecido la Reina a todos sus invitados.

¡Gracias!

Caminaron al guardarropa para dejar la Espada, la capa y la gorra de Oficial de Vicente Nicasio así como el Gabán y sombrero de Genaro, luego de tomar sus recibos se dirigieron al interior del salón.

Me siento raro en esto, no cabe duda que he estado embarcado por muchos años y el tipo de bailes o ceremonias no se comparaban con esta, mira que me doy cuenta de cómo se me quedan viendo las chicas y hasta las señoras se nos quedaron viendo, ¿te fijaste?.

Por supuesto, y es la primera vez que se me quedan viendo ya que para mí esto no es nuevo, casi me invitan una vez al mes a estos bailes de la Corte y vengo sólo a divertirme al sacar a bailar a las damas que vienen, ya que a mi novia no la puedo traer a estas ceremonias ya que su condición económica es baja y a la vez es muy orgullosa y dice que no le gusta ser menospreciada.

Y entonces, que piensas hacer con ella, ¿no piensas casarte con ella?

Con el tiempo ya decidiré, ¿pero que no has visto a tu Marquesa?

No, ya recorrí con la vista todas las damas que están y no, ella no ha llegado.

No desesperes, todavía están llegando más invitados, vayamos a ver si podemos tomar un refresco.

Vé tú, yo no quiero perder la oportunidad de ver si llega María.

Como quieras.

En esos momentos, en la casa de María Rafaela las prisas y el bullicio de la emoción por partir al baile de la Corte se sentían por toda la casa.

Apúrense, ya está listo el carruaje les grita su Papá, quien ve venir a Lucía su esposa muy contenta y recogiéndose la falda del vestido se sube al carruaje; atrás venía María Rafaela que con su hermoso vestido que ordenó de Paris en tono verde azulado hacía resaltar lo blanco de su piel; su escote discreto no llamaba mucho la atención, su tocado del pelo con algunas flores pequeñas y trenzado su pelo en pequeñas trenzas que le había hecho el peluquero que la peinó por la mañana, que por cierto era de esos peluqueros afincados en Madrid proveniente de Paris. María con su echarpe de piel en color café claro le hacía resaltar su belleza, aunque un poco incómodos los zapatos por lo nuevo, podía caminar perfectamente casi amoldándolos para el baile y claro en su mente también había la imagen del Oficial de la Marina en que se había convertido Vicente y que le había impresionado y que esperaba que ojalá lo encontrase en el baile.

Subiéndose al carruaje cerraron las puertas del mismo y se dirigieron al Palacio donde se celebraría el baile.

En pocos minutos arribaron a Palacio y el primero en descender del carruaje fue su Padre, después de que el chofer le abriera la puerta; en seguida la Sra. Lucía y siguiéndola María quien volteando para todos lados hizo que su Papá le preguntara:

¿A quién buscas?

No, a nadie Padre, solo veía cómo está todo.

¿Oh sí? pues baja con cuidado y camina que hay que subir las escalinatas.

Sí Padre, como tú digas.

Al llegar y entregar sus invitaciones, María no dejaba de buscar con la vista quienes se encontraban en el saló. Su Padre poniendo las manos de cada una en cada uno de sus brazos las encaminó al salón de baile a tomar sus asientos que ya estaban reservados.

¡María!, prepara tu Carné de baile porque te aseguro que se van acercar a tí a pedirte los bailes, le dice su Madre.

Sí Mamá, y no te preocupes por mi Carné que traté de que me lo limpiaran muy bien para que se vea el nácar del mismo, también traje mis pañuelos.

CAPÍTULO VI

El reencuentro en el baile

Vicente Nicasio que desde que entró María con sus Padres la empezó a seguir de cerca y una vez que se habían sentado y empezaron a platicar entre ellos, Vicente se acercó discretamente;

Se presentó con los Padres de María Rafaela diciendo soy el Alférez de Navío Vicente Nicasio Angulo y Cervera Conde de Diacono ¿sí me recuerdan? y quisiera pedir su permiso para solicitarle a su hija acepte algunos bailes conmigo, ¿me dan su permiso?

Claro que lo recordamos, y sí, con mucho gusto Alférez cuente usted con nuestro permiso, María atiéndalo.

A lo que Vicente sacando varias tarjetas con su nombre le pidió a María las tomara para que le concediera el bailar con él.

María que al verlo se quedó muda y asombrada solo tomó las tarjetas y como autómata las puso en su Carné de bailes y solo pudo exclamar un sí que apenas se escuchó.

¿Qué pasa María le preguntó su Papá? Quien en esos momentos se levantó para buscar el ambigú para traer unos sándwiches y algunos pastelillos ya que vió que los había, así como las confiterías, las arrobas de pasta y dulces y tomando algunos de ellos así como unos refrescos que se los dió a uno de los empleados del salón para que fueran traídos por el empleado del Salón.

Su Papá solo había escuchado a María a lo lejos al caminar para el ambigú, que le contestó

Nada Padre, nada.

Su Mamá quien viéndola le dijo ¿es él verdad, tu gran compañero de la niñez?

¡Oh Mamá! ¿a quién te refieres?

Vamos hija, a quien más si hasta tu Padre se dió cuenta cómo lo veías en el tren, que hasta me llamó la atención de que no te fueras a poner en contacto o a platicar con él en el tren.

Pero qué hubiese tenido de malo si le hubiese hecho plática.

No está bien visto y tú lo sabes, si no te ha sido presentado ante tus padres la persona por la que pudieses estar interesada no está bien.

Pues si Madre es él comprende que nos conocemos desde niños.

Ten mucho cuidado al entablar conversación con él, no hagas mucha confianza.

De acuerdo Madre, se lo prometo.

El baile iba a comenzar y el maestro de ceremonias lo anunció, por lo que Vicente Nicasio se acercó a María Rafaela para ver si aceptaba concederle el primer baile, por lo que le extendió la mano.

María, quien volteando discretamente vió la aceptación de sus Padres, se levantó para tomar el brazo de Vicente Nicasio y comenzaron a caminar al centro del salón de baile, que empezó el primer minué como lo tenían anunciado en el programa para los bailables.

Cuando comenzaron a bailar, María casi ni veía a los ojos a Vicente hasta que él le preguntó.

¿Te molesta algo?

Oh no, ¿Por qué?

No, solo era una pregunta.

Siguieron bailando y cuando casi terminaba el baile, Vicente le preguntó que si podría bailar sólo con él los siguientes bailables.

No te parece muy atrevido de tu parte, cuando apenas nos estamos volviendo a reencontrar.

Sí, tienes razón pero ojalá tomes en cuenta mi petición, por favor quisiera recordarte mejor de cuando éramos unos niños.

Ya veré, a ver si mi Padre no se enoja.

Yo espero que no.

Pues mi Padre es muy enérgico y no sé que es lo que vaya a decirme.

Ojalá que me autorice el poder bailar más bailables contigo, pero sabes, ya empezó el siguiente baile, ¿lo bailamos?

Sí.

Perdón ¿no estás molesta?

Yo como María Rafaela Sandoval y Leyva Marquesa de Torreblanca estoy feliz de volverte a ver ¿y tú?

Yo como me llamo Vicente Nicasio Angulo y Cervera Conde de Diacono, mi felicidad no la puedo medir ya que es infinita ahora que te he encontrado de nuevo.

Gracias, bueno tendrás que llevarme a sentar.

Con mucho gusto.

Dejándola en su asiento Vicente Nicasio se fue a reunir con Genaro quien no bailaba y solo contemplaba los bailables le dijo.

Ya te ví, con que es ella de quién te has enamorado ¿Verdad?

Sí y es un sueño de mujer sencilla, hermosa como una Diosa y al sentirla bailar conmigo todos mis sueños de amor se han hecho realidad.

Oye que inspirado, pero si apenas has cruzado palabra con ella.

Bueno no podría decir eso, te dije que nos conocemos desde que éramos unos niños y lo que ya sé es que ella va a ser la mujer de mi vida y con ella he de casarme, te lo juro, lo he sentido en el calor de sus manos y aunque ella no me lo dijo, sé que ella siente por mí lo mismo, lo he visto en sus hermosos ojos.

Me parece que tienes razón ya ví que ha negado dos bailables con no sé que excusa, pero sigue sentada, así que sería bueno que te le acercaras a ver si te concede otro baile.

Sí verdad, voy hacerlo.

Extendiéndole la mano María se levantó para ir a bailar, y fue cuando rompiendo toda norma ya no se separó de Vicente, comenzando en así su relación.

No sabes cómo te agradezco el que hayas decidido seguir bailando conmigo.

Le he preguntado a mis Padres y solo me dijeron que era decisión mía, por eso he aceptado seguir bailando contigo.

Después de algunos bailes de redova, mazurcas, tocaron valses, lo que le permitió a Vicente bailar con María más cerca de él quien la sentía en cierta forma temblando en sus brazos, pero veía cuánta emoción había en sus ojos que le hacía pensar a Vicente que este amor iba a ser para toda la vida y que nunca se separarían.

En uno de esos valses le preguntó que si podría volverla a ver.

¿Cómo me preguntas eso? Al volverte a ver se me ha cumplido nuestro mayor deseo en la vida ¿no te parece?

Con todo respeto, es que no quisiera perder la oportunidad de continuar con tu amistad.

Pero porqué tanta prisa, apenas acabamos de reentablar una relación de amistad que teníamos desde nuestra infancia.

Es por mi condición de Oficial de la Armada Española y como me han asignado a una Goleta en Barcelona, en tres semanas tendré que partir para Barcelona.

Bueno ya veremos, te voy a dar mi dirección para que me mantenga en comunicación contigo Vicente, pues parece que vamos a tener un convivió en la casa y quiere mi Madre que practique mis lecciones de piano y violín.

No sabes como me gustaría asistir para escucharla.

Pues si mis Padres aceptan que te invite será con tus Padres para que puedan asistir los tres a nuestra casa y ya te dejaré un invitación en la puerta de nuestra casa con el portero, pero si me das tu dirección te la mando.

Por supuesto, te la voy a escribir en una de mis tarjetas, para esto, que te parece si le pedimos permiso a tus Padres de salir un poco a la terraza a tomar un poco de fresco, ¿crees que acepten?

Pregúntales tú por favor.

Dirigiéndose a donde estaban sus Padres, Vicente les pidió permiso y el Padre de María le dijo a su Mamá que los acompañara.

Salieron y la Mamá dejándolos un poco retirados de ella se mantuvo a la expectativa.

Vicente solo se concretaba a mirarla a los ojos por lo que ella le trató de preguntar qué le pasaba.

Sabes, desde que te ví en el tren no he podido dejar de recordarte y ahora que te tengo enfrente me doy cuenta que al comparar la belleza del cielo estrellado y la luna no se comparan con tu belleza.

Te insisto, no vayas tan aprisa conozcamosmonos bien primero y dejemos pasar el tiempo.

Pero ese es mi problema que yo no tengo tiempo y no quisiera perder la oportunidad de que me conozcas mejor, y por cierto aquí está mi dirección por si me quieres enviar tu invitación.

Sabes, veré con mi Madre si los podemos invitar y sí es así les haremos llegar la invitación.

Muchísimas gracias, volvamos al salón para seguir bailando ¿Sí?

Sí regresemos.

Cuando regresaron, el Padre de María le entregó una nota del Rey a Vicente, me dijeron que si yo lo conocía y como usted andaba con mi hija dije que sí, por eso me entregaron esa nota y quieren que acuda ahora mismo a la Comandancia de la Guardia del Rey en sus oficinas.

¿Ahora mismo? preguntó María

Sí así es.

Con su permiso tendré que retirarme, ya que para mí eso es una orden Oficial que no puedo desatender, sólo les quiero dar las más sinceras gracias por permitirme bailar con su hija, y sólo le recuerdo a ella su promesa que estaré esperando.

Cuando Vicente se retiró el Padre de María le preguntó ¿Cuál promesa?

Es que mi Madre quiere hacer una reunión en la casa para que practique mis habilidades para la música y le comenté de esa reunión pero le dije que si los invitábamos sería con sus Padres, espero que no les disguste.

Ya hablaré yo con tu Madre sobre eso en la casa.

Bueno sí hágalo, pero no se enoje con mi Mamá y es que Vicente sólo tiene dos semanas de vacaciones y tiene que presentarse en Barcelona al puesto de Oficial que le asignaron.

Y que me va a usted a decir que lo quiere retener aquí.

¡Oh no Padre! por supuesto que no, es sólo para entablar una amistad solamente.

Pues espero que así sea, por su bien.

Vicente se encaminó a las oficinas de la Guardia del Rey no sin antes decirle a Genaro que lo esperara, pero que si veía que no regresaba al terminar el baile que se fuera, que ya buscaría como regresarse, a lo que Genaro le insistió en esperarlo pero Vicente le pidió que no lo esperara ya que no sabía para que lo habían citado.

Está bien Vicente, ojalá no sea nada malo.

Cuando llegó a las oficinas lo hicieron pasar con el Comandante General de la Guardia del Rey quien le pidió que se sentara ya que estaba esperando la contestación por telégrafo de la solicitud que se había hecho ante la superioridad Naval.

Perdón, ¿pero cómo supieron mi nombre y grado y que yo estaba en ese baile?

¿Que no dejó al entrar todos sus datos?

Oh sí Señor, pero qué es lo que quieren de mí, yo no he hecho nada malo.

No se trata de algo malo que usted haya hecho, por alguna circunstancia el Rey Alfonso XII lo vió a usted en el baile y nos ordenó lo transfiriéramos a su Guardia.

¿De verdad? ¿Eso significaría que me tendría que quedar en Madrid, Señor?

Así es ¿Qué le daría a usted problemas con su familia, es usted casado?

¡Oh no!, al contrario eso me ayudaría enormemente.

¿Cómo?

Es que aquí vive mi familia y si me acepta la Señorita con quien estaba bailando, quien también vive aquí sería una maravilla.

Bueno, como no creo que nos den contestación hoy, le haré llegar mañana la respuesta que nos lleguen a dar, sólo deje su dirección para hacerle saber lo que se le haya asignado.

Gracias y estaré esperando su respuesta, buenas noches.

Regresando al salón donde se había realizado el baile se encontró con que ya todo había terminado y todos se habían retirado, por lo que no le quedó otra que tomar un carruaje de alquiler para dirigirse a su casa.

Cuando llegó, su Mamá estaba despierta esperándolo para saber qué había pasado, estaba intrigada por saber si había encontrado a María Rafaela, pero cuando se vieron Vicente le pidió que despertara a su Papá.

Pero hijo, se va a enojar si lo despierto, ¿Qué es lo que pasó?

Por eso necesito hablar con él, sucedió algo por un lado fabuloso y por el otro no sé qué implicaciones llegue a tener.

¿Pues de qué se trata hijo?

Es del Rey Alfonso XII pero para explicarlo necesito hablar con mi Padre por favor.

Volviendo a su recámara, Isidro que oyó llegar a Vicente le preguntó a su esposa ¿Qué pasa?

Que tu hijo quiere hablar contigo, dice que le urge.

¿Por eso, de qué?

Que te lo explique Vicente.

Ya en la sala al verlo, Vicente le exclama, Padre ha sucedido algo que no me puedo explicar como sucedió, pero el Rey Alfonso me ha pedido para que me integre a su Guardia personal.

Pero ¿Cómo sucedió?

Eso es lo que no logro entender, por cierto Madre, sí me encontré con María y aceptó bailar conmigo, creo que la impresioné bastante, pero cuando salimos a la terraza a tomar un refresco, y cuando regresamos su Papá me entregó una nota para que me presentara con el Comandante General de la Guardia del Rey, y me dijo lo que te estoy diciendo, que pidieron a la Comandancia General de la Marina mi cambio con ellos, me dijo el Comandante que me avisará en el transcurso del día si aceptaron o no.

Claro que van a aceptar, pero tiene que tener cuidado por que esa gente es muy vengativa cuando se trata de promociones de esta naturaleza ya que la consideran como favoritismo hacia usted.

Pero si yo ni siquiera sabía.

Eso no lo van a tomar así, pero ya usted no puede hacer nada délo por un hecho y qué bueno, así se quedará usted aquí con nosotros.

Sí, por eso estoy feliz, porque por un lado así podré conquistar a María, además me ha dicho que nos va a invitar a una reunión en su casa para escucharla tocar el piano y el violín.

Qué bueno hijo, se le hizo el milagro de reencontrarla ¿verdad?

Sí, Madre y es tan hermosa que me he enamorado de ella profundamente.

Bueno, vayamos a dormir exclamó Don Isidro.

Y así pasó la noche y como a las doce del día llegó un emisario de la Guardia del Rey para entregar el aviso donde le comunicaban al Alférez de Navío presentarse el siguiente lunes a primera hora de la mañana 6.00am en la Comandancia General de la Guardia del Rey.

Por la tarde, su Madre le pidió que la acompañara a la Catedral de Madrid porque quería oír el rosario y la misa de esa tarde.

Pero Madre.

No hay pero que valga, vístase para que me acompañe y le dé gracias a la Virgen María por concederle la gracia de encontrarse con esa niña y de ser asignado a ese puesto de la Guardia del Rey.

Está bien Madre y poniéndose un traje café claro con su gabán salieron hacia la Catedral en el carruaje que tenían.

Caminando despacio se dirigieron a la Catedral y después de recorrer varias bancas, grande fué su sorpresa, ahí estaba María con su Madre, ésta de inmediato le dijo a su Madre de quién se trataba, por lo que ella les hizo la seña de sentarse junto a ellas.

Claro que la Mamá de Vicente se adelantó para sentarse junto a María y no dejar que Vicente se sentara en ese lugar, María estaba tan nerviosa de verlos que le temblaba la voz, y casi no dijo nada.

Cuando la misa terminó salieron de la Iglesia y entonces sí que María se le acercó a Vicente para preguntarle qué había pasado.

Sabes, yo estoy feliz me han solicitado para que me incorpore a la Guardia del Rey Alfonso XII y así podré estar cerca de ustedes.

Por favor que me apenas.

¡Oh! no te preocupes, poco a poco trataré de ganarme tu confianza si tú me lo permites, ¿crees que tu Madre aceptaría que le invitáramos a un restaurante a tomar algún refresco?

No lo sé, pregúntale tú.

Señora, ¿podríamos invitarles a tomar un refresco en un restaurante?

Mire, ya es tarde y nosotros tenemos la costumbre de que nos regresamos a casa inmediatamente, principalmente por los disturbios que ha habido en la Ciudad, mejor será que les invite otro día a nuestra casa y ahí podrán ustedes platicar con más confianza.

Se lo agradecemos contestó la Mamá de Vicente Nicasio, estaremos esperando su invitación.

De inmediato Doña Lucía le hizo una seña a su cochero para que se acercara.

Cuando se acercó el carruaje de ellas Vicente les abrió la puerta y cuando iba a subir María la tomó de la mano y sintiendo su piel ya que entonces no llevaba guantes como cuando estaban en el baile por lo que los dos se emocionaron y viéndose a los ojos con amor se despidieron con un hasta luego.

¡Vicente Nicasio! le llamó su Madre, vé por el carruaje que no veo al cochero, pero éste estaba viéndolos desde la otra esquina por lo que se acercó de inmediato.

Ya en el carruaje, la Mamá de Vicente le dijo "no me cabe la menor duda los dos se han enamorado"

Oh yo sí Madre, profundamente y no descansaré hasta casarme con ella, se lo prometo.

A mí no me prometa nada, prométaselo a usted mismo y demuéstrelo.

Al llegar a la casa, su Padre lo estaba esperando para preguntarle si sabía lo que significaba pertenecer a la Guardia del Rey.

Oh, pues creo saber no con precisión pero sé de lo que se trata que es el proteger al Rey y su familia.

Sí pero también a toda la Realeza que está junto a él así como su personal oficial ante el Gobierno, y pienso que va a estar usted muy ocupado, sabe que el Rey está próximo a casarse por segunda vez y se va hacer una ceremonia muy suntuosa con la participación de mucha de la Nobleza Europea ya que se casa con María Cristina de Habsburgo Lorena el próximo 29 de Noviembre de este año de 1879.

Pues espero que pueda desempeñar bien mi puesto, que de momento no sé el porqué se me escogió a mí.

Me imagino que por su porte, estatura y su buen parecer con lo rubio que es usted.

Favor que me hace Madre, pero solo espero que esos atributos me los vea María Rafaela.

No dudo que así le haya pasado a ella cuando lo vió por primera ves, así que trate de conquistarla lo más pronto que usted pueda, porque por lo que dice su Padre usted va a estar muy ocupado.

Pronto se llegó el tan esperado Lunes en el que debería de presentarse a la Comandancia General con el Coronel jefe de la Guardia Real.

A las 6.00am ya estaba pasando lista como buen militar que era, por lo que fue llamado a las oficinas del Jefe de la Guardia.

Pase usted Alférez Vicente Nicasio, como podrá entender usted ha sido seleccionado por el Rey para su Guardia personal así que usted estará más cerca del Rey Alfonso. Ya nos notificaron de la jefatura de la Armada el consentimiento para su asignación a esta Guardia Real. Así que le voy a poner a cargo del Capitán de Caballería encargado de su entrenamiento.

Como usted ordene Comandante.

Era apenas el 21 de Noviembre por lo que iba a tener suficiente tiempo para su entrenamiento como Guardia directa del Rey y así pasaron los días arduos en el entrenamiento especial en el que se le instruyó de estar siempre pendiente de los Reyes para lo que se necesitara.

Por lo que le pidieron explicara lo que había entendido sobre el significado de la Guardia Real.

La Guardia Real constituye la representación de las Fuerzas Armadas de España al servicio del Rey al estar formada por el Ejército de Tierra, la Armada y Cuerpos Comunes de las Fuerzas Armadas.

La Unidad que componen la Guardia real es el Real y Laureado Cuerpo de Reales Guardias Alabarderos.

Bien Alférez Vicente Nicasio mañana será usted presentado ante el Rey y se le avisará a qué hora será.

Enterado Comandante estaré pendiente de sus órdenes.

Regresando a su casa Vicente, lo recibió su Padre preguntándole cómo le está yendo en su nueva asignación.

CAPÍTULO VII

Capitán de la Guardia del Rey

La verdad Padre, estoy feliz, es algo que nunca me hubiese imaginado vivir, imagínese ser escolta del Rey y con el uniforme que me han dado para ser de la Guardia Real que claro conservo los distintivos de la Armada a la que pertenezco.

Pues su Madre le tiene otra sorpresa, vaya a verla está en su recámara.

Allá voy.

Pásale hijo que te tengo una sorpresa.

¿Cuál Madre?

Te trajeron la invitación para la reunión de este Viernes en la tarde en la casa de María Rafaela.

No sabe la alegría que me dá Madre, esto me servirá para tratar de conquistarla con mi nueva asignación ¿ya sabe que el Rey se casa este 29 de Noviembre y que me han pedido que lo escolte ese día?.

Felicidades hijo, ojalá sea para su bien.

Por lo menos me permitirá estar cerca de María Rafaela aunque esta asignación me va a ocupar mucho porque voy a tener que estar junto al Rey y no sé por cuantas horas al día.

Bueno, espero estar libre la tarde del Viernes para ir a la reunión de María y que no me vaya a tardar en venir a cambiarme para esa reunión.

En la mañana como empezó a hacerse costumbre para las 5.30am ya estaba en Palacio para cumplir con su deber, ese día las actividades del Rey se concentraron en prepararse para la Boda del Domingo, de esa manera fue un día tranquilo para Vicente Nicasio por lo que para las tres de la tarde se regresó a su casa, apenas tuvo tiempo de cambiarse de ropa y salir con su Madre para tomar su carruaje que los condujo a la casa de María Rafaela

Ella quien había estado nerviosa y practicando en el piano todo el día hasta que su Mamá le apuró a prepararse para la reunión ya que eran las 4.45 y ya habían empezado a llegar algunos invitados, ¡Oh! no se apure Madre ya casi estoy lista.

Vicente Nicasio y su Madre como era costumbre para los Oficiales la puntualidad era primordial a las 4.55 ya estaban en la puerta de la residencia de María Rafaela y fueron recibidos por las empleadas designadas para recibir a los invitados llevándolos a la sala principal donde esperarían que apareciera María Rafaela con su Mamá.

Como ya había personas invitadas en la sala, cuando entró Vicente las chicas que estaban presentes empezaron a cuchichear entre ellas diciendo qué guapo y varonil era ese invitado, que si lo conocía alguna, pero nadie dijo nada, solo seguían los rumores casi en silencio, la Mamá de Vicente solo le dió un pequeño codazo para hacerle notar que estaban hablando de él.

A las 5.05pm aparecieron María y su Mamá saludando a los invitados y agradeciéndoles su presencia.

Su Mamá después de presentarse y darles la bienvenida a todos le pidió a María tocara algunas piezas musicales en el Piano, después de tocar las tres primeras piezas Vicente pidió acompañarla con el Violín, lo que hizo que hasta María se sorprendiera, pero a la vez le agradó y le pasó el Violín a Vicente y acompañándola se pasaron buen rato tocando música viéndose el uno al otro con amor lo que todos notaban.

Cuando por fin tuvieron un descanso María se fue a sentar y Vicente la siguió sentándose a su lado y fué cuando María le preguntó.

¿Por qué te llamaron del Palacio el día del Baile?

Bueno, me pidieron que me incorporara a la Guardia del Rey según me dijo el Jefe de la Guardia, porque nos vió el Rey bailando y yo creo que cuando me vió me seleccionó por alguna razón que desconozco, pero eso me ha favorecido enormemente ya que así me he podido quedar en Madrid y eso me permitirá si tú me lo permites cortejarte, ya que quisiera entablar una amistad muy sincera contigo.

Por mi parte me da gusto y yo también quisiera continuar nuestra amistad, por cierto ¿ustedes van a ir a la boda del Rey este Domingo?

Pues aunque yo no quisiese es mi obligación asistir como Guardia del Rey pero a la vez me da gusto porque así podré convivir en ese ambiente tanto Monárquico como Político.

Bueno, mis Padres tienen invitación para asistir a esa boda, que a decir yo, no sé si el Rey esté enamorado de la Infanta.

Yo tampoco lo creo, ya ves que esas bodas parecen arregladas entre las casas Monárquicas pues se va a unir a un miembro de la casa de Habsburgo.

Yo espero casarme pero porque esté profundamente enamorada y no por compromiso, como ellos que están obligados a tener el heredero para el trono, me da tristeza que se casen de esa forma.

Pues para mí ya es un hecho que se va a consumar este domingo, y sólo espero no cometer ningún error en mi trabajo.

Por mi parte esta amistad espero que nos dure.

Yo la quiero para toda la vida.

¿Qué te me estas declarando?

Por mi parte aunque te parezca atrevido yo quisiera que la boda del Domingo fuese la nuestra, si no fuera porque tenemos que apegarnos a los protocolos que la sociedad nos exige.

Pero cuál es la prisa para tí Vicente.

El haber estudiado para oficial me he dado cuenta de que la vida puede ser muy corta, mira que he sabido que el Rey se casó a los 20 años muy enamorado pero su esposa murió de 17 años a los seis meses de casados de tifus y seguro que él sigue pensando en ella.

Pues no lo dudo yo tampoco y es triste saber lo que debe estar sufriendo, tengo entendido que vá todos los días a su tumba a llevarle flores.

Bueno, no creo que sea tanto, pero hay que esperar que no tenga aventuras de las que siempre se ocultan para no desprestigiar al Rey.

Y si tú te casaras, ¿buscarías aventuras?

Si me caso por amor y profundamente enamorado, no tendría porqué y ni siquiera me daría cuenta que existiesen otras mujeres.

¿Tan firme eres en tus propósitos?

Por eso yo me he graduado en la Escuela Naval Militar, porque siempre he sido firme en mis decisiones, así me enseñaron mis Padres.

Por cierto ¿qué piensa hacer después de la boda?

Dedicarme a mi trabajo y a tí.

No te parece que como te dije en el baile ¿vas demasiado aprisa?

Bueno, yo te repito lo que te acabo de mencionar, quiero aprovechar la vida lo más que se pueda

Dejemos que el tiempo nos de la oportunidad de tratarnos.

Debemos regresar a seguir deleitando a tus invitados con música ¿no te parece?

Oh sí, ya me estaba olvidando de eso, volvamos a tocar, por cierto ¿sabes tocar valses?

Pruébame y lo podrás comprobar.

Vamos entonces a tocar.

Después de tocar varias melodías se les interrumpió para que fueran a disfrutar del ambigú que se estaba sirviendo.

La Mamá de Vicente se acercó a él para tomarle del brazo para ir al ambigú.

En el trayecto le felicitó por lo bien que había tocado el violín.

Madre que esperaba si estoy tan enamorado de ella.

Y ¿qué ya se le declaró?

Madre cómo me pregunta eso si usted me ha enseñado a ser educado bajo sus costumbres, que más quisiera, yo le dije que la boda del domingo fuera la nuestra y de inmediato me dijo que yo iba muy aprisa.

Pues tiene razón esta es la segunda vez que se encuentran y ya está usted hablando de matrimonio, hasta yo me sentiría ofendida, sería bueno que se disculpara con ella antes de que nos vayamos.

Pero es que nos conocemos desde niños, pero no lo dude Madre así lo haré.

Después de disfrutar de los bocadillos y los refrescos regresaron a la sala para escuchar las últimas piezas en el piano con lo que daban por terminada la reunión.

Vicente se acercó a María y discretamente le pidió que si podría verla en la misa a la que acostumbran ir a las 6.00pm

No creo que sea a las 6 ya que nosotros siempre vamos a misa a las 11.00am.

Perfecto, ahí estaré a esa hora, y perdona que no te vaya a hacer ninguna seña o que me acerque a tí en la boda del Rey.

No te preocupes, es muy natural que así sea porque tú vas a ir como Guardia del Rey, pero lo estaré observando, no lo dude.

No lo dudes que yo también te estaré observando aunque sea de lejos sin perder la vista en el Rey.

Ahí nos veremos y perdona que no te siga atendiendo pero tengo que despedir a los invitados.

Adelante, voy por mi Madre para también despedirnos de tu Mamá.

Alcanzando a su Mamá se encaminaron a despedirse y cuando le tocó darle la mano a María, Vicente le agarró la mano y suavemente se la apretó para darle a entender lo que sentía por ella y cómo le agradecía la oportunidad de volverle a ver.

Te agradezco la ayuda que me diste tocando el violín y por tu plática, te deseo mucho éxito en tu nueva asignación y espero verte en la misa del próximo Domingo en la Catedral.

Ahí estaré te lo prometo solo en caso de que el servicio me lo impida y esa será la mayor razón si es que falto.

Regresaron a la casa y su Papá le dijo que quería platicar con él sobre la boda del Rey.

¿Qué es lo que quiere platicar Padre?

Que me han estado platicando que el Rey se casa con la Infanta María Cristina de Habsburgo Lorena y que es familiar del Emperador Francisco José, pero me dicen que es muy fea y que solo se casa con ella por la urgencia de darle un heredero al Trono de España, que inclusive cuando se la presentaron le dijo a su consejero que estaba mejor la Madre de la Infanta que ella, qué es lo que le podrá aguardar a España con este tipo de bodas, yo no dudo que el Rey llegue a tener sus aventuras con alguna chica plebeya de la que no le podrá heredar su Reinado a cualquier hijo que llegue a tener y que sea fuera del Matrimonio, pues ya se dice que tiene una aventura amorosa con una cantante.

La verdad Padre yo no sé nada de lo que me dice, pero le prometo escuchar todo lo que se diga del Rey y ya le contaré.

Se lo voy a agradecer, que me gustaría estar enterado porque no quiero que me sorprendan con chismes que no estén bien fundamentados, nosotros en la Marina estamos muy preocupados porque queremos que construya la flota de buques de guerra que la Nación requiere para su defensa y las luchas políticas son muy fuertes.

¿Cuáles luchas Padre?

Las que existen entre los partidos políticos, que con la restauración política se ha consolidado muy bien un sistema político dominado por el caciquismo de los aristócratas rurales que conforma una oligarquía bipartidista. Una por el partido liberal liderado por Sagasta y apoyado por Industriales y Comerciantes y el Partido Conservador lidereado por Cánovas del Castillo apoyado por la Aristocracia y las clases medias moderadas.

Pues sí que está interesante todo lo que usted me platica pero como yo no he estado interesado en la política me es nuevo lo que usted me platica.

Como le digo nosotros estamos interesados en incrementar el poder Naval Militar de España y por eso le preguntaba.

Sí Padre, pero usted comprenderá que todo lo que yo oiga es estrictamente confidencial y me va a ser muy difícil comentarlo con usted.

Ya lo sé, no le estoy pidiendo que sea usted nuestro espía, simplemente como mi hijo solo le hago saber lo que yo sé y que me gustaría seguirle platicando si eso no lo compromete a usted.

Se lo agradezco y espero seguir en pláticas con usted, sobre lo que me comenta perdone que le haya contestado así.

No se preocupe, estaremos en contacto constante por el bien de España.

Sabe, ahorita estoy preocupado porque en cierta forma hemos estado practicando para la boda del Rey y me trae la cabeza hecha un desastre tratando de recordar cada movimiento que vamos hacer, no quiero quedar mal.

Lo entiendo, yo no pasé por ese tipo de asignación pero he estado en muchas ceremonias y siempre he tratado de no cometer errores como lo está tratando de hacer usted.

Que le parece Padre que nos tomemos un refresco y le platico lo que más me tiene emocionado ahorita.

Ordénelo usted y cuénteme.

Sabe, el reencontrarme con María a quien no veía casi desde que éramos adolescentes, ahora se ha convertido en la mujer de mi sueños para casarme con ella y precisamente venimos de su casa, y la verdad que teniéndola enfrente de mí me he enamorado profundamente de María.

y se me ha hecho la idea de que me tengo que casar con ella, porque para mí ya no existe otra mujer como ella.

Vaya con usted mi hijo, sí que le ha dado fuerte el amor por lo que me dice.

Claro que sí Padre, ya hasta estoy pensando en que uno de estos días les voy a pedir que vayan a hacer los arreglos necesarios con los Padres de ella, ¿Cómo ve usted?

Que le puedo yo opinar si apenas la ví de lejos y sí coincido con usted que es una mujer muy hermosa, espero que se le logre tener una bonita relación con ella que en eso usted sabe que nosotros tendríamos que hacer los arreglos necesarios para su relación con los Padres de ella.

Bueno Padre, de verdad cree usted que la política esta poniendo en riesgo a España.

Pues a muchos de nosotros nos tiene preocupados porque esta restauración que han hecho, para mí viene a descomponer en algo las reglas, porque si se fija se eligió al hijo de la Reina Isabel II quien fué desterrada por corrupción del país y ahora su hijo es el Rey, yo sé, todos lo podrán ver bien pero yo no lo veo así, para mí el mal se hizo y como tal debería de castigarse para siempre; pero en cuestión de política nunca podremos saber que es lo que quieren los políticos, yo sólo espero que el Rey sí consolide la paz y el progreso de España, con su mandato.

Bueno Padre, yo me retiro a descansar estoy muy cansado y nervioso por lo del Domingo.

Que descanse hijo, buenas noches.

Buenas noches tenga usted, y espero como le digo, esté usted disponible para pedir la mano de María Rafaela para casarme con ella.

Muy temprano como era su obligación se presentó Vicente Nicasio a la Guardia Real para observar cómo se seguía el protocolo estricto de la Corte Española para estos eventos, a los carruajes se les iba formando de acuerdo con la jerarquía, los cuales serían precedidos por una escolta Militar y Palaciega conformada por la Guardia Real.

Entre los carruajes destacaba el de la Reina Isabel II con sus hijas las Infantas Isabel, Paz y Eulalia, el cual era seguido por el de la Duquesa Isabel, Madre de la Infanta, novia del Rey, y el de los Archiduques Raniero que representaba al Emperador Francisco José, a esos carruajes les precedió el de la Infanta Cristina y el conjunto de invitados de la Aristocracia.

La Carroza del Rey aparece tras una serie de Oficiales entre los que se encontraba Vicente Nicasio, así como soldados y los que tenían cargos militares, el Rey estaba acompañado de personajes de distintos cargos relevantes de la casa real, este cortejo se completó con las berlinas de los encargados ministeriales y terminando con una escolta militar compuesta por las diferentes ramas de las Fuerzas Armadas.

Todos ellos se dirigieron a la Basílica San Atocha donde se celebraría la boda de los Reyes, ceremonia celebrada por el Arzobispo de Madrid quien celebró la misa y los unió en matrimonio, misa en que la Basílica estaba completamente llena de los invitados diplomáticos y de las diferentes Monarquías y después de esta ceremonia se dirigieron a Palacio donde se celebraría un convivio-baile con los correspondientes manjares que se sirvieron para la ceremonia.

Vicente que siempre estuvo en el cuidado del Rey no se apartaba de ellos y contemplando a la nueva Reina se acordó lo que le decía su Padre sobre ella, diciéndose así mismo, pobrecita la vida que se le espera, principalmente que será una relación sin amor y solo como una encargada de traer al mundo al heredero de la corona Española.

En la ceremonia pudo alcanzar a ver a María Rafaela acompañada de sus Padres y siempre observó que solo lo veía a él y que trataba de estar lo más cerca posible de él.

Cuando todo terminó y los Reyes se retiraron a sus aposentos todo mundo empezó a retirarse, no dejando de platicar casi en secreto entre la mismas invitados que iban juntos "que fea está la Reina" decían, pues ni modo así se le escogió y así tendrá que soportarla el Rey, miren que ahorita debe estar aprovechando la soledad para estar con ella.

Vicente Nicasio fue descansado del servicio de ese día y apurándose trató de ver si alcanzaba a María Rafaela, pero ella junto con sus Padres se habían retirado antes de que terminara la ceremonia.

No le quedó otra que montar en su caballo para llegar a su casa y ahí encontró a su Padre quien se veía cansado en su ropa de casa para descansar, hola Padre ¿Qué no lo invitaron a la boda del Rey?

Sí, pero dí la excusa de estar indispuesto médicamente.

¿Y se lo creyeron?

Sí y estuvo mejor, porque hay mucha gente que no nos queremos y no quiero que lo relacionen en mis problemas.

Lo que no sabía Vicente era que sí había gente que le empezó a tomar coraje por la preferencia que se le había dado al ser seleccionado y no así a muchos que estaban esperando ese puesto, y con los años se lo harían pagar.

CAPÍTULO VIII

La gran aventura

Pero dejemos esto y pasemos a la gran aventura que les esperaba a Vicente y a María con el inicio de su noviazgo.

Mientras el Rey comenzaba su reinado casado con la Reina Cristina las cosas entre la gente se desarrollaban con cierta calma en las calles a pesar de los disturbios que había por las malas condiciones económicas por las que pasaba España en esos días.

Para Vicente se llegó el Domingo en que se reuniría con María Rafaela en la Catedral para oír misa.

Pero antes ya había hablado con sus Padres para pedirles que lo ayudaran para comenzar su relación de amistad con la cual él podría visitarla en su casa, sin que sus Padres se opusieran si es que lo permitían y para eso les pidió que estuvieran listos porque al salir de Misa iría por ellos para ir a la casa de María Rafaela para que ellos pidieran permiso por él para poder visitarla con más confianza.

La estuvo esperando a las afueras de la Catedral y minutos antes de las doce apareció María Rafaela del brazo de sus Padres y Vicente se adelantó a saludarlos, ellos muy corteses le dieron el saludo y se dirigieron a oír la misa.

Siguiéndolos de cerca Vicente se sentó a un lado de María para escuchar la misa.

Cuando terminó la misa, al salir les pidió a los Padres de María si podían ir a visitarlos él junto con sus Padres para hablar con ellos.

¿Qué es lo que tiene que platicar con nosotros le respondió el Papá de María?

Preferiría hacerlo en su casa si usted me lo permite.

Correcto, ahí los estaremos esperando.

Subiéndose a su carruaje se dirigieron a su casa en donde los alcanzó Vicente con sus Padres.

En la casa, los hicieron pasar a la sala donde estaban esperándolos los Papás de María e invitándoles a tomar asiento les preguntaron a los Papás de Vicente qué era eso de lo que querían hablar.

Es muy sencillo, como ustedes saben nuestro hijo ha mantenido una amistad con su hija María Rafaela que data desde que ellos eran niños y nuestro hijo que ahora pertenece a la Guardia Real lo que le permite quedarse en Madrid a cumplir con su deber de Marino, quisiera pedirles permiso para tratar de establecer una amistad más formal con su hija María Rafaela, para a la vez poderla visitar aquí en su casa y cuando ustedes se lo permitan asistir a la misa juntos.

¿Tú qué dices Lucía? ¿Crees que nuestra hija acepte?

Por supuesto que sí lo creo, por lo que por mi parte yo lo acepto.

No se diga más cuenten ustedes con nuestro permiso.

Muchísimas gracias les prometo no defraudar su confianza.

Bueno ¿qué les parece si los invitamos a que se tomen un refresco o una copa de vino para festejar su visita a nuestra casa? Y así dejamos a nuestros hijos que platiquen en paz.

Por nuestra parte encantados.

Bueno Vicente lo dejamos aquí en la sala para que espere a María y retirándose lo dejaron en la sala en la que dos minutos después entró María muy contenta diciéndole que le daba mucho gusto que sus Papás aceptaran su relación.

Pues yo espero poder formalizarla como noviazgo lo más pronto posible, el tratarnos nos debe dar la confianza de poder llegar a casarnos enamorados y no como se ha casado el Rey a quien de verdad compadezco porque lo hizo forzado por los requerimientos de la Corona de España, que le están forzando a tener el heredero al trono.

Pues qué lástima, pero yo de todos modos estoy con la Reina y el Rey debería amarla porque ahora es su esposa la quiera o no.

Estoy de acuerdo contigo, veo que me tienes confianza.

Por supuesto, si va haber confianza entre los dos, debe ser muy sincera.

Por cierto te he traído estas flores como muestra de nuestra amistad.

Gracias, las voy a poner en agua, bueno y ¿qué es lo que podemos hacer para conocernos más?

Que te parece si practicamos más la música, tú en el Piano y yo en el Violín, ¿Te gustaría?

Me encantaría porque de esa forma mis padres te van a dejar que vengas a visitarme por lo pronto más seguido y creo que será los Domingos.

Bueno, yo espero que mis padres vengan a formalizar nuestro noviazgo si es que tú llegas a aceptarme y así podamos salir a pasear o ir algún concierto etc.

De esa manera creo que sí, siempre y cuando salgamos con mi "carabina" (mi Tía) porque mi Padre no le gusta que salga sola.

Lo considero muy normal especialmente cuando podemos ver tantos disturbios en las calles, tanto por las luchas de los trabajadores, como la de los socialistas.

Y ¿qué es el socialismo que ellos pelean?

Hasta donde yo les comprendo quieren que el estado sea el dueño o los que administren las fábricas, para que no sean explotados y se les pague salarios más justos y otros beneficios,

Y ¿a tí qué te parecen?

Pues yo estoy en una posición difícil ya que yo le sirvo al estado y son ellos los que me pagan mi salario y yo no podría tomar ningún partido en ese aspecto.

Bueno, vamos a practicar nuestra música, ¿quieres?

Sí, por supuesto.

Al rato nos van a servir unos pastelillos y café ¿te gustaría?

Claro, claro que sí, se los voy a agradecer.

¿Qué melodías quieres tocar?

Beethoven o Johan Strauss ¿quieres?

Algo difíciles pero sí, así me sirve de práctica.

Estuvieron tocando varias melodías de tal manera que ni se dieron cuenta de cuándo los Papás de María y los de Vicente se habían sentado a escucharles, hasta que cansados un poco se dijeron así mismos vamos a descansar y fué cuando se dieron cuenta de que ahí habían estado sus Padres y ya estaban ordenando que trajeran el café y los pastelillos.

El Papá de María se acercó a Vicente y le pidió se sentara junto a él y comenzó a hacerle plática.

¿Qué es lo que usted espera al servir al Rey?

Señor como usted podrá comprender mi deber es servirle al Rey y ser discreto en todo lo que yo observe y escuche.

Bueno, le preguntó, según se dice por las calles, que el Rey anda en relación con una cantante de contralto llamada Elena Sanz y parece que ya tienen un hijo.

La verdad hasta ahorita no he visto nada de eso, yo sólo llevo casi tres semanas al servicio del Rey.

Yo espero que este tipo de escándalos no afecte la ya tan deplorable situación que vive España con tanto problema político entre los partidos, ya la gente está, cansada de tanta miseria y problemas políticos, mire que mi Padre me ha comentado que están pidiendo se lleve a cabo alguno de los tres proyectos para la renovación de la flota Naval de España que después de haber sido una de las grandes potencias Navales Militares del mundo hoy sus barcos son puras antigüedades mal armadas, y los políticos no quieren ceder ante los requerimientos de la Marina.

Y es para entenderse como usted sabe que si yo llegase a saber algo, no lo podría divulgar por mi trabajo y sé que eso nos afectará a todos en el futuro; ya perdimos la mayor parte del Continente Americano por esa desmedida ambición que no supieron tener la visión de que América era una gran oportunidad para engrandecer a España, pero pudo más la ambición por el oro y la plata que por hacer de América una España independiente, próspera donde no se permitieran otras conquistas; hacer fábricas, sembrar las tierras y hacerlas cultivables, sería tanto lo que se hubiese logrado con otra visión y no la que por durante casi 300 años estuvieron solo explotando los recursos del Continente dejándolo que se perdiera, mire cuánto ha crecido Norteamérica, más ahora que le despojaron a México de gran parte de su territorio, que si España hubiese sido a quien se enfrentaran, no hubiera sido tan fácil de adueñarse de tanta tierra.

Pues tiene razón, pero ya que podemos hacer si los que nos gobiernan siguen con esa ceguera de no querer defender a España de tanto peligro. Qué me dice de Cuba y sus revolucionarios que querían abolir la esclavitud, en eso, debería España de buscar la forma de no esclavizar a los Cubanos, dándoles más garantías y libertades, así se podría tener un control mejor de la producción de azúcar y tabaco, pero afortunadamente hasta ahorita hay paz, paz que debería de aprovecharse, pero quién sabe que les depare el futuro a los que están viviendo en Cuba, defendiendo los intereses de España.

Es realmente mucho problema y no quiero saber que el Rey y los políticos no quieran o no saben cómo combatir esos problemas.

Bueno, yo los dejo para que sigan platicando hija, nosotros también nos retiramos dijeron los Padres de Vicente

Gracias Padre, Vicente ya está casi por retirarse ya que es tarde.

Claro que sí y pues a mi me gustaría poder estar más tiempo a tu lado, ya sabes toda la semana tengo que estar en el Palacio Real para desempeñarme en mi trabajo como miembro de la Guardia del Rey en el que desde las 6am en que relevo a la Guardia de la noche y hasta las 5pm en que nos relevan a nosotros y ahí tenemos que dormir toda la semana.

Entonces ¿a tu casa solamente vas los fines de semana?

Así es, pero hubiera sido más el tiempo que pasaría fuera de la casa si me hubiese embarcado en la Goleta que me asignaron en Barcelona, si ya de por sí me pasé 10 años en graduarme de Oficial de la Armada Española.

Y si pensamos casarnos ¿Qué harías?

Buscar una finca cerca del Palacio para dormir en mi casa, ¿ya quieres que nos casemos?

Si por mí fuera sí, pero eso lo tendrán que decidir nuestros Padres tú lo sabes muy bien.

Sí por supuesto y solo espero que nuestros Padres permitan que esta relación se convierta en noviazgo, ¿me aceptarías ser novios?

Diles a tus Padres que empiecen a tratar de buscar hablar con mis Padres.

Así lo haré, no te preocupes que yo estoy ansioso de llegar a formar nuestra familia.

Ojalá así sea.

Yo te confieso que estoy locamente enamorado de tí, que desde que te volví a ver y luego desde que veníamos en el tren no pienso en otra cosa más que unir nuestros destinos.

Mis sentimientos hacia tí los irás conociendo poco a poco hasta que nuestros Padres arreglen nuestro noviazgo.

Te prometo que voy a tratar de que sea lo antes posible.

Por cierto es mejor que apresures eso, porque quiero que me lleves a ver conciertos ya sea de Piano, Violín, o lo que se presente ¿Cómo ves?

Por supuesto que me entusiasma la idea, pues aunque me gusta la música, yo con mi carrera no me he podido dar tiempo de acudir a ningún concierto, y me gustaría mucho ir a disfrutarlos contigo.

Bueno, por lo visto eso va a tomar tiempo, no me gustaría que mi Padre se diera cuenta de mi prisa por hacerme tu novia oficialmente.

No te preocupes, que yo voy a tratar de que mis Padres se den el tiempo necesario para que no parezca que estamos ansiosos nosotros por realizar nuestro noviazgo, especialmente ahora que no sé qué es lo que el Rey vaya a querer, viajar o que sé yo, yo por lo pronto quiero estar cerca de tí y voy a buscar tener mi casa que yo te pueda ofrecer para casarnos y realizar nuestros sueños de formar una familia, si es que tú me amas como yo a tí.

Por supuesto, pues desde que te volví a ver no he pensado en otra cosa y no quiero que eso te dé derechos sobre mí antes de casarnos.

Claro que no, yo te voy a amar y respetar por el resto de nuestras vidas.

Bueno ¿quieres más café o alguna otra cosa?

Mientras se trate de estar más tiempo contigo dáme todo lo que quieras.

Bueno déjame ordenar que te traigan café, ¿quieres alguna galleta?

Lo que tú me des está bien te lo agradezco.

Sabes, el próximo domingo va a haber un concierto de la Sociedad de conciertos de Arsenio Barbieri y Gazambide y va a ser un concierto con música de Beethoven.

Ni me digas más, yo me encargo de comprar los boletos para que asistamos a ese Concierto, ¿quieres que vayamos con tus Padres?

Para qué me preguntas sabes que así debe ser.

Lo que tú digas así se hará, veré si mis Padres quieren ir también.

Espero que sí y ya sabes que tienes que comprar un palco para todos.

No te preocupes que así lo haré.

Bueno debo retirarme, me espera una semana ardua al acompañar al Rey adonde quiera ir.

Bueno y ¿como lo hacen?

Seguimos a caballo su carruaje y luego formamos una especie de Guardia a su alrededor adonde quiera que va.

Entonces es un trabajo pesado y cansado ¿No?

A veces, pero por lo general no nos queda otra, ya que yo comando los miembros de su escolta que lo protegen.

Ustedes hacen cambio de la Guardia diariamente ¿verdad?

Oh sí, y es una ceremonia maravillosa, los toques de los tambores y las melodías que se tocan en ese cambio con la entrada de los lanceros, las piezas de artillería, primero se hace un desfile de los militares ya sea a pie o a caballo, siempre acompañados por la música tocada por la unidad militar de Música, y todo comienza después con la serie de maniobras ceremoniales, con las piezas de artillería transportadas por los caballos hispanos cuyos cascos resuenan entre las melodías y los ritmos de los tambores, luego los caballos se retiran dejando libre el patio para que un guardia que caminando hasta el centro del mismo, y con el toque de asamblea de su corneta anuncie el comienzo del relevo, y es cuando las unidades entrantes y salientes integradas por los alabarderos, coraceros y lanceros, esperando que el Coronel jefe de la Guardia Real montado sobre su caballo dé permiso a los comandantes de ambas tropas para iniciar el cambio de turno, arrancando con un vistoso paso castrense que primero da relevo a los puestos de artillería y caballería y después a los puestos de centinelas a pie.

Le voy a pedir a mi Padre que si podemos presenciar una vez el cambio de Guardia, para verte a tí.

Va a ser un poco difícil que te pueda ver por que no podemos distraernos para nada, pero ojalá que si la ves, te llegue a gustar.

Yo digo que sí y como te digo le voy a pedir a mi Padre ir a presenciarla, ¿por cierto desde cuándo se fundó la Guardia del Rey?

Desde 1492 a raíz de un atentado que le hicieron al Rey Fernando el Católico en Barcelona y sus mozos de espuelas lo defendieron y desde ese momento los convirtió en su escolta personal y años más tarde los armaría con una alabarda.

Qué interesante y por lo que veo se han ido mejorando a través de los siglos que llevan como Guardias del Rey.

Sí, y mira qué gran fortuna me haya incorporado a la Guardia ya que de esa manera puedo permanecer cerca de tí.

Por cierto, espero que no te hayas olvidado de los conciertos que quiero que vayamos a presenciar.

Oh no, por supuesto por eso quiero que vengan mis Padres a solicitar formalmente nuestra amistad.

Ojalá lo puedan hacer este próximo domingo.

Voy a hacer todo lo posible porque mis Padres estén libres para venir a solicitar que nos permitan tener un poco más formal nuestra relación y así inclusive podamos salir a tomar algún café o inclusive podamos asistir a misa tú y yo.

¡Oh Sí! siempre y cuando nos acompañe nuestra "carabina"

Como sea, pero tenemos que formalizar nuestra amistad para que nos permitan luego nuestro noviazgo y luego el matrimonio.

Y según tú ¿en cuánto tiempo nos estaríamos casando?

Si por mi fuera el próximo domingo.

Vaya que tienes prisa.

Como ya te he explicado el concepto de la vida, para mí es muy importante el tiempo, ya que con tantas enfermedades, guerras, crímenes, manifestaciones, luchas políticas y tantos problemas por los que tenemos que pasar para mí el tiempo es muy importante aprovecharlo lo más que se pueda.

Me asustas con esas conclusiones, yo no he visto la vida como tú la describes, siempre hemos estado rodeados de tranquilidad y si hay alguna manifestación siempre mi Padre nos prohíbe asomarnos a las ventanas y quiere que nos refugiemos en la parte de atrás de la casa.

Ves, no solo yo desconfía de los problemas sociales y que sé yo, por eso pienso que podemos disfrutar de cada instante que podamos vivir tú y yo juntos amándonos intensamente, jugando, tocando el piano, el violín, yendo a los conciertos, bailes, tantas cosas que tú y yo vamos a disfrutar si llegamos a casarnos.

Me gusta lo que dices y creo que me empiezas a convencer de que tus intenciones son sinceras.

De eso ni lo dudes ni un instante, te amo y te amaré toda mi vida.

Yo también, pero tenemos que esperar a que las cosas se desarrollen como deben de ser para que podamos ser felices como tú dices, yo temo tanto por lo que se está viviendo en España políticamente, ya que muchas veces oigo a mi Padre hablar de eso y a veces me asusta lo que alcanzo a oír.

Me imagino que sí, ya que hay una serie de pleitos políticos que parece estar llevando a España al desastre, porque mientras unos piden o pelean por la separación de algunas provincias, la mayoría quiere a España unida.

Pero yo he oído a mi Padre discutir porque hay una gran mayoría de anarquistas.

Por eso yo sé que al haber aprobado la Ley de Asociaciones por el Gobierno Liberal de Sagasta se han lanzado a una fuerte e intensa operación para organizar todas las luchas sociales.

Pues para tranquilidad de todos ojalá lo logren.

Bueno yo me voy, pero prepara a tus Padres para el próximo Domingo en que vendremos a pedir oficialmente nos permitan tener una relación de amistad formal, que así voy yo a preparar a mis Padres.

No te preocupes, que te aseguro que hasta comida le van a preparar a tus Papás los míos, así que prepáralos para que vengan dispuestos a comer y pasar una tarde con nosotros, yo voy a preparar mi concierto que daré ese día.

Perfecto así se hará y me despido para que pases una bonita semana.

CAPÍTULO IX

La amistad

Padres vengo a pedirles un favor.

¿De qué se trata hijo? ¿Y porqué la prisa?

Tengo que regresar a mi Guardia y se me va hacer tarde, pero lo que les quiero pedir que el próximo Domingo asistamos a la casa de María para pedirle a sus Padres su permiso para poder formalizar nuestra amistad y más adelante me ayuden a formalizar nuestro noviazgo ya que mis planes son el de casarnos cuanto antes, pero ahorita principalmente quiero formalizar nuestra amistad para que pueda invitarles a ellos a conciertos y paseos.

Cuenta con nosotros, iremos lo mejor vestidos y trataremos de llevarles unos regalos, me imagino que nos invitarán a comer como es la costumbre.

Así es Padre, yo llevaré los vinos que he visto que a ellos les gustan; espero con ansias que llegue ese día.

Tal parece que ya te quieres casar con ella.

Si, así es yo estoy enamorado realmente de ella y todo me hace pensar que ella también.

Regresando a las instalaciones de la Guardia, a Vicente Nicasio le indicaron, Capitán deberá acompañar a los soldados que irán de escolta porque el Rey saldría a uno de sus paseos secretos, que como dicen por ahí ¿A dónde vas Alfonso? Y va al Palacio de Riofrío ya que parece que va a verse con su amante Elena Sanz, ya que ha nacido su hijo que tuvieron ellos y parece estar enfermo, ¿entendido Capitán?

Como usted ordene Comandante.

Y así salieron escoltando al Rey quien al llegar al Palacio ya no lo vieron hasta la madrugada del día siguiente; la guardia se quedó en unos aposentos bastante incómodos pero ahí tenían que cumplir su deber sin protestar.

Por la madrugada salieron apresurados siguiendo el carruaje del Rey y apenas les dió tiempo de arreglarse para la ceremonia del relevo de Guardia que se efectuaba todos los días por la mañana.

Los soldados y la caballería en perfecta formación iban tomando sus puestos acompañados por la música que se estaba tocando; estas ceremonias a Vicente Nicasio le encantaban ya que se podía olvidar de la rutina algo aburrida que tenía que sostener durante los días de la semana, claro que también se entretenía con los paseos del Rey quien a veces iba a comer al restaurante llamado La Parada Lhardy que por su rica repostería y que era muy variada les hacía ir a él y a su familia como su Madre la Reina Isabel a degustar de los exquisitos platillos del menú del restaurante. La guardia que tenía que mantenerse a las afueras, de alguna manera pedían que les dieran algunas comidas guardándolas en viandas que no se notaran mucho para llegar a comerlas ya en las instalaciones de la Guardia.

Muchas veces, por eso Vicente Nicasio pensó que debería invitar a María y su familia a comer a ese restaurante, pero sabía que tenía que esperar a que se establecieran los permisos que entre sus familias deberían arreglar para esa amistad, por lo que ya le andaba por realizarla.

Al regresar a Palacio a cumplir sus funciones se enteró que el Rey había sufrido un atentado y el Comandante de la Guardia le explicó cómo había pasado ya que estaban en el penúltimo día del año de 1879 y que como el Rey había decidido salir a pasear a El Retiro como siempre le había gustado y ahora que se había casado con la Reina quería salir a pasear con ella solos, manejando él el carruaje y que todo iba bien hasta su regreso al Palacio y que como en esos momentos hacía mucho frío y como no podía ir aprisa por que se patinaba el carruaje iba manejándolo muy despacio.

Al llegar a las puertas de Palacio un joven de aparente oficio de panadero había seguido al carruaje y por eso cuando llegaron a las puertas de Palacio éste apoyándose con el brazo izquierdo en una farola fernandina levantó su pistola de dos tiros y la disparó y tirándola salió corriendo por las calles donde más abajo fue apresado y conducido a la cárcel donde sería juzgado.

Afortunadamente para los Reyes ninguna de la balas había siquiera rozado el carruaje pero de todas maneras este atentado obligó a la Guardia del Rey a no volverlo a dejar ir sólo a ningún lado.

Aún a pesar de que el Rey acostumbraba escaparse de incógnito por las noches y sin que nadie lo viera, según él quería disfrutar de la vida nocturna de Madrid, tanto era el peligro en que se metía que una noche se perdió y no sabiendo qué camino tomar le preguntó a un desconocido cómo podría llegar al Palacio, éste que se ofreció a acompañarlo cuando llegaron a Palacio, el Rey le dijo que ahí en su Palacio se despedía, y que ahí lo atendería, como el Rey que era, el desconocido como no lo reconoció por lo alcoholizado, muy serio se despidió diciendo yo Pío nono en el Vaticano siempre a disposición de mis amigos.

CAPÍTULO X

El noviazgo

Se llegó el tan ansiado Domingo en que Vicente Nicasio y sus Padres acudirían a la casa de María Rafaela para solicitar formalmente poder mantener una relación de amistad y noviazgo los dos con el consentimiento de los Padres de María, y para ellos el Papá de Vicente mandó encargar una caja de pastelillos de el Restaurante La Parada Lhardy que Vicente le había contado que ahí eran especiales, Vicente llevaba los vinos el Tempranillo y un Merlot, ya en la puerta de la residencia de María fueron recibidos y conducidos a la sala donde los esperaban los Padres de María dándoles una cordial bienvenida y conminándolos a tomar asiento.

¿Le ofrezco un vino Don Isidro? Le preguntó el Padre de María.

Le agradecería un coñac si no le molesta.

De ninguna manera y pidiéndole a su empleado le ordenó le sirvieran el vino, a usted Doña Lucía ¿qué le servimos?

Un refresco por favor.

Al igual le sirvieron de inmediato a Doña Lucía lo que pedía.

Vicente Nicasio discretamente se había acercado a sentarse junto a María dándole una hoja de papel en el que le había escrito un pequeño poema que decía así.

Perpetuar en mi corazón tú imagen es mi más grande ilusión,
con las rutinas diarias de la vida mi deseo solo es el amarte,
tú desde el primer momento que a mi vida llegaste, me enamoraste,
las desgracias y la felicidad de nuestras vidas se enmarcaron en nuestro amor,
como un poema te adueñaste de mi vida,
tus palabras siempre suenan a el amor,
ese amor que sólo seres como nosotros llegamos a encontrar,
la maravilla de la comunión de nuestro amor la darán nuestros descendientes,
yo por lo pronto finco en tu corazón toda la esperanza de mi vida en tí,
dedicar mi fé y mi amor a tu corazón será la razón de mí vivir.
María agarró el papel y lo guardó para poder leerlo con más libertad después.
Bueno ¿mi hija porqué no nos deleitas tocando unas melodías en el Piano?
Siempre y cuando Vicente me acompañe en el violín, ¿Te parece Vicente?
Claro que sí, así podremos amenizar a nuestros Padres su "plática"

De esa manera Vicente les daba la casi orden a sus Padres para que pidieran en nombre de él el permiso que necesitaban para mantener su amistad los dos, declarándole su amor a María Rafaela y pidiéndole formalmente ser novios y así tener la libertad de acudir a fiestas, conciertos, misas, etc.

Comenzaron a tocar Claro de Luna de Beethoven, dándoles el tiempo necesario para que platicaran, pero los Padres de los dos se enfrascaron en la plática sobre Política y los problemas del Reinado de Alfonso XII, como era su amasiato con la cantante Elena Sanz y que incluso ya habían tenido un hijo que era ilegítimo porque el

Rey no había querido reconocerlo, pero que Doña Elena ya le había bautizado con el nombre de Alfonso.

Ellos siguieron platicando de diferentes temas mientras que María y Vicente ya habían tocado hasta el Ave María de Schubert, Romeo y Julieta de Tchaikovsky, pero sólo Doña Lucía le hacía señas y le decía a María si estaba bien lo que tocaban y si debían continuar.

Pasadas unas dos horas entre plática y música, el Papá de María los invitó a pasar al comedor para degustar los platillos que les habían preparado, ya una vez en la mesa, ya todos sentados empezaron a servir la comida.

El primer platillo fue la sopa de garbanzos sazonada al estilo madrileño.

El segundo el cocido Madrileño.

Y por último la carne, platillo exquisito hecho a las brazas.

Todo acompañado de vinos como Merlot, el Tempranillo, y el syrah

Por último comieron de la repostería que había traído Don Isidro de lo que se dieron cuenta de porqué era tan famoso ese restaurante, del que habían mandado traer la repostería.

El Papá de María cuando terminaron de comer, pidió la palabra mientras ordenaba les sirvieran un café a los que quisieran tomarlo.

Como ustedes saben, nuestra amistad que ha sido por muchos años, me dá la confianza de tratarles con toda esa familiaridad que siempre tuvimos y por lo mismo sabiendo la principal causa de esta reunión, no puedo más que consentir en el tema de lo que nos han venido a solicitar, por lo que les comunico a nuestros hijos que como preludio cuentan con nuestra autorización para que puedan realizar formalmente su relación de amistad o noviazgo.

Gracias infinitas, se levantó exclamando Vicente Nicasio, no los defraudaré, se los prometo.

Así lo espero por el bien de mi hija María Rafaela.

Bueno, en ese caso quisiera invitarles a todos el próximo sábado a un concierto en el teatro Real en que se tocará la Traviata de Giuseppe Verdi y otras melodías, pero que quisiera que nos acompañaran, hice ya las reservaciones necesarias, inclusive casi estoy seguro que el Rey Alfonso va a ir.

¿Pero qué no se supone que estarás de Guardia?

¡Oh no! son mis días de descanso, yo esa noche estoy libre e inclusive no quisiera ir uniformado, para no llamar la atención y que me llame la Guardia del Rey.

Bueno, por nuestra parte no veo ningún impedimento para ir a ese concierto pues hasta mi esposa Lucía me insiste en que la lleve, y por lo tanto aceptamos su invitación con gusto.

Mientras en la política, el Sr. Sagasta durante los siguientes días había acudido a visitar al Rey y entre su plática sobre la situación financiera del país que insistía en invitar a los capitales extranjeros a que invirtieran en España, principalmente en la producción de hilos y telas que tanto le hacían falta a España así como la inversión para la elaboración de vinos aumentando los viñedos del país, pero entre toda su plática no dejó de recomendarle al Rey su insistencia de que no reconociera legalmente al hijo que había tenido con la Cantante Elena Sanz.

El Rey en cierta forma disgustado solo lo veía con cierto enojo, ya que él sabía lo que pasaba con su amada Elena y la necesidad de convivir maritalmente con la Reina.

No se preocupe Sr. Sagasta conozco mis obligaciones.

De las rutinas diarias no se distraía Vicente Nicasio; cuando podían jugaban algún juego de ajedrez o lo que se pudiese jugar para entretener entre hora y hora que les tocaba estar de guardia, hasta que se retiraban a sus aposentos a descansar.

Así se pasaron los días de la semana como todos los días sin ninguna novedad y el sábado por la mañana se dirigió a su casa y ver que todo estuviese bien para el concierto al que acudirían esa noche, él como era su costumbre le había encargado la compra de los boletos de entrada al Teatro Real haciendo hincapié en el palco a uno de los ayudantes de su Padre, por lo que en cuanto llegó a su casa fue lo primero que hizo el buscar a ese ayudante y en cuanto lo vió, éste ni siquiera esperó a que Vicente le preguntase nada, de inmediato le extendió los boletos, gracias sargento le dijo, no podía yo dudar de su obediencia para estos casos, y dirigiéndose a ver a sus Padres, estos le preguntaron que si todo estaba listo para el concierto de esa tarde.

¡Oh sí Padre!, todo listo, el carruaje está también listo ya lo chequé y ya tengo los boletos de entrada.

Perfecto, no se diga más y en unas horas más comeremos para estar listos.

Yo voy a checar si mi traje y mis cosas están listas para la tarde con permiso Padre.

Como tú quieras nosotros ya tenemos todo listo y espero que cuando lleguemos al Teatro lleguen ellos también, pero si no ya están los nombres de los que acudiremos al palco.

Qué bueno Padre yo voy a encargar que me consigan un ramito de camelias blancas, quiero que sea ese tipo de flor el que siempre le estaré regalando a María como símbolo del amor que ha despertado en mí y que se me ha vuelto tan intenso que no dejo de pensar en ella aun en mi trabajo y hasta en mis sueños.

Vaya con usted hijo, de verdad que se ha enamorado profundamente de María.

No puedo negárselo Padre y por eso quisiera ya casarme con ella, ya no soporto la espera a la que nos tenemos que sujetar.

De eso ni lo dude ya que ya sabe que dentro de nuestros círculos sociales no podemos dar de qué hablar, ante todo el respeto hacia la mujer amada es lo primero.

Bueno, voy a arreglarme para que podamos comer y prepararnos para el concierto de esta noche, que la verdad no sé si me gustará o nó, porque lo que más me interesa es estar cerca de María.

Me avisa para sentarnos a comer.

Sí Padre.

La horas fueron pasando, comieron, platicaron de todo lo que acontecía y cuando llegó la hora de partir al Teatro, nervioso, Vicente empezó a moverse para salir a ayudar a su Madre a subir al carruaje, él con un ramo de camelias en la mano y fué el último en subir al carruaje que se dirigió al Teatro.

En la casa de María Rafaela todo era nerviosismo y carreras para todo, su Mamá, Lucía daba órdenes para el personal que arreglaría a su hija y a ella, los vestidos y joyas que llevarían, sus abanicos, guantes y sombreros todo estaba listo para su arreglo; por lo que después de comer unos aperitivos ya que los nervios de María no le daba hambre y comió porque su Madre Lucía se lo ordenó, pronto estuvieron listas y junto con su Padre a buena hora subieron a su carruaje para salir al Teatro, por lo que cuando llegaron, grande fue la sorpresa para Vicente las dos familias llegaban casi al mismo tiempo por lo que no tuvieron contratiempos para saludarse y entregándole el ramo de camelias blancas a María fueron los primeros en dirigirse a su palco seguido por sus Padres quienes con caras serias los seguían.

Se fueron acomodando y prácticamente Vicente y María quedaron juntos rodeándolos sus Padres y en pocos minutos se subió el telón del Teatro para comenzar el concierto de la Traviata.

Un concierto que ellos casi ni escucharon, solo se veían con tanto amor que trataron de disimularlo pero no lo lograban, pero ante eso, sus Padres ya no objetaron nada y ellos sí disfrutaron del concierto.

Cuando terminó el concierto Vicente se adelantó para invitar a los padres de María a cenar y así poder estar más tiempo juntos, lo que de inmediato aceptaron los Padres de María.

Dirigiéndose a un restaurante, cuando llegaron se dedicaron a pedir pastelillos y café solamente los Padres de los dos ordenaron un plato de carne para cenar; lo único que no le gustaba muy bien después de la cena era el fumar en la mesa a la Mamá de Vicente, por lo que empezó a toser obligando a que trataran de terminar pronto su cena e irse a sus casas cada familia.

Cuando se despidió Vicente le pidió a María que si podría visitarla al día siguiente, para pasar la tarde juntos.

Por mi parte sí, pero ya sabes que tienes que tener el permiso de mis Padres.

No tardaron en contestar los Padres de María que por parte de ellos no había problema, pero recuerda que en la mañana vamos a misa.

En la Catedral ahí los veré como todos los domingos que van ustedes a misa de 12 y luego después de misa a las 4 de la tarde te visitaré ¿te parece bien?

Sí, te estaré esperando en la Catedral para la misa.

Cuando se retiraron del restaurante, Don Isidro le dijo a Vicente.

Sería bueno que no te precipites en tu relación no vayas a ocasionarle problemas a María ya que como que ví al Padre de ella medio a disgusto el que estuvieses siempre al pendiente de ella.

No sé que decir Padre, yo no tengo otra cosa en la cabeza que a María y siento que me olvido de que hay un mundo de gente a mí alrededor.

Pues ojalá no tengas problemas con el Padre de María.

Haré todo lo posible por no hacerle enojar; por cierto Padre, algunos compañeros me preguntan que si yo estoy enterado de porqué no se ha querido reconocer al hijo que el Rey tuvo con la cantante Elena de Sanz, y yo no sé qué contestarles, usted sabe algo.

Bueno, lo que yo te pueda decir es solo rumores de los que se habla en nuestro medio, tú sabes que nosotros estamos al servicio del Rey y de los Políticos que gobiernan al País, pero tengo entendido que se le ha recomendado al Rey no reconocer a ese hijo ahora que se ha casado con la Infanta María Cristina de Habsburgo, para que el pueblo no se levante más en contra del Gobierno, y a nosotros no nos queda otra cosa más que observar y callar.

Pues vaya que está metido en un grave conflicto nuestro Rey con su pueblo y Gobierno.

Así es hijo, así que lo único que le recomiendo es decir "yo no sé nada" al igual que todos ustedes.

Así lo haré para no meterme en problemas.

Es lo mejor que le puedo recomendar, oír, ver y callar.

Ese día Domingo el tiempo se le hacía tan largo a Vicente que ya quería estar en la casa de María y le pensaba llevar sus camelias símbolo de ese amor que había nacido tan fuerte en él por ella, que también pensó en llevar algo dulce por lo que mandó comprar unos churros y chocolate; ya que tenía todo se dirigió a la casa de María.

Ya ahí fue recibido y conducido a la sala principal, fue entonces que se dio cuenta del gran jardín que rodeaba la casa, y pensó que así tendrían más tiempo juntos al recorrer ese jardín, cuando entró a la sala María, Vicente estaba observando el Piano.

Por lo que dijo, porqué no me tocas algo para empezar la tarde.

Fue cuando sentándose en el piano empezó a tocar claro de luna expresándole cuánto significaba para él el saber que podría amarla y así se pasó tocando varias melodías, hasta que tocó el Ave María con lo que pensó en el jardín, diciéndole ¿porqué no salimos un rato a tu jardín me gustaría recorrerlo y conocerlo bien?

Me parece magnífico, vayamos te va a encantar, tenemos una gran variedad de flores y algunos árboles como olivos que le encantan a mi Padre.

Recorrieron despacio contemplando los rosales, las camelias que también cultivaban, hasta que llegaron a los árboles de olivo y viendo que no había nadie tomándole la mano la acercó a él y tomándole del talle acercó poco a poco su boca a la de ella para besarla.

Ella, dejándose llevar, correspondió a ese beso que empezaba a sellar su amor entre los dos y exclamándole le dijo.

Espero no te equivoques, por que este beso para mí es lo máximo que he sentido en mi vida y si tú has dicho amarme yo hoy te confieso que siempre te he amado desde niña y que he sentido que la fuerza de nuestros destinos está en unir nuestras vidas para siempre y que nunca podré alejarme de tí, te amaré hasta la eternidad, con este beso sello para siempre mi unión a tí.

Vicente no pudo ni siquiera expresar nada, estaba tan inspirado que el olor del perfume de María, las flores, el momento fue tan significativo que él también sentía que ese amor iba a ser por toda la eternidad, que nada ni nadie podría separarlo de ella, que sentía que ni la muerte lo apartaría de ella a la que desde ese momento la consideró lo más valioso que el destino pudo depararle; nunca mujer alguna le había tocado el corazón como lo hacía María en esos momentos que él sentía para amarla hasta la eternidad.

Continuaron su caminar pero ahora se veían uno al otro con ese amor que les había nacido desde niños, porque ahora Vicente podía confirmarse asimismo que siempre la había amado, aun desde niña a pesar de que él ya era casi un adolescente cuando comenzaron a frecuentarse en sus juegos infantiles.

Sí, si es ella a quien he amado toda mi vida, ya no tengo la menor duda.

Sabes, vamos a adentro te he traído unos churros y chocolate que espero te gusten y así lo acompañamos de un café o lo que quieras.

Vamos sirve, que también te expresaré con música lo que ahorita estoy sintiendo.

Como qué piezas piensas tocar.

No seas desesperado, ya te las haré sentir, ya verás que te van a gustar.

Se acomodaron y entró Doña Lucía para preguntarles que ¿dónde andaban?

¡Oh Madre! salimos al jardín para enseñarle a Vicente todas las flores que te gusta mantener y que cuidas con tanto esmero.

Tú sabes bien que es uno de mis pasatiempos y obligaciones en esta casa, pero díme, ¿vas a tocar el piano o van a comer primero?

A comer primero Madre ¿gustas? Vicente nos ha traído churros y chocolate.

Me parece magnífico, déjanos unos para tu Padre y para mí, después en la hora de la cena los comeremos, por lo pronto disfruten de su reunión.

Gracias Madre, así lo haremos.

Sin decirle nada a Vicente se retiró y él preguntó, ¿está enojada conmigo?

¿Nos vería cuando te besé?

No lo sé, pero si lo hubiese hecho ya nos lo hubiera dicho, no te preocupes, de seguro está dejando de hablarte hasta que te vayas a retirar, comencemos a comer, mira que ya nos trajeron el café y leche por si quieres.

Bien comamos primero.

Y así se pasó un buen rato comiendo, pero María quería tocar el piano y que Vicente la acompañara, por lo que eso se pusieron a hacer e hicieron que los Padres de María se acomodaran en la sala a escucharles.

Como a las 9PM María le hizo señas del reloj a Vicente, por lo que éste, sin que se lo notaran lo que le había dicho María se levantó e indicando que ya era tarde y que se iba a retirar, por lo que despidiéndose de los Padres de María se retiró, a la salida de la casa a donde lo acompañó María y que sabía que no se le podía acercar mucho ya que no sabía si los estaban observando, cosa que los Padres de María se había retirado a sus habitaciones lo que ellos ignoraban y solo se despidieron dándose la mano pero viéndose a los ojos con mucho amor.

Vicente se dirigió a su casa y ahí lo estaba esperando Genaro quien de inmediato lo invitaba a ir a un restaurante a tomarse unos tragos.

No, no aquí los podemos tomar, déjame ordenarle a nuestra gente que nos prepare algo ¿Qué quieres tomar?

Cualquier vino que tengas, solo quería platicar contigo para saber ¿cómo te ha ido?

Pues como podrás darte cuenta ya soy Capitán de la Guardia del Rey y si como tú viste en el baile estaba María y ya nos hemos hecho novios.

Oye qué bien y ¿para cuándo es la boda? Me imagino que te quieres casar con ella.

Claro que sí y si por mi fuera ya estaríamos casados ya que hemos comprobado que desde niños nos amamos.

¿Pero cómo si se ve tú eras mucho mayor que ella?

Bueno solo unos años nada más y te juro que aunque sabía que era una niña yo sentía algo muy profundo por ella, pero también sabía que en esos años, solo sientes un cierto deslumbramiento y nada más mira que aunque me fui a la Escuela Naval nunca dejé de pensar en ella y ahora que la he encontrado y que por primera ves nos hemos besado no pienso dejarla nunca.

Vaya que te ha pegado la doncella en el corazón muy profundamente.

Pues sí, y ¿tú qué me cuentas?

Yo ando en tratos con unos empresarios para hacerme cargo de una fábrica de hilos, y si me aceptan creo que por fin me voy a casar, bueno también ¿Cómo te va con la Guardia del Rey?

Bien, es un trabajo muy estimulante no creas me la paso muy bien toda la semana y a veces al Rey lo tenemos que acompañar a sus citas secretas.

¿Cómo cuáles? No me digas que lo acompañan a ver a la amante Elena Sanz.

Pues sí, pero nosotros solo somos sus Guardias y no tenemos porque criticarlo ni nada que podamos decir de él, pero dime, como ves los disturbios en la calle, hemos sabido de muchas manifestaciones en contra del Gobierno.

Qué te puedo contar yo, solo me tengo que esconder a veces en la calle para que no me confundan con los revoltosos porque eso arruinaría mi carrera.

Pues si que debe ser muy peligroso por las represalias que a veces se toman en contra del pueblo, que como tú sabes, el hambre, la ignorancia y la falta de empleo los hace ser presa fácil de esos manipuladores anarquistas, mira que pretender desbaratar a España pidiendo la separación como los vascos y otros anarquistas, especialmente ahora que se está peleando por las provincias del Sahara y de Marruecos.

Pues sí, pero en el Gobierno de España hay mucha corrupción y malos manejos, falta de Patriotismo y están dejando que se pierda la totalidad de las riquezas Españolas por todos lados, así como ha pegado en contra de lo que se esperaba la mecanización de las industrias, porque en lugar de que vean que es para progresar y hacer el trabajo más fácil a todos ¡No! insisten que es para correrlos y claro los líderes socialistas se quieren valer de cualquier cosa para desestabilizar más a España que ya de por sí se ha desintegrado tanto desde la pérdida de la Nueva España, la verdad que no me explico hasta donde piensan llegar con todos esos movimientos tan perjudiciales a la economía de España.

Pues pienso como tú pero qué podemos hacer nosotros si solo somos piezas del ajedrez en las que no nos toman en cuenta para nada solo para cumplir con nuestros deberes.

Bueno Vicente me retiro, gracias por los tragos y espero seguir contando con tu amistad.

Claro que sí, no tienes nada que agradecer, al contrario estoy para servirte en lo que pueda.

De nuevo las rutinas de diario para la Guardia del rey en las que se ve envuelto cada día Vicente; mientras María ha regresado a sus clases de piano y música para entretenerse en algo y especializarse más en la música. Ahí se encontró con una de sus amigas y le preguntó qué era de su vida.

Bueno, que me he enamorado al reencontrarme con el amor de mi vida.

¿Cómo es eso, de quién hablas?

Es que desde niños nos conocíamos y hace poco fuí con mis Padres a la última Graduación de los Oficiales de la Escuela Naval y ahí encontré a Vicente Nicasio quienes desde niños jugábamos y era uno de los que se estaba graduando y desde ese momento no hemos dejado de vernos y ya tenemos permiso de nuestros Padres para nuestro noviazgo.

Oye te felicito y cuéntame cómo es él.

Es alto, rubio, de ojos verdes muy guapo, para mí es mi ídolo desde niña.

Y qué piensan tus Padres de él.

Como es Capitán de la Guardia del Rey qué crees que me van a decir, claro que están contentos con Vicente Nicasio.

¿Así se llama?

Y aparte es Conde con más razón mis Padres lo han aceptado, ¿y tú qué es de tu vida?

Yo, la verdad, como toda hija de familia de la escuela a la casa, a misa, fiestas pero nada importante, ni siquiera me he podido especializar en ningún instrumento musical me cuesta mucho trabajo hacerlo y a tí ¿qué tal te vá?

Afortunadamente bien, inclusive Vicente también toca el piano y el violín y cuando nos reunimos nos ponemos a tocar juntos para pasar la tarde lo más que podamos para extender el tiempo ya que solo lo puedo ver los sábados y domingos en que está libre, ya hasta un concierto en el Teatro Real fuimos con nuestros Padres.

¿Y piensan en casarse?

Eso es lo que más me insiste Vicente el ya quiere casarse pero sabe que debemos darnos tiempo y una cosa te aseguro tú vas a ser una de mis principales invitadas cuando me case.

Claro, con gusto iré y si tú quieres mi hermana también me podría acompañar, tú nos dices y nosotros nos preparamos.

Conste, quedan invitadas desde este momento.

María tuvo que regresar a su casa de inmediato ya que se veía venir un grupo de gente que iban gritando en contra del Gobierno, y como eran anarquistas que se había vuelto un grupo muy grande en España que después de que se aprobó la ley de Asociaciones por el Gobierno de Sagasta que era liberal los anarquistas se lanzaron a una intensa actividad de organización y de luchas sociales.

María asustada le gritaba a su empleado que se apurara con el carruaje para llegar a su casa.

No se apure Señorita pronto estaremos en su casa.

Y así fué, al llegar toda asustada le preguntó su Papá ¿Qué te pasó que vienes tan asustada?

Una manifestación que venían gritando los anarquistas y me asusté mucho.

No sé qué decirte ya que desde el 78 el grupo de viejos unionistas que dirigía un tal Manuel A. Martínez abandonó el partido liberal conservador y se regresó a los grupos del Partido Constitucional de Sagasta y que había abandonado en el 75 y ahora tras cinco años de Gobierno consecutivo está continuando la erosión del Conservador Partido Liberal y creo que eso es lo que esta pasando, por eso las manifestaciones y ahora tenemos que ver qué es lo que sigue, por eso te recomiendo no salgas sola.

Sabes Papá, no pienso volver a salir como hoy, te lo prometo, no quiero volver a sentir este pánico que sentí hoy, y se lo pienso contar a Vicente a ver que me contesta.

Pues es muy recomendable que hables con él para ver que deciden, porque yo no quiero que te llegues a ver envuelta en una de esas manifestaciones en la que correrías mucho peligro como mujer y voy a contratarte profesores para que te den las clases aquí en la casa.

Así lo haré Padre voy a seguir su consejo, qué lástima que tengamos que vivir en medio de estas manifestaciones.

Y pues yo creo que vendrán tiempos peores que los que estamos viviendo ahorita y por lo mismo voy a tratar de buscar más protección para la casa y para ustedes, no me gusta esta intranquilidad que estamos viviendo en Madrid.

¿Cómo qué clase de protección piensa contratar para protegernos?

Hombres de confianza que vigilen la casa y sus alrededores, y si es posible los siete días de la semana y las 24 horas del día.

Pues espero que realmente sean gente de mucha confianza para que no nos vayan a robar desde aquí adentro.

No se preocupe hija que yo sé a quien debo pedirle esta protección.

Se terminó la semana y María algo asustada veía a los hombres que su Padre había contratado para vigilar la casa y no eran más de ocho en total y se turnaban en turnos de 12 horas con ciertos descansos, por eso cuando la vino a ver en la misa en Catedral Vicente la notó muy nerviosa, preguntándole qué era lo que pasaba.

María le dijo muy en secreto que después le diría.

Lo que puso más nervioso a Vicente.

Cuando acabó la misa ya fuera de la Iglesia, María le contó todo a Vicente y él comprendió su nerviosismo y así le contestó.

Espero que tu Padre haya contratado la gente correcta, pero si así vamos a estar todos en la Ciudad te imaginas el caos que eso va a provocar en Madrid.

Pues yo espero que alguien haga algo para estabilizar a la gente en las calles.

Pues yo voy a platicar con mi Padre a ver qué me dice, pero por lo pronto que te parece si después de comer te visito en tu casa y así veo si puedo platicar con mi Padre de lo que ustedes están pasando.

Está bien, te espero por la tarde en mi casa.

Así lo haré, te dejo y allá nos vemos.

Regresando a su casa, Vicente buscó a su Papá para platicarle lo que a María le había pasado, me preocupa a mí también todas estas manifestaciones que están desestabilizando la vida de la Ciudad, ¿Qué no cree que el Sr. Sagasta pueda hacer algo?

Pues está difícil porque a pesar que no son manifestaciones belicosas si pueden provocar que a la gente común la asalten en la calle o en sus casas; el hambre y el desempleo pueden provocar muchas tragedias, yo lo que le sugeriría al Papá de María es que pida ayuda financiera para pagarle a esos guardias el Gobierno, pero también voy a consultar con mis amigos que podemos hacer para tranquilizar a la gente.

Pues espero Padre que hagan algo, porque no es justo que los que más sufren sean los que se conviertan en criminales por la miseria y los problemas Políticos; ojalá que me tenga buenas noticias la semana que entra cuando regrese del servicio, por lo pronto voy a ir a visitar a María a su casa.

Que le vaya bien hijo y que se pasen una buena tarde.

Regresando a la casa de María lo recibieron los guardias, pero como ya les había dicho María de su llegada solo lo acompañaron hasta la puerta de la casa.

Ahí ya lo estaba esperando ella con una sonrisa y preguntándole a Vicente le dijo.

¿Qué piensa tu Padre de esto?

Bueno, él se sorprendió como yo pero les recomienda que le pidan ayuda financiera al Gobierno para pagarles a esos guardias.

En eso salio el Padre de María y sin interrumpir a Vicente le dijo que él no creía que el Gobierno los ayudaría, porque eso es un asunto particular en el que el Gobierno no puede intervenir, que lo que sería más factible es que hubiese algo de vigilancia en las calles pero no sería completa, por lo que él está dispuesto a pagar esa vigilancia mientras no se aplaquen los anarquistas.

Lo comprendo Señor, pero a mi también me parece que se debería hacer algo para controlar esas manifestaciones.

Desgraciadamente no creo que hagan nada, recuerdo cuando se pidió la abdicación de la Reina Isabel II y cómo se ejecutaron a aquellos estudiantes que protestaron hasta que se logró su destierro, pero las manifestaciones no pararon, nada serio se hizo entonces, no creo que haya cambios en la actualidad, bueno los dejo, con su permiso.

Adelante Señor, está en su casa, bueno María platiquemos de otra cosa, sabes he estado pensando en que cuando nos casemos, tratemos de comprar una propiedad cerca de Palacio para así estar cerca de tí, y no tengas ese temor que tienes actualmente.

Pero no crees que al vivir cerca del Palacio tengamos más problemas por la gente que se va a manifestar ante el Rey.

No, porque donde estoy buscando es un lugar un poco apartado pero seguro.

Bueno, eso lo decidiremos en su momento cuando ya tengas la propiedad para ir a verla, y así podré asegurarme de lo que dices.

Pero no estás enojada ¿verdad?

¡Oh no!, solo asustada pero sé que se me pasará si nos ponemos a tocar música y comemos los pastelillos que nos han preparado.

Sí hagámoslo y cuando nadie nos pueda ver ¿me regalas un beso?

María solo se percató que no había nadie cerca y se volteó abrazando a Vicente y ella lo besó muy apasionadamente por unos minutos hasta que se separó de él asegurándose que no los habían visto, él solo expresó un suspiro de satisfacción por lo que había pasado.

Sabes, esto me hace querer apresurar nuestra boda cuanto antes.

No, no ahorita, antes tenemos que planear todo porque nuestro matrimonio deberá ser para toda la vida.

Más bien diría yo hasta la eternidad, porque me has hecho que me enamore profundamente de tí.

Vamos, no solo tú, yo, ya lo estaba desde niña y no habido otra cosa que yo más deseara en mi vida que llegar a realizar el amor que te tenía.

Sabes, he estado pensando que deberíamos de ir a pasear por la Plaza Mayor de Madrid o por los Parques de la ciudad, aparte de ir a los conciertos que pasen ahorita ¿te gustaría?

Claro que sí, me encantaría, es algo que pocas veces he visto ya que siempre nada más pasamos por ahí, pero al jardín solo he ido aquí al de la casa desde niña.

Mira que yo me pasé años navegando cuando estudiaba y me parecía asombroso y se me pasaban las horas, días, sino hasta los años sin sentirlos, era tan entretenido que lo extraño mucho, pero el verme enamorado de tí me hace perder las ganas de salir de este lugar, si siento a veces aburrimiento porque aquí todo es lo mismo diariamente, pero los días sí se me hacen largos solo esperando volver a verte, por eso pienso en variar un poco nuestras reuniones ya sea paseando por la Plaza Mayor o por los parques de la ciudad, ir a los conciertos y hacerte pasar estos días lo mejor que se pueda.

La verdad me siento tan entretenida con tu presencia que el resto de la semana se me hace una eternidad, solo estoy deseando que llegue el Sábado para vernos.

Lástima que ya es tarde si no te llevaría a pasear a la Plaza y entretenernos un rato.

Sí lo sé, pero es mejor así, ¿quieres que te traigan un café?

Oh sí, por favor.

Voy hacer que nos traigan con algo de comer el café.

Como tú gustes yo lo que más quiero es estar cerca de tí, sacando de su traje un estuche le dice a María, por cierto, te traje este collar me dijeron que eran perlas, ¿me dejas ponértelo en tu cuello?

No debiste molestarte, te debe haber costado mucho dinero.

Mira, la verdad yo estoy ganando muy buen dinero y tengo mi capital aparte y espero llenarte de joyas, de oro y plata toda mi vida para que nunca te falte nada.

Yo solo me conformo con que tú me ames tanto como yo a ti.

Y que en nuestras vidas estemos siempre juntos amándonos.

No lo dudes, solo la muerte podrá separarme de tí, yo no pienso ya en otra cosa que nuestras vidas unidas por toda la eternidad.

Muy romántico por lo que veo y nunca voy a dudar de tí, pero mira ahí nos traen el café y galletas así como pastelillos.

Bueno, disfrutemos de estos momentos, pero la verdad yo no quiero ya ni separarme de tí, de no ser porque tengo que regresar a trabajar mañana temprano me quedaría a tu lado toda la noche.

Eso va a ser cuando nos casemos, porque de alguna manera tendrás que pasar las noches a mi lado, cuando ya estemos casados.

Eso ni lo dudes, ya he visto que a partir de las 8 de la noche ya me puedo retirar a mi casa y si no lo hago actualmente es porque no me daría tiempo para presentarme a las 6am que es la hora en que nos reúnen, pero quiero proponerte algo ya que yo he visto cómo se llegan a odiar los esposos en un matrimonio y no entiendo porqué llegan a esos extremos, lo puedo entender cuando se trata de un matrimonio forzado como el caso del Rey Alfonso XII pero si una pareja se casa, para mí debe de ser para amarse, respetarse, ayudarse el uno al otro en todos los aspectos, pero que nunca haya rencores ni odios, si no, para qué casarse y mi propuesta para tí es esa quiero casarme contigo para amarte toda la vida, que cada día que vivamos juntos sea un día de gloria para los dos, que todos esos detalles en los que se tiene que convivir en un matrimonio sea con amor y entrega total, sin engaños ni mentiras, siempre con la verdad y con amor, esa es mi propuesta para tí, ¿qué piensas?

Vamos, creo que ni siquiera tengo que pensarlo, lo que tú me propones es lo más grandioso que yo puedo esperar de tí y no dudes por ningún momento que yo te llegue a guardar algún secreto, rencor, ni nada que nos pueda hacer sufrir a cualquiera de los dos, si como me lo propones es la forma de amarnos, no veo ninguna duda en casarnos y entregarme a ti con todo mi amor.

Bueno, creo que es hora de retirarme y esperar otra semana más para volver a vernos y pienso que el próximo Sábado pasaré por tí y quien quiera que nos vaya a acompañar para dar un paseo por la mañana y por la tarde vayamos a presenciar un concierto en el Teatro Real.

Te estaré esperando con ansias.

Vicente llegó a su casa para prepararse y regresar al Cuartel de la Guardia del Rey cuando se encontró con su hermano Sebastián quien le reclamó que ni siquiera lo saluda cuando está en la casa, desde que regresaste casi ni te veo, nuestros Padres solo hablan de tí, pero de nosotros ya ni comentan nada ¿cómo ves? Ya que ni tú nos buscas.

Perdón hermano, es que el estar como Guardia del Rey y luego realizar mi noviazgo con María, me absorbe demasiado y ya ni con Papá platico, y sí hay muchas cosas que deberíamos platicar tú y yo ya que con tus estudios de Abogado no sé cuáles sean tus planes para cuando te recibas.

De momento solo pienso en trabajar independiente como Abogado cuando me reciba, no me gusta muy bien la política actual, no quiero involucrarme en esos conflictos que a nada están llevando a España en su progreso como Nación independiente.

Sí, yo también veo muchos problemas pero en mi puesto debo estar con el Rey para su protección y meterme en política no está en nuestro plan de actividades, pero si me preocupa por la seguridad de todos, en la que no es tan fácil pasear en la calle sin el temor de alguna manifestación, mira que ayer le pasó a María un rato desagradable por una manifestación que había y que llegó muy asustada a su casa por los gritos.

Pero ¿no les hicieron nada?

No, afortunadamente están bien, con decirte que su Padre ya contrató gente para resguardar su propiedad.

Pero eso les va a salir caro ¿No?

Sí, pero él no quiere arriesgar la seguridad de los suyos cuando hay tanta rebeldía por los anarquistas que solo se dedican hacer manifestaciones.

Pues yo tengo entendido que el Gobierno está trabajando en crear algunas soluciones pero que les va a tomar tiempo por que deben ser aceptadas por todos para llevarlas a cabo.

Pues ojalá sea para bien de la gente, yo no confío en la bondad de esos movimientos, ya ves como pelean por la desintegración de España como los grupos vascos y otros.

¿Y no has pensado en llevarla a las corridas de toros o a las Verbenas que le hacen a los Santos en sus días que se les celebra?

La verdad ni se me había ocurrido, pero no sé si a ella le llegase a gustar ir a esos eventos.

Cuando empezamos nuestro reencuentro ella quería ir a ver conciertos y ahora le propuse pasear por las plazas de Madrid para entretenernos más y a veces nos ponemos a tocar el Piano o el Violín, tú sabes trato de pasar el mayor tiempo posible a su lado.

Y qué ¿no has pensado en casarte con ella?

Por supuesto, pero ya sabes que las costumbres de la sociedad están primero y tenemos que darnos tiempo como novios para que nuestros Padres arreglen los trámites del matrimonio.

Pues qué te digo yo ni siquiera he pensado en tener novia, con esto de la universidad para tratar de ser Abogado me absorbe demasiado y aunque quiera, tú sabes que hay que conocer alguien que realmente te atraiga y yo no he conocido hasta ahorita a ninguna.

Nosotros nos conocemos desde niños y entonces yo la veía como una amiguita con la que jugaba como niños que éramos, no niego que me gustaba más que otras niñas más grandes y cuando me fui a la Escuela Naval Militar se me olvidó un poco hasta que empezamos a navegar que se me vino más su recuerdo, pero realmente no esperaba volverla a ver, pensaba que ya se habría casado o que había conocido a alguien con el cual llevaría ya una relación de noviazgo, y mira me encuentro que ella estaba tan ilusionada conmigo que nunca pensó en nadie más, hasta creo que se hubiera ido de monja si no nos hubiésemos reencontrado, que de verdad es lo más maravilloso que me pudo haber pasado y luego para rematar, el que el Rey me hubiese pedido para ser parte de su Guardia Personal todo ha salido maravilloso y ahora no pienso dejarla, la amo tanto que solo pienso en casarme con ella, es tan hermosa sencilla y tan romántica, la siento tan entregada a mí que solo pienso en ella todo el tiempo.

Vaya que te ha pegado y ¿Cuántos años tiene?

Tiene 18 años ¿Por qué?

Es que se ve que ya tiene la edad en que la mayoría de las mujeres a esa edad ya están casadas.

Eso es lo maravilloso en ella, por eso yo estoy tan entregado a ella que nada me importa más que el mantener esta relación con ella hasta la muerte.

Oye que romántico, quieres ser el esposo perfecto en tu matrimonio.

Qué más puedo pedir en la vida que el llegar a formar mi familia al lado de ella.

¿Y qué no temes en las guerras o revoluciones que está pasando España?

Y quien puede pensar en otra cosa cuando se te es correspondido en el amor como lo ha hecho ella.

Pues si pero deberías de pensar en eso también.

Bueno, yo espero que el Rey tenga una larga vida y así permanecer como Guardia de él por muchos años, ¿te imaginas vivir el resto de nuestros días aquí en Madrid?

Ojalá se te cumpla hermano, que el destino de uno nunca se sabe que le puede pasar en la vida, tú has escogido una vida muy peligrosa y sobre todo en estos tiempos en que España está viviendo tantos problemas sociales, políticos, de salud, económicos, ya ves que anda el Cólera en algunas poblaciones, si te llegan a mantener en ese puesto pues que bien, pero ¿qué vas hacer si no y te llegasen a cambiar a otro lugar?

Pues yo espero que no me pase nada y que pueda seguir aquí en Madrid.

Pues ojalá hermano te deseo mucha suerte.

Gracias Sebastián, espero que así sea en el futuro, ya que sí de verdad es tan incierto, y bueno yo me tengo que retirar ya es noche y me tengo que presentar en mi Guardia a las 5.30am., apenas voy a poder dormir un rato.

Que te vaya bien Vicente, espero verte el próximo fin de semana.

Aquí estaré ya que esos días los paso con María y solo vengo a cambiarme y a dormir el Sábado por la noche, ya mi Madre me ha regañado por eso ya que no me quedo nada en la casa para verlos.

Pues vaya contigo, ojalá tengas tiempo para estar con nosotros ya viste cuántos años te pasaste en la Escuela fuera de nuestros Padres.

Pues si fueron casi 10 años y la verdad ni lo sentí como siento ahora el tiempo, ya que ahora no puedo decir nada al tener a María con la cual quisiera pasar todo el tiempo juntos.

Bueno, por lo que veo una vez que se casen, tampoco vivirás ya con nosotros y a nuestra Madre le va a doler mucho.

Bueno, que quieres así es la vida de uno, cuando creces todos tenemos que hacer nuestras vidas, es el destino de todos.

Que ni te oiga nuestra Madre porque se va a poner a llorar, te extrañó tanto mientras estuviste en la Escuela que aunque la veo feliz porque estás aquí en Madrid, pienso que ha de estar consciente de que algún día haremos nuestras vidas y nos iremos para siempre de la casa Paterna.

Yo más veo que lo que más nos debe importar en la vida es el ser con quien formemos una familia ya que se debe comprender que los hijos no son de uno.

Bueno creo que sí yo me voy a acostar.

Pues yo también me retiro para irme a presentar a la Guardia, aunque sea dormir un poco ahorita.

Se pasaron los días para Vicente, tuvo como todas las anteriores semanas que acompañar al Rey al Palacio de Río frío o al restaurante que le gustaba ir, tanto como a la casa de un amigo con el que le gustaba ir a cenar o comer y era por que le gustaba lo que cocinaba su cocinera que hasta una vez de tantas, que le propuso que se fuera de cocinera a Palacio, pero ella nunca lo aceptó, hasta que uno de los soldados que acompañaba al Rey, Marcelo, la conquistó y se la llevó a vivir con él y de esa manera lo que no pudo lograr el Rey lo logró uno de sus soldados de su Guardia.

De esa manera el Sábado llegó y después de que había dormido en la casa de sus Padres como lo hacía todos los viernes en la noche cuando regresaba de Palacio, por la mañana se levantó y después de arreglarse desayunó con sus Padres a quienes les contaba todo lo que había hecho en la semana como Capitán de la Guardia del Rey.

Y qué me dices de la relación del Rey con la Infanta su esposa real, ¿como se llevan?

Madre, eso ni siquiera nos podemos dar cuenta cuando salen juntos no aparentan tener problemas, como que actúan muy bien ante la gente para que nadie hable de ellos.

¿Qué vas hacer hoy, hijo?

Ya sabe Madre, pasar el fin de semana con María Rafaela, es el único tiempo que tengo para pasarlo con ella.

Y con nosotros ¿cuándo?

Que más quisiera Madre, pero lo mejor para mí es poder llegar a casarme con ella y así podrán ustedes pasarla con nosotros más tiempo.

Y ¿Cómo va a ser eso si usted está en su Guardia toda la semana?

Bueno, pienso que yo rentaría una casa cerca del Palacio Real y así podría yo regresar a dormir a mi casa y ustedes podrían visitarnos y nos podrían ver más seguido.

Pues espero que sea posible para verlos más seguido y más tiempo, ya que han sido muchos los años que estuvo usted fuera tanto tiempo y que no pudimos convivir con usted.

Pero ¿se siente usted orgullosa de mí o nó?

Claro que sí, pero por eso me gustaría verlo más seguido, me ha hecho pensar en lo difícil que debe haber sido para mis Padres el haberme separado de ellos para criarlos a ustedes y convivir con su Padre, ellos ya están tan viejos que poco nos podemos ver, yo espero que no pase eso mismo con todos ustedes, sería repetir algo que nunca cambia, el destino que toda familia debe seguir, crear, formar y dejar ir a los hijos a que repitan lo que uno hizo con sus Padres.

Pues pienso que es la forma en que todas las familias viven y nada se puede hacer en su contra, ya me tocará pasar por lo mismo que ustedes, pero pienso que lo más hermoso es precisamente amar y ser amado hasta la eternidad.

Podría yo decir que te cases ya y así poder verlos más seguido ya que podría pasar unos días en tu casa y ayudarle a tu mujer con los quehaceres de la casa, que bueno, me imagino que le vas a poner sirvientes que le ayuden, ¿es así?

Por supuesto que sí Madre, ya ve que con el sueldo y todo lo que he ahorrado me permite darle ese tipo de vida a mi futura esposa, y por cierto Madre ya es tiempo de ir pensando en la dote que les van a entregar los Padres de mi futura esposa, yo estoy dispuesto a manejarla lo mejor posible ya que me quiero casar con María Rafaela ya que solo estoy dando tiempo a que se realice nuestro noviazgo formalmente y podamos presentarnos en la sociedad de la monarquía como los futuros novios que se casarán, por cierto me voy a ir a ver a María porque quiero llevarla a pasear a la Plaza Mayor de Madrid y luego a comer a algún restaurante.

Vaya usted pues hijo, lo estaremos esperando por la noche cuando regrese, yo mientras voy a hablar con su padre para ver lo de la dote que quiere que recibamos cuando hagamos los arreglos para su boda.

He estado pensando que cualquier cantidad que les ofrezcan los Padres de María la acepten sin ningún obstáculo para hacer los arreglos para nuestro matrimonio, ¿qué piensa Madre?

Que son ustedes los que van a decidir qué hacer para su boda.

Ya lo tenemos pensado Madre, solo es cuestión de tiempo para arreglar mi boda con María, que yo espero que para fines de febrero estemos arreglando los trámites de la boda, por lo pronto voy por María para irnos a pasear.

Si me dice que van a ir a la Plaza Mayor no se vaya a decepcionar tu novia, como están las cosas en Madrid hay muchos problemas en la Ciudad.

¿Cómo cuáles?

Que se ha vuelto una Ciudad triste y sola, sucia, deprimente y que lo que la gente hace es trasnochar; es la tristeza de una multitud indiferente chocada por la suciedad del ambiente, esos malos olores de las calles, los detritus de la miseria y ese tragineo de la basura, no le vayan a estropear su paseo con María.

Vaya Madre, que me ha asustado, ¿tan grave es?

Vaya mi hijo para que se convenza, porqué cree usted que nosotros casi ni salimos, hemos visto tanto problema que si no es en carruaje ni para que salir a pasear, cuando lo hacemos nos vamos al campo donde no haya gente ni que molestemos ni que nos molesten.

De verdad Madre que me ha decepcionado sobre sacar a pasear a María por las calles de Madrid.

No tiene porque, ¿a poco no va ella a Misa los domingos a la Catedral?

Sí, pero ahora me doy cuenta porqué el carruaje de ella siempre va muy cerrado por lo que no se puede ver fácilmente a la calle y su Madre no es muy fácil de invitar a ir a comer algún restaurante, con razón, pero ya veré de ir a pasear con María a la Plaza Mayor y a llevarla a caminar a un jardín.

Tenga cuidado mi hijo, hay mucha gente pobre que los pueden molestar.

No se preocupe Madre voy a hacer todo lo posible por estar bien, bueno ya me voy.

Que le vaya bien mi Hijo.

Vicente llegó a la casa de María después del medio día donde fue recibido por ella diciéndole.

Arréglate lo más sencilla que puedas no joyas, ni mucho maquillaje ponte un sombrero ligero.

¿Pero qué pasa, porque me dices eso?

Bueno, como te había propuesto ir a pasear a la Plaza Mayor me he informado de cómo está para poder pasear en ella y es lo que me han recomendado.

La verdad no entiendo.

Bueno no te preocupes, que si llegamos a ver que no es posible bajarnos del carruaje, nos ponemos a pasear en él por alrededor de la Plaza o del Jardín.

Está bien, déjame arreglarme y salgo en unos minutos.

Mira qué bien te ves, vamos a pasear para que te diviertas un poco en tu maravillosa Ciudad.

Salieron y subiendo al carruaje, Vicente le ordenó al cochero se dirigiera a la Plaza Mayor, el cochero solo respondió ¿a la Plaza Mayor, Señor?

Sí, por favor.

Y así recorriendo las calles de Madrid se empezaron a percatar de la suciedad de algunas calles, pero que no todas están igual y claro de los malos olores eran de esas calles y no así todas, como también de la cantidad de basura que había tirada por ellas, María diciéndole a Vicente, creo que te exageraron el estado de la Ciudad.

Tenías razón, yo no me había dado cuenta de cómo está Madrid actualmente, como siempre me llevan en el carruaje y desde mi asiento no se alcanza a ver bien las calles.

Sí, por eso ahora entiendo a tu madre cuando se negaba a que fuéramos algún restaurante, pero pienso que ella como yo estábamos mal informados sobre el estado de la Ciudad.

Ya lo veo, ¿pero qué debemos de hacer nosotros?

Solo cuidarnos de quien nos rodea y no salir con trajes caros para no dar a entender quienes somos, así nos podremos evitar problemas, por eso te pedí te vistieras con algo sencillo, pero mira ya estamos llegando y creo que podemos caminar un poco, déjame decirle al cochero que nos deje bajar y que nos siga alrededor de donde caminemos.

Por favor pare aquí, (le gritó Vicente al cochero) y después síganos.

Como usted ordene, Señor.

Ven María, caminemos un poco.

Sí, vamos.

Con algo de temor, María comenzó a caminar agarrándose del brazo de Vicente, no sin dejar de comentar lo bonito del lugar y que no estaba tan sucia, así recorrieron buen rato la Plaza.

Vamos, subamos en el carruaje y vayamos a conocer la Puerta del Sol pidiéndole al cochero que los llevara, ya ahí se percataron de lo hermoso del lugar, no sin que a María le disgustara algo que aunque se sabía vigilada por su "carabina" la "Tía" que le había asignado su Padre para que cada vez que saliera con Vicente les acompañase si su Madre no iba con ellos y era que no se le separaba de ellos.

Vicente ya traía los boletos para el Teatro y le pidió al cochero regresase a la casa de María para pasar a recoger a los Padres de ella, ya que esa noche presenciarían un Concierto de Beethoven.

María ¿todo bien?

¡Oh sí, Madre! lo que pasó es que Vicente se dejo llevar por los rumores de que la Ciudad de Madrid está muy descuidada y lo que vimos es que sí hay calles descuidadas, pero no todas están así.

Fuimos a la Plaza Mayor y me gustó mucho porque ví muchas familias con sus hijos divirtiéndose, comprando golosinas y cómo juegan los niños que ni te dejan caminar, luego fuimos a la Puerta del Sol otro de esos hermosos lugares que te absorben con su belleza, esa fuente tan bonita, que no quería salir de ahí, que si no ha sido porque Vicente ya tiene los boletos para el Concierto de esta noche, hubiera querido continuar paseando por esos lugares.

Así que te encantaron, qué bueno hija, veo que te hemos tenido muy aislada de la vida de la Ciudad de Madrid, pero siempre lo hemos hecho porque hemos pasado por muchos problemas, que si no ha sido por el liderazgo que les dió el Rey Alfonso XII no sé que hubiese sido de España, ya que gracias a él que se puso al frente de las tropas que derrotaron a los Carlistas, quien sabe cómo seguiría la vida en España, por eso tu Padre siempre nos ha tenido casi encerradas, siempre temiendo que nos afectaran los problemas de la gente, tanto políticos como sociales.

Bueno, en cierta forma qué bueno, pero al ver esos lugares me siento atraída por continuar visitándolos.

Estamos pensando mañana ir a ese jardín que mandó hacer la Reina Isabel II dicen que está muy bonito, sí quiero ir a visitarlo así como a otras Plazas que me dijo Vicente, pero bueno Madre me voy a cambiar para irnos al Concierto de esta noche, que por cierto va a haber luna llena y eso sí me gusta verlo y ahora que está Vicente quiero compartir esa belleza de la Luna.

Salieron rumbo al Teatro para ver el concierto en sus respectivos carruajes no sin antes decirle María a Vicente de lo maravilloso que estaría la Luna esa noche y que quería contemplarla con él.

En el Concierto tocaron las melodías de L. Van Beethoven tales como Adagio sostenuto para piano, Claro de luna, la Piano Sonata No 8 Patética, Romance para Violín, además de otras, pero cuando tocaron la de Claro de Luna María le apretó la mano a Vicente dándoles a entender su deseo de ver la Luna a su regreso a su casa.

Como eran las 11.00pm de la noche María les pidió a sus Padres permiso para permanecer con Vicente un rato en el jardín para contemplar la Luna, por lo que ellos no vieron ningún problema dejándoles caminar por el jardín.

María tomó de la mano a Vicente y caminaron por entre el jardín que en esos días de Enero las plantas se veían un poco secas pero que iluminadas con la luz de la Luna parecía que las hacía parecer de plata.

¿Te fijas qué hermosos colores se ven a la luz de la Luna en las plantas?

Lo que me parece hermoso es tu rostro a la luz de la Luna, con ese brillo que se ve en ella que me hace ilusionarme mucho más con la belleza de tu rostro, ¿Cuántas noches ignoré estas vistas de la Luna como la de hoy? No lo sé, pero hoy es tan significativo para mí por que te tengo a mi lado y eres la ilusión de mí vida.

Te amo es todo lo que yo sé y quiero besarte a la luz de esta Luna que me inspira tanto para amarte cada día más y me hace desear ya estar casada contigo para realizar este sueño de amor, que he tenido contigo por siempre.

Me trastornas con esas palabras, nunca pensé que pudieses amarme tanto, yo sé que te recuerdo siempre apegada a mí en nuestras reuniones, pero a pesar de lo bien que me hacías sentir en aquellos momentos nunca pensé en que tú me amaras de esta manera, ¿Qué quieres? está uno tan infantil en muchas cosas que no se entienden en esos momentos esos sentimientos que tú me expresabas lo mismo que ahora.

Me haces sentir tan feliz, tanto que ya no quiero perderte nunca, mi vida la quiero construir a tu lado para siempre, crear una familia en la que el amor prevalezca sobre todas las cosas así como los infortunios que se nos presenten en la vida, estaré siempre a tu lado y no habrá nadie que pueda perturbar este amor que ha nacido tan fuerte en mí por tí.

Gracias, pero sí, es lo que yo siento y he sentido siempre por tí nunca me pasó por la mente nadie más, tanto que siempre me hice a la idea, como te dije anteriormente dedicar mi vida a la religión si no lograba casarme contigo y aun así hasta he pensado que parte de mi vida la puedo dedicar a obras de la caridad mientras tú trabajas.

Bueno, eso ya lo veremos cuando nos casemos, qué lástima que no podemos acompañar estos momentos con música, ¿te imaginas cómo sería pasear así con música de fondo para nuestro romance?

No sueñes tanto, que para eso tendríamos que hacer que alguien tocara desde la casa el piano para escuchar la música.

Por eso pienso que si llegamos a tener nuestros hijos los hagamos aprender música, para que cuando crezcan nos toquen la música como te digo.

Ojala sea así, porque tener hijos tuyos será una bendición de Dios a nuestro amor, mira que por algo soy hija única, mi Madre ya no pudo tener más hijos después de mí ya que así le dijo el Doctor que nunca podría volver a tener hijos.

Algo así le pasó a mi Madre ya que también después de Sebastián mi hermano ya no pudo tener más hijos.

Por cierto, ¿Cuándo me vas a presentar a tus hermanos nuevamente?, yo los recuerdo cuando jugábamos en la Escuela, pero sí me gustaría volverlos a ver.

Pronto, le voy a pedir a mi Madre nos haga una comida en la casa para invitarlos a ustedes y así convivir con mis hermanos y mis Padres con ustedes.

Que sea pronto, por cierto ¿Qué vamos hacer mañana?

Como te dije quiero llevarte a pasear a las Plazas después de Misa ¿crees que tu Madre nos deje ir?

Yo creo que sí, pero antes de que te vayas dame un beso.

Un beso que en el abrazo de los dos duró casi 10minutos en los que ella sentía toda la emoción de sentirse en los brazos de Vicente a quien se le doblaban las rodillas de la emoción de sentir a María en sus brazos y besándolo.

Bueno, te veo mañana en la Catedral para la misa en la que como siempre te estaré jurando mi amor eterno hacia tí.

Ahí te estaré esperando, con todo mi amor.

Las horas pasaron, Vicente se levantó y cuando almorzaba con sus Padres y su hermano les pidió poder tener una comida con ellos y con María ya que ella le había pedido reunirse con sus hermanos para conocerse mejor.

Bueno hijo, tendrás que invitar a tu hermano Alvaro y su familia para que estemos todos.

Lo podrás hacer en mi nombre ya ves que yo duro casi toda la semana encerrado en el Palacio haciendo la Guardia.

Está bien hijo, voy a mandar un emisario para que tu hermano venga ya y así platicar con él para explicarle lo de la reunión con María y por cierto ¿vendrían sus Padres?

Se lo voy a preguntar ahora que nos veamos en misa.

Sí, porque de esa manera hay que preparar una comida como la que nos prepararon ellos cuando fuimos a pedirles permiso para que te dejaran realizar tu noviazgo con ella.

Yo te aviso Madre, por lo pronto me voy para ir a la Catedral a la misa a la que va María.

Al llegar se da cuenta Vicente que hay una boda en esa misa y ve que hay mucha gente por lo que entra por otra de las puertas buscando a María con su Mamá a quienes encuentra cerca del altar y sentándose junto a María le saluda lo mismo a su Mamá, casi de inmediato se sentaron una familia junto a Vicente y junto a él se sentó una muchacha de pelo rubio que se le notaba abajo del velo que traía, muy guapa y bien vestida que le hacía ver que era una mujer muy hermosa y cuando se sentó quedó muy cerca de Vicente, lo que le dió celos a María de que se hubiese sentado junto a Vicente, pero él ni siquiera volteó a verla, al rato se empezó a realizar la boda y las melodías que tocaban como el Ave María, los hacía a María y a Vicente agarrarse de la mano y como una sola persona se arrodillaban o se sentaban y así estuvieron hasta que la misa terminó, no sin que la muchacha que se sentó junto a Vicente cada vez que se sentaba lo hacía juntándose a Vicente sin que él le hiciera caso.

Al salir de la misa, junto con la Mamá de María salieron por una de las puertas laterales sin que Vicente en ningún momento hubiese volteado a ver a la muchacha que se había sentado junto a él, por lo que María quien le había tomado del brazo caminaba junto a él mientras su madre caminaba al frente de ellos, pero como María había notado que Vicente ni siquiera había volteado a ver a la chica, fue suficiente para ella para no tomarla en cuenta, por lo que se concretó a salir de la Iglesia junto a Vicente quien ya tenía el plan de invitarlas a comer.

Espero Señora, que acepte esta vez ir comer a un restaurante, las invito de verdad.

Y ¿a cual iríamos?

A un restaurante llamado La Bola ahí podemos comer el exquisito cocido madrileño, el puchero de barro original y lo podemos acompañar con los exquisitos vinos de mesa, el Tempranillo o el viñardel, y los postres que también sirven ahí.

Así como cuando fuimos a comer al restaurante que nos llevó usted la vez pasada.

Sí, precisamente, lo que quiero es que ustedes disfruten de la variedad de los restaurantes de Madrid, ¿acepta Señora Lucia?

Vamos pues, que me ha despertado el hambre con la descripción de los platillos que nos hizo.

Y tú María ¿quieres ir? Te va a gustar la comida.

Qué, lo que quieres es que engorde con esos platillos que mencionas tan exquisitos.

No creo que te hagan ese efecto y si así fuera a mí no me importa si eres delgada o gruesa yo te amaré igual y por siempre.

Bueno, bueno ¿vamos a ir o nó?

Por supuesto Señora Lucia, dígale a su cochero que las lleve al restaurante La Bola y ahí las alcanzo.

El carruaje de María se encaminó al restaurante y siguiéndolos Vicente en su carruaje pronto llegaron al restaurante, al entrar Doña Lucía se percató de lo bien arregladas que estaban las mesas con sus manteles blancos adornadas con bellas lámparas y ramitos de flores, los cuadros en las paredes de paisajes pintados de España, así como también se veía lo amplio del restaurante, Vicente pidió una mesa para los cuatro ya que también iba la Tía de María que era quien siempre acompañaba a María cuando salía con Vicente; pronto la comida se volvió el tema principal y comiendo y bebiendo los vinos que les habían servido, se pasaron un buen rato comiendo, cuando terminaron la Señora Lucía le pidió a Vicente que se fueran a la casa por que quería pedirles que le amenizaran la tarde con música ya que los dos tocaban muy bien haciendo el dueto de Piano y Violín.

Vicente viendo a María aceptó irse a la casa a complacer a la Mamá de María.

Al llegar el Papá de María salió a su encuentro, pero de inmediato Doña Lucía se adelantó para decirle:

"Estamos llegando ahorita porque acepté la invitación de Vicente de ir a comer a un restaurante y como el venir hasta acá nos haría perder mucho tiempo, decidí que fuéramos a comer, espero que te hayan servido de comer los empleados de la casa".

Sí mujer, pero ya me tenían preocupado al no llegar, son ya las 5 de la tarde.

Vamos adentro, que quiero escuchar a los muchachos tocar música y te voy a servir una bebida para que te tranquilices.

Está bien sírveme un coñac Frances por favor.

Los que tú quieras que al fin y al cabo es tu cuerpo el que se toma el vino.

Vamos, sin reproches que para eso los hago yo.

En eso María y Vicente empezaron a tocar Claro de Luna de Beethoven y de esa manera lograron que los Papás de María se tranquilizaran, su Papá les pidió que la volvieran a tocar y a la vez tomó de la mano a su esposa para que se sentara junto a él y así se pasaron la tarde y ya entrada la noche María le pidió a su Mamá que si podían parar de tocar música que ya se habían cansado y que querían salir al jardín para ver si les servían un café con pastelillos.

Sí hija, al fin y al cabo tu Padre ya se fue a dormir, vayan ustedes y gracias por la música Vicente.

Para servirle y al contrario gracias a usted por permitirme pasar la tarde con María.

Vamos Vicente, salgamos a caminar y esperemos que nos traigan el café y los pastelillos.

Vamos, aunque esta haciendo un poco de frío, sería bueno que te abrigues bien para que no te enfermes.

A tí yo te veo muy sano, ¿Cómo le haces?

Es el ejercicio que nos toca hacer diariamente cuando estamos de Guardia ya que nos turnamos para hacer las Guardias y en los espacios que no hago nada me pongo a correr y hacer ejercicio por un total de dos horas diarias lo que me permite mantenerme en forma y sano según nos dicen los Doctores que nos atienden.

¿Qué también tienen servicio Médico?

Oh sí, a veces alguien se cae del caballo y lo tienen que llevar con el Médico o por otras enfermedades también, hay veces que los mismos soldados se reportan enfermos, por lo que decidieron crear su centro Médico propio.

Qué bueno y ahora disfrutemos de esta soledad y bésame que me siento tan atraída a tí esta noche que no se qué haría si estuviésemos ya casados.

Pues yo también ya no sé que hacer para que se pase el tiempo necesario para que podamos casarnos.

Tranquilo, que tenemos toda la vida para amarnos ¿no crees?

Sí, pero si vieras qué difícil es estar separado de tí por varios días y sin poderte ver, yo sé que podría verte, pero ya sería muy tarde por la hora en que salgo y tus Padres no me dejarían verte por lo mismo.

No nos queda otra por lo pronto más que esperar, pienso que no tenemos las cualidades para ser perfectos, pero sí debemos de luchar por el ser que amamos para tratar de hacerle feliz hasta donde esté a nuestro alcance, por eso pienso que no debemos pensar que estamos separados por nuestros prejuicios, sino que al reencontrarnos desde ese momento estamos juntos para siempre, quizás no seamos del gusto de los demás, pero a nosotros solo nos debemos importar el uno al otro nada más, bastantes problemas tenemos que enfrentar en nuestras vidas como para hacérnosla todavía más difícil cuando no es necesario.

Te entiendo, pero precisamente por todos los problemas a los que nos tenemos que enfrentar como las epidemias, hambrunas, guerras, miserias y tantos problemas que nos da el vivir en este mundo, es parte de lo que me presiona para tratar de encaminar mi vida hacia un matrimonio firme, seguro y feliz.

De acuerdo, pero ante todo debemos esperar a cada paso de nuestras vidas se desarrollen dentro de los plazos normales que nos exige vivir en una sociedad monárquica como a la que pertenecemos, mira, que yo a veces siento la necesidad de acudir a ayudar a la gente necesitada, pero no hay organizaciones que yo conozca que se dediquen a ello y que en ellas nos permitieran ayudar a los más pobres de nuestra ciudad, he sabido de muchas manifestaciones por hambre y enfermedades exigiéndole al Gobierno o al Rey que ayuden a la gente, pero poco o nada se ve.

En los negocios que maneja mi Padre nos deja algo de dinero que yo quiero usar para ayudar a esa gente, pero mi Padre no me deja por el miedo que le da la forma en que se comporta la gente y dice que si aquí en la puerta de la casa nos ponemos a ayudar a la gente se nos llenaría de gente pobre toda la calle y nunca acabaríamos por ayudarles, que por eso no me deja que ayude a la gente y veo que tiene mucha razón.

Pues sí que la tiene, debería la gente que puede crear instituciones de ayuda para los pobres, especialmente con esas epidemias que mata tanta gente, yo también veo en las calles mucha miseria y no veo que alguien haga nada, pero nosotros no podemos ser los héroes del momento tenemos que resignarnos y cuidar de los nuestros que no sufran ni miserias ni enfermedades.

Algo muy difícil de sostener en estos tiempos en que la política del Gobierno está tan desestabilizada por tantos movimientos políticos según nos cuenta mi Padre, que los Carlistas, que los socialistas, que los anarquistas, tanto que menciona mi Padre en la casa cuando se pone a platicar ya sea con sus amistades o con mi Madre y yo lo alcanzo a escuchar y muchas veces ni comprendo lo que dice, hasta que lo veo en las revistas que él trae a la casa.

Yo también he oído esas discusiones en la casa con mi Padre pero ahí sí me hace platica a mí y siempre nos ponemos a discutir sobre los problemas políticos tanto del Gobierno como del Rey y hasta los que pasan en otros Países; como en las Filipinas y Cuba donde todavía se tienen tropas y gente de nosotros gobernándoles y también sabemos que mucha de la riqueza de esos países sirve para sostener la economía de nuestro país, que sus productos como el azúcar, el tabaco, el alcohol y otras cosas sirven para sostener la economía de España, que ahora que se perdieron los otros dominios que tenía España cuando Napoleón invadió a España provocando los movimientos de Independencia de esos países de América.

Siempre he pensado en eso y duele pensar en todo lo que se perdió y que ya nunca se recuperará y que si se pierden esas otras colonias de España se va a hundir más la economía Española.

Por eso yo he visto que se han seguido mandando más soldados a esos lugares y precisamente mi Padre decía sobre los tres proyectos de construir grandes Buques de guerra, pero no se ve que sean apoyados por el gobierno hasta ahorita.

Quién sabe qué consecuencias le puedan traer a España esas negligencias del Gobierno, yo oigo a mi Padre que está en la Marina enojarse por que no se les da lo que piden y que tanta guerras internas están destruyendo más a España; que no se tiene un verdadero liderazgo que una más a nuestra gente y que hay tantos intereses extranjeros por desestabilizar la Política y la unión de nuestra gente que quien sabe en que vaya a terminar España con todo esto.

Bueno, creo que es hora de despedirnos por este día y esperar el fin se semana para vernos nuevamente y ojalá se pueda realizar la reunión con tus hermanos en tu casa.

Eso espero y te lo comunico la próxima semana.

Con un fuerte abrazo y un beso muy prolongado se despidieron María y Vicente como no queriendo separarse hasta que ella se retiró.

Vicente regresó a su casa solo para irse a dormir ya que era muy tarde y todos estaban ya dormidos, calladamente llegó a su dormitorio y se acostó a dormir.

En la madrugada se levantó y se fue para estar a tiempo ya que por la mañana los toques de cornetas y los gritos los hacen levantarse para el relevo de la guardia que celebraban cada mañana a las 8am, ya en su caballo y esperando a cada movimiento se concentró en ellos sin pensar en nada más por el momento y solo esperar a cumplir sus obligaciones hasta que se llegase el fin de semana para regresar a su casa y esperar ver a María Rafaela.

Ella por su parte, durante la semana se concentraba en sus clases de piano y música y otras clases que le daban desde niña y en leer algunas obras así como ayudarle su Madre en las tareas en las que ella pudiese ayudar, pero siempre pensando en Vicente y contando cada día que pasaba, diciéndose es un día menos, así también se pasaba los días esperando que se llegase el tan esperado Sábado para verse otra vez.

María, hoy es Martes y tu Padre me llamó la atención ayer sobre tí.

¿Y qué le reclamó Madre? ¿Acaso me he portado mal y tiene algo que reprocharme de cómo trato a Vicente?

Oh no, no me está discutiendo tu Padre, sólo me ha dicho que has descuidado tus clases de Matemáticas, que en estas en todas te equivocas y en Gramática, te pones hacer poemas a Vicente, que tus Maestros de Filosofía, Etica, Moral y Francés se quejan de que tú pareces estar en las nubes cuando te dan las clases, que ya no saben que hacer para llamar tu atención, que los únicos que no se han quejado de tí son tus Profesores de piano y pintura, ¿Qué es lo qué te pasa? ¿Qué le respondo a tu Padre? Ya que dice que es costoso pagarles a los Maestros y que tú no los atiendas.

Ya que me lo preguntan, creo que ya debería parar esas clases, no se dan cuenta de que por fin se han hecho realidad mis sueños con Vicente y como podrán entender que nuestra intención de Vicente y mía es el casarnos, ustedes saben cuánto lo adoro y creo que solo las clases de Moral, Etica, piano y pintura las podría seguir tomando.

Me pongo a imaginarnos que estamos bailando en esos hermosos parajes adornados por la luz del sol en su ocaso, por eso no pongo ya atención en esas clases, pero las otras clases, ya no veo para que las tome, nunca he sido buena en Matemáticas y las otras clases, Madre dile eso.

Me gustaría que tú se lo dijeras y vieras que es lo que te dice, porque a mí solo va a hacer más grande la discusión, tú sabes que desde que eras una niña impuso un estricto horario para tu educación y todavía para él tú necesitas más educación, por eso te recomiendo que tú se lo digas.

Bueno, lo hare en la comida o a la hora de la cena, usted sabe Madre ya soy una mujer y ahora tengo novio y ya no soy una jovencita para seguir tomando clases de esa naturaleza.

Preferiría que fuera a la hora de la cena, para que no se pasen la tarde discutiendo lo mismo, es mejor una discusión corta y a dormir.

Esta bien, así lo hare Madre.

La noche llegó y con ella la hora de la cena, María estaba nerviosa porque sabía como era su Papá, que difícilmente aceptaba se contradijeran sus órdenes, pero ella se sentía ya muy madura para enfrentarse a su Padre, ya que se sentía ya toda una mujer madura, y con el noviazgo con Vicente se sentía más libre de esas obligaciones, por lo que cuando se sentaron a cenar se extrañó que su Padre no empezara la discusión sino que empezó a cenar muy callado y cuando terminó se dirigió a María en un tono suave y cortés.

Creo que tu Madre te habrá dicho que estoy viendo las quejas de tus Maestros sobre tus clases y en vista de que ya eres una Señorita y con novio solo quería avisarte que ya les dije que conforme tú lo desees se les pedirá que se retiren o se queden, por eso te pregunto que clases quieres continuar.

La verdad Padre me siento nerviosa para contestarle pero creo que las clases de Matemáticas, Gramática y Filosofía por lo pronto quisiera suspenderlas sí es que usted me lo permite.

Así se hará hija mía, mañana yo me encargo de pedirle a tus Maestros que ya no los vas a necesitar que por lo pronto les liquidaré lo del mes y es todo, así que en eso quedamos, me retiro a mi recámara a dormir buenas noches.

Hasta mañana Padre y gracias.

Vé mi hija no tenía porqué estar nerviosa, su Padre ya comprendió que usted ya es toda una Señorita.

Pero yo pensé que me iba a regañar por eso, pero ya ví que no y se lo agradezco y bueno yo también me retiro a dormir Madre, aunque le diré algo más que pienso de mí misma, yo no tengo todas las cualidades para ser un ser o mujer perfecta me tengo que aceptar tal como soy para tratar de mejorarme a mí misma y no caer en el pecado de la inutilidad; como le digo, no tengo las cualidades que yo quisiera tener pero estoy aprendiendo a valorarme y aprender lo que debo mejorar en mí.

Ande pues hija, vaya a dormir, que yo también me siento cansada, y como veo que usted parece solo revivir los fines de semana pues la dejo para que se ponga a esperar el día en que se volverán a reunir tú y Vicente.

Gracias Madre, yo espero que usted se recuerde cuando anduvo de novia de mi Padre.

Sabes hija, ni me lo recuerdes porque a nosotros nos tocó esas bodas arregladas por las familias en que ya se te asigna desde chica quien va a ser tu esposo.

¿Tanto así Madre? ¿Qué me quiere decir, que usted no se casó enamorada de mi Padre?

Eso es cosa que no se lo voy a confirmar ni a negar son asuntos de familia muy secretos.

Bueno, entonces si me retiro Madre.

Los días pasaron y poco a poco para María se fue acercando el Sábado en que vería a Vicente, pero el jueves por la noche pasó Vicente para verla.

Tocando la puerta de la casa de María al abrirle lo pasaron a la sala y le dijeron que le comunicarían a la señorita María que ahí estaba esperándola por eso cuando entró preguntó.

¿Qué pasó Vicente?

Solo he querido avisarte que este Domingo van a ir a comer a la casa mi hermano el Doctor y su familia para reunirnos, así que si quieres invitar a tus Padres a la comida que vamos hacer, los esperamos en la casa a las 2pm después de Misa, para que les digas por favor.

Yo lo haré, despreocúpate y ya nos veremos el Sábado ¿Verdad?

¡Oh sí! claro que sí, ya te vendré a buscar para ver qué hacemos ese día, tengo tantos planes por hacer contigo que al estar a tu lado a veces se me olvidan y es que me siento estar en el paraíso a tu lado.

Qué casualidad acabo de tener en estos días una plática con mi Padre porque ya no quiero seguir tomando algunas clases de las que me daban diariamente, ya que siempre estoy pensando en tí.

Y ¿Qué pasó que te dijo tu Padre?

¡Oh nada! que está de acuerdo conmigo e inclusive ya les dijo a mis maestros que ya no voy a tomar sus clases, que solo algunas porque me sirven para perfeccionar mis habilidades artísticas.

¿Qué, te piensas dedicar a ser artista?

Nó, por supuesto, sino que quiero perfeccionar mis clases de piano, Francés, pintura y otras cosas.

¡Ah vaya!, ¿pero porqué has tomado esa decisión?

¿Y me lo preguntas tú? Por tí, porque yo estoy pensando en tí y en nuestro futuro.

Bueno, ya hablaremos de esto el próximo Sábado, tengo que regresar a Palacio para integrarme a la Guardia porque hoy el Rey no salió a ningún lado y eso me permitió venir a verte.

¿No te vas a despedir como siempre?

Claro que sí, el darte un beso llena todas mis ilusiones del día.

¿Y qué esperas?

Así pronto se despidió Vicente para retornar al palacio para integrarse a sus actividades, ya que el Rey se le había visto muy ocupado con su nueva esposa, y todos piensan en el porqué los casaron, y claro todos esperan la noticia de que la Reina esté embarazada.

Pronto se llegó el Sábado y Vicente desde el viernes en la noche había regresado a su casa para ver a sus Padres, quienes lo recibieron gustosos ya que era poco lo que podían platicar con Vicente, por su afán de sólo querer ver a María Rafaela, algo que a cualquier reclamación, siempre respondía "Estoy enamorado de ella" a quien no le guste se puede retirar de mis amistades, pero por supuesto que a sus Padres no se los decía.

Hola madre, cómo están aquí ¿siempre va a venir Alvaro Mañana con su familia?

La verdad creo que sí porque no ha mandado ningún mensaje adicional.

Bueno Madre, me voy a arreglar para ir a ver a María.

¿Qué no piensa comer aquí hijo?

Madre, ya sabe que trato de aprovechar cualquier momento con María son pocos los que puedo pasar a su lado, me siento hasta celoso del tiempo, porque no puedo estar junto a ella todo el tiempo.

¿Me parece increíble que le haya pegado tan fuerte el amor? mi hijo.

Ni yo mismo me entiendo Madre, tantos años de estar junto a ella de niños y luego de adolescentes, ¿sería que como convivíamos todo el tiempo juntos no lo sentía como ahora?

Probablemente, ya que cuando estaban en la Escuela recuerdo que siempre los encontraba platicando juntos o jugando.

¿Ve madre lo que le digo? Siento que se me va la vida mientras no la veo, la amo demasiado es lo único que le puedo decir o confesar.

Sí, ya lo entiendo y espero que ese amor se convierta en un amor ejemplar y eterno.

Yo espero que sí, no hay nada que ahora no desee más que hacer mi vida con ella, juntos para siempre.

Bueno váyase ya, no se le vaya hacer tarde.

Oh no Madre, la pienso llevar a pasear por las Plazas de Madrid.

Vaya usted hijo, tengan cuidado a donde vayan, recuerde que la gente no está muy contenta con el Gobierno y cualquier manifestación les puede provocar problemas, cuídense.

Así lo haré Madre no tenga cuidado, veré que podamos ir a pasear sin problemas.

Vicente se cambió y salió en busca de María quien ya estaba lista y en cierta forma ansiosa de que llegase Vicente a quien recibió con un fuerte beso.

Vamos a pasear por las Plazas de Madrid para que te distraigas.

Vamos a donde quieras que lo único que me interesa es estar a tu lado el mayor tiempo posible.

De esa manera partieron hacia la Plaza Mayor de Madrid donde estuvieron caminando y platicándose lo que habían hecho entre la semana.

Sabes, te dije que mi Padre quería hablar conmigo sobre las clases que estoy tomando sobre Matemáticas, gramática y otras y que creí que me iba a regañar porque se estaban quejando los maestros que venían a la casa a darme las clases de que yo no les ponía atención, y claro ¿Cómo querían que yo les pusiese atención si nada más estoy pensando en tí?

Sí ya me habías dicho, pero lo raro es que a mi me pasa lo mismo, pero yo sí trato de estar consiente de mi responsabilidad como Guardia del Rey ya que con los atentados que ha tenido no podemos confiarnos de nadie, pero de que tú estás en mi pensamiento eso ni lo dudes, estoy siempre pensando en tí, por cierto quisiera que fuéramos esta tarde al Teatro Real para ver la obra de Tristán e Isolda cantada por la tan famosa Elena Sanz, ¿Qué dices?

Claro, por supuesto que sí, ya sabes con tu compañía estoy bien y podemos ir a donde tú quieras.

Bueno, por eso ya compré los boletos y después de este paseo por las plazas vamos a comer y después al Teatro.

Pero ¿cómo les aviso a mis Padres de que vamos al Teatro?

Mandamos al cochero que vaya a tu casa avisarles, pero vente vamos a caminar por el Paseo Los Platanales que es un vereda con muchos árboles a los lados, te va a encantar.

Caminaron por ese paseo que hizo que María se pasase una tarde maravillosa y de ahí se fueron al Teatro a ver la obra que querían ver.

Ya por la noche despidiéndose en la puerta de la casa, Vicente le dijo que no se le olvidara que el día de mañana irían a comer a su casa para reunirse con sus hermanos.

Sí claro, no te preocupes vamos a ir hasta con mis Padres, quien tienen la intención de pasar la tarde platicando con tus Padres, y lo haremos saliendo de Misa.

Bueno ahí te voy a ir a ver para que vayamos a mi casa.

Te estaré esperando en la Iglesia para oír la misa y rezar porque podamos tener una vida plena en el futuro.

Bueno, nos vemos y déjame besarte chica, que hoy estás preciosa, no sé cómo pude estar tanto tiempo alejado de tí.

Ya ves porque te decía que no quería que te fueras a la Escuela Naval.

Sí, pero tú sabes que cuando uno es joven tiene uno muchos sueños que se van formando, desde la infancia al ver a mi Padre con sus uniformes de la Marina que siempre lo veía con admiración, que por eso se me llenó la cabeza de que yo tenía que seguir sus pasos en la Marina de España.

Sí, claro yo no influí en tus ilusiones ¿verdad?

Tienes que entender que a esa edad no se piensa como pensamos ahora en el amor entre tú y yo.

Te entiendo, pero me hiciste pasar unos años tan tristes que aunque nos escribíamos, el estar alejados tanto tiempo me dolía mucho, pero que bueno que ahora nos pudimos reencontrar y continuar este sueño de amor que para mi se ha venido haciendo una realidad.

Claro que sí, para mí también, bueno te veo en la Catedral mañana temprano.

Ahí estaremos para ir a tu casa al terminar la misa.

La tercera campanada anunciando el inicio de la Misa se dejaron oír, pero para entonces tanto Vicente como María, su Madre Lucía con su Esposo estaban ya en las primeras filas de la Iglesia muy callados para que comenzara la Misa.

Después de la misa se encaminaron a sus carruajes para irse a la casa de los Padres de Vicente quienes ya los estaban esperando junto con los hermanos de Vicente, Alvaro su esposa y su hijo así como también Sebastián, y cuando llegó el primer carruaje, los empleados de la casa los recibieron para encaminarlos a la sala donde ya los estaban esperando junto con Vicente quien había hecho que su carruaje llegara primero para estar ahí en su casa listo para recibir a María con sus Padres.

Don Isidro se adelantó para decirles ¡Bienvenidos a esta su casa!, pasen ustedes y así los fue presentando Vicente con sus hermanos y familia.

Pasen ustedes ¿quieren tomar algo? Preguntó Vicente y de inmediato el Papá de María pidió una copa de coñac, y comenzó la plática entre todos.

Perdón, ¿tú eres la niña con quien tanto jugaba Vicente? dijo Alvaro, te recuerdo muy bien, que no jugaban casi con nadie más.

Sí yo soy, la verdad yo diría que no te recuerdo ya que solo jugaba con Vicente y nos íbamos a clases o a nuestras casas y casi siempre solo andaba con Vicente.

Pues mira quien lo fuera a decir, que al crecer se volverían a ver y ahora hasta novios oficialmente son.

Pienso que lo más importante es amarse intensamente respetándose mutuamente y a todos los demás, para que lo dejen a uno hacer su vida, pero todo dentro del amor que exista entre novios y después casarse para vivir el uno para el otro.

Bonitas palabras las tuyas y por nuestra parte les deseamos que se llegue a realizar sus sueños de amor que se tienen uno al otro, pero me decían mis Padres que ayer fueron a un concierto a escuchar música y estaba pensando a ¿Ustedes no les gustan las Verbenas?

Perdón, he oído mencionarlas, pero yo las desconozco y como siempre asistimos a reuniones de la Nobleza, no sé realmente como sean.

¡Oh! son simples festividades que se le hacen en algunos barrios de Madrid a los Santos para festejarlos que sirven de reuniones populares así como el poder bailar en la calle, los tenderetes de golosinas, bebidas y chucherías, como el comer los diferentes platillos, como son los churros con chocolates, la típica limonada, los azucarillos con agua y a veces hasta con aguardiente; se baila como decía, el Chotis al son del organillo, la J. Aragonesa y muchas otras diversiones que se hacen esos días.

Pero ¿cómo van vestidos a esas fiestas hermano?

Verás, los hombres van vestidos de Chulapos y las mujeres de Chulapas o de Manolas.

¿Y cómo es eso? ¿Son disfraces o qué son?

Mira María, son trajes típicos de los Madrileños para esas fiestas que le hacen a los Patrones de las diferentes Iglesias en sus respectivas festividades, como es la que próximamente se hará a San Blas el próximo 3 de Febrero y si ustedes gustan los invitamos; mi esposa y mi hijo van conmigo a todas esas Verbenas y nos divertimos muchísimo, eso a mí me sirve para distraerme de los problemas y tragedias que todos los días vivimos en el Hospital con las enfermedades como el tifus, tifoidea, y tantas otras que se están volviendo epidemias en algunos lugares del mundo y ahora en España, eso me hace buscar otras actividades en qué podamos pasar un buen rato.

¿Cómo ves Vicente? Y ustedes Papás ¿me dejarían ir?

Bueno hija, creo que como ya ustedes son novios formales es y debe ser una decisión de ustedes, tú sabes que mientras alguien te acompañe de la casa yo me sentiré tranquilo.

Pero, ¿Cómo son esos trajes típicos con los cuales debemos vestirnos?

Son muy simples, por ejemplo el traje de Chalupo se visten con pantalón y gorra de cuadros blancos y negros, chaleco negro o gris con camisa blanca, con saco y clavel en la solapa, pañuelo blanco al cuello;

El de la mujer es un vestido de colores con lunares blancos o rojos hasta los pies, la falda debe ser ajustada llevan un pañuelo en la cabeza con un clavel que puede ser rojo o blanco, y sobre todo la mantilla de Manila que no puede faltarles, los zapatos deben ser apropiados para los bailables como decía yo el chotis o la J. Aragonesa.

Me suena muy interesante, ¿No crees Vicente?

Oh sí, claro que sí, ya te imagino vestida con un vestido rojo con lunares blancos y tu mantilla blanca en tus hombros bailando conmigo un chotis.

Vaya muchacho que tiene usted imaginación ¿y qué me dice de los trajes de Goyesca, Doctor?

Pues sí los he visto que son los trajes más típicos de los Madrileños, por ejemplo el de las mujeres se compone de un corpiño ajustado en tejidos ricos como el terciopelo, se usa algo escotado pero lo tapan un poco con un pañuelo lleva mangas de farol en el hombro y luego ajustados llevan una redecilla en la cabeza, se ponen una falda de vuelo desde la cintura con mandil, y estos trajes suelen ir bordados tanto el corpiño como la falda; el de los hombres se ponen camisa blanca con un fajín, una chaquetilla corta, abotonada y puede ser de terciopelo o tejidos ricos, y también puede ser adornada con bordados y se colocan un pañuelo al cuello haciendo juego con el fajín, el pantalón debe ser ajustado hasta debajo de las rodillas para que se vean las medias blancas, para la cabeza también usan una redecilla negra bordada rematada por una borla o madrono.

Vaya que está usted muy enterado Doctor, yo todo eso lo he visto pero como que nunca tuvimos oportunidad de participar en esas fiestas dijo el Papá de María.

Pues es lo que les estoy recomendando a Vicente y María para que tengan otra clase de diversiones, ya que son muy divertidas andando entre la gente de Madrid en esos festejos a los Santos, nosotros nos divertimos mucho.

Bueno creo que si los Padres de María le dan permiso yo por mi parte si me gustaría ir y claro sería una forma más de convivir con mis hermanos.

Don Isidro los interrumpió para decir:

La comida está lista, pasemos al comedor por favor.

La tarde se pasó y Vicente empezó a proponerle a María lo acompañara en el piano y así estuvieron amenizando la tarde hasta que se empezaron a retirar Alvaro y su familia, por lo que María y sus Padres se retiraron también no sin antes Vicente y María se tuviesen que despedir con tan solo un pequeño abrazo.

Te veo el próximo Sábado para ponernos de acuerdo, porque ya se viene el día de la Verbena y voy a encargar que me hagan mi traje para que podamos ir.

Yo también lo voy hacer con la ayuda de mi Mamá también para estar lista.

Los días se pasaron buscando el modisto que le hizo el traje a María ya que ése era su principal trabajo en que más se ocupaba.

Por su parte, Vicente también pudo conseguir todo para vestirse como "Chalupo" y el Sábado que era el inicio de las fiestas de la Verbena a San Blas, Vicente llegó a la casa de María vestido de "Chalupo" y por supuesto que ya lo esperaba María vestida de Manola.

¡Hola mi amor!, (todo sorprendido por la forma que se había arreglado María que la hacía verse más bonita) ¡qué hermosa te ves! ¿Lista?

Sí, creo que tú también te ves muy bien, ¿A dónde nos vamos a reunir con tu hermano?

Yo ya tengo todos los datos para vernos, también Sebastián ya fue a
reunirse con ellos así que vayámonos.

Llegaron y muy sorprendida María no le soltaba el brazo a Vicente
de lo emocionada que estaba, con todo lo que veía, que las tienditas
de los alimentos o de las chucherías, todo le fue encantando y en
un lugar donde tocaban música, tocaron un chotis y ella lo quiso
bailar lo que no le quedó otra a Vicente que ir a bailar con María
el chotis que estaban tocando en esos momentos pero se volvió un
rato muy agradable, ya que el aprender viendo a los demás como lo
bailaban, les ayudó a pasarla mejor y claro sus hermanos también lo
bailaron ya que ellos sí lo sabían hacer porque se divertían mucho
en las Verbenas a las que asistían.

La gente tan animada en esa fiesta los hacía sumarse a la alegría
de ellos, comieron los churros con chocolate, tomaron la típica
limonada, después vieron como repartían el pan de los pobres y
cuando ellos preguntaron porqué lo guardaban les dijo Alvaro que
era una costumbre Madrileña ya que era la manera de proteger los
ahorros y debía conservarse todo el año.

Tanto María como Vicente estaban tan asombrados de la Verbena
que no dejaban de asombrarse de la alegría con que la gente
festejaba la Verbena y por supuesto Vicente no dejaba de admirar
a María en ese vestido rojo con lunares blancos que hacia resaltar
su belleza de mujer, estaba endiosado con ella, pero también ella no
dejaba de verlo en ese traje de Chalupo, que también le hacía llamar
la atención de las chicas que estaban en la fiesta provocándole cierto
celo, lo que ella veía que no tenía caso ya que él no volteaba a ver a
nadie más que a ella.

Bueno chicos, creo que es hora de que nos retiremos, son ya las 9
de la noche pasadas y yo me tengo que reportar al Hospital donde
trabajo muy temprano, espero se hayan divertido bastante y que
deseen ir a más Verbenas.

Por supuesto que sí, yo nunca había asistido a una Verbena como ésta, había oído hablar de ellas pero no nos trajeron nunca a esto nuestros Padres, o Alvaro recuerdas que alguno de ellos lo hubiesen mencionado.

No por supuesto que no, yo esto lo vine conociendo cuando empecé a estudiar mi carrera de Medicina, mis compañeros no se perdían de ninguna y cuando conocí a Laura mi esposa fue cuando con más razón veníamos a divertirnos y a bailar; comer las cosas típicas de estas fiestas y yo no lo mencionaba en la casa, tú sabes por la cuestión de la Nobleza y a la Marina a la que pertenecía nuestro Padre.

Pero sí, es una de las cosas en las que más se divierten los Marinos de eso sí me acuerdo que todos ellos mencionaban las fiestas de los Santos y quizás llegué a oír la palabra Verbena pero no le debo haber puesto mucha atención.

Bueno, interrumpo, pero yo ya me quisiera ir a mi casa, ahora sí que estoy cansada con toda esta fiesta y la emoción de lo que hicimos hoy, que también fue algo demasiado nuevo para mí.

No te preocupes, ahora mismo nos vamos para que descanses, porque yo también me tengo que reportar a la Guardia para comenzar una nueva semana de servicio.

Bueno, vámonos Vicente que también ya se nos durmió mi hijo.

Y así, cada uno se retiró a sus debidas obligaciones, llevándose Vicente a María y a su Tía en su carruaje para dejarlas en su casa, en el trayecto le preguntó María a Vicente lo siguiente.

Cuando te voy a ver, ¿va a ser hasta el Sábado?

Bueno voy a tratar de que nos podamos ver entre semana unas dos veces o más dependiendo de las salidas del Rey que ya sabes, se da sus escapadas a ver a su amada Elena quien ya le ha dado un hijo.

Y ¿Qué va a ser nuestro nuevo Rey?

No, no lo creo se dice que no se le ha permitido reconocer ese hijo por la presión del Gobierno.

Pero entonces a qué va a verla si ya está viviendo con la Reina.

Que quieres así es él, es el Rey y no se le puede impedir hacer lo que hace, especialmente cuando se le considera un Rey Pacificador desde que encabezó aquella batalla en que derrotaron a los rebeldes en el 78.

Pues que lástima, a mí no me gusta esa relación ya que considero que la Reina no debería ser su victima, ya que ella aceptó casarse con él y hasta tener hijos a la vez con él, ahora sí que debería el Rey dedicarse más a ella.

Pero qué se puede hacer si ya es una relación de mucho tiempo con la Cantante, que puede hacer sí la ama tanto como dice.

Vaya que es un gran problema, yo espero que no afecte a España.

Yo por eso no opino, solo obedezco órdenes ya que esa es mi función para con el Rey, el de protegerlo y no decir nada en su contra.

Bueno, entonces te voy a estar esperando para que nos podamos ver.

De acuerdo, así lo voy a tratar de hacer yo también, me cuesta mucho trabajo esperar a verte de Domingo al Sábado que por eso yo también prefiero venir a verte aunque solo sea por una hora o lo que se pueda.

María cuando llegó a su casa la estaban esperando sus Padres quienes nerviosos veían que ya casi era las diez de la noche y para ellos se les hacía muy tarde para que ella regresara y le preguntaron el porqué.

Vamos Papá, en estas fiestas se te pasa el tiempo volando con los bailes, las golosinas, el paseo entre la gente que celebra la Verbena y cuando está uno enamorado ni te das cuenta del tiempo que si no ha sido por Alvaro el hermano de Vicente le seguimos hasta que se hubiese acabado la fiesta; había tanta gente divirtiéndose, los niños jugando, o corriendo, las parejas bailando, nos hemos divertido bastante Papá deberían de hacerlo ustedes también.

No hija, esas cosas ya no son para nosotros ya estamos viejos para ese tipo de fiestas.

Pero Padre, si había gente mucho más grandes que ustedes y hasta bailando andaban, deberían de pensarlo para que se diviertan.

Ya veremos, por lo pronto ya váyase a dormir que ya nos tenía con pendiente de que no llegaban.

No tenías de qué preocuparte, Vicente nos cuida muy bien, ya ves que él es de la Guardia del Rey y ese es su trabajo, estar en condiciones de hacer cumplir la seguridad del Rey, por eso a mí no me da miedo andar con Vicente.

Sí, ya sé, ustedes los jóvenes son muy valientes y nosotros somos ya unos viejos para no saber cuidarnos, bueno váyase a dormir.

Así lo haré Padre, ya que quiero levantarme a escuchar mis clases tanto de piano como de pintura y el escribir poemas se me está facilitando ahora.

Pues a ver si me compone algunos, para ver que tan adelantada quedó usted en Gramática.

No se preocupe Padre, que mis poemas le van a impresionar por su realidad con que a veces los escribo, pero hasta ahorita los escribía y luego los tiraba, pero ahora tengo un gran motivo para escribirlos y así leérselos a Vicente.

Al otro día, su Mamá le tocaba la puerta diciendo María, ya es tarde y ya te están esperando para tu clase de Piano, ¿Por qué no te habías levantado?

Es que me duelen las piernas y los pies, yo creo que como no estoy acostumbrada a bailes como los que bailamos ayer por eso me siento así.

Pues no puede haber otra explicación, pero lo mejor es que te levantes y trates de caminar para que te desentumas, y después cuando puedas trata de practicar ese tipo de bailes por si se te presentan otra vez y así los puedas bailar sin el temor del día siguiente que como hoy, te levantaste toda adolorida, pero bueno por lo pronto apúrate que tus profesores te están esperando.

¡Oh sí!, Mamá diles que en un rato más estoy con ellos para afinar algunas cosas que también quiero que me expliquen.

¿Cómo cuáles hija?

Mamá creo que solo ellos me lo pueden solucionar déjeme platicar con ellos y ya le diré cuales fueron.

Está bien Hija, pero apúrese y lo mejor para esos dolores es que tome un baño de agua caliente para que se le desentuman los músculos.

Pero no cree que sea mejor tomarlo en la tarde ya que termine con las clases.

Como tú quieras hija yo solo te estoy sugiriendo para que te sientas mejor y puedas responder bien a tus clases.

Sí, pero ya ve que ya me están esperando e inclusive pienso desayunar tomando la clase.

Tú sabrás hija, solo apúrate por favor.

Sólo le voy a pedir que si llega a venir Vicente me lo haga saber luego, luego, si es que me estoy bañando.

No creo que venga a estas horas ya ves que cuando ha venido lo hace ya como a las siete u ocho de la noche; también te quería comentar que cuando venga a esa hora lo recibas en la sala y trates de estar el menor tiempo posible para que tu Papá no se moleste y te lo haga saber.

De acuerdo Mamá, así lo haré.

Pasaron dos días, en que tanto María como Vicente dedicados a sus labores no pudieron verse hasta que el Miércoles por la tarde se presentó Vicente en la casa de María y después de que lo recibió en la sala comenzaron a platicar.

¿Cómo te está yendo con tus clases? Y que me dices ¿qué te dijeron tus Padres por lo de la Verbena?

Nada en sí, el problema fue que el lunes que me levanté, me sentí muy adolorida y entumida de las piernas y mi Mamá me dijo que era normal, cuando no estás acostumbrada a esos bailes y me recomendó diciéndome "párate y ponte hacer ejercicio trata de practicar esos bailes para que no te sientas así la próxima vez que los bailes", claro ese día me dediqué a mis clases y mis prácticas y dando unas vueltas aquí en el jardín me fui a tomar un baño de agua caliente y fue cuando me sentí mejor, ya ayer tenia un poco de dolor pero ya casi nada, pero ¿Qué me dices tú?

Bueno, principalmente te quería comunicar que Alvaro nos espera a comer este Sábado en su casa, y te venía a invitar a ver si aceptas la invitación.

Por supuesto que sí, pero ya sabes que no puedo ir sola a ningún lado sin la compañía de mi Tía.

Por ¿cierto de quién es hermana?

De nadie, lo que pasa es que a ella la contrató mi Madre desde que era yo pequeña y siempre le ayudó a mi Madre en mi cuidado y era ella la que me hacía hacer mis tareas de las clases y me ponía a practicar música, así que se le quedó el mote de mi Tía, sin serlo.

A qué bueno, porque no me gustaría que se llevase una mala impresión de mi familia y así podamos estar más a gusto y en confianza, pero dime que le digo a mi hermano ¿quieres ir a su casa?

Claro que sí, todo sea por estar más tiempo contigo y así podamos pasar tú y yo esos días más cerca uno del otro.

Bueno, yo creo que me voy, tengo que regresar a la Guardia y afuera me está esperando el cochero para llevarme de regreso.

Está bien, te acompaño a la puerta (y susurrando le dijo) así podré abrazarte y besarte.

Pues adelante que yo también me muero por hacerlo.

Se encaminaron a la puerta de la casa y cuando llegaron, la Tía se volteó disimuladamente, dejándolos para que se pudieran dar un abrazo y besarse, acto al que María quería desmayarse en los brazos de Vicente hasta que se despidieron.

Y así les llegó el Sábado en que Vicente en su carruaje se encaminó a la casa de María para llevarla a comer a la casa de su hermano Alvaro.

Cuando se subió al carruaje María, su Tía volteó hacia la calle como viendo atrás para ver si habían cerrado la puerta de la casa y fue cuando aprovecharon María y Vicente para besarse y darse la bienvenida los dos.

Ahora que lleguemos a la casa de Alvaro verás qué comida nos preparó y según me dijo quería platicar con nosotros sobre su trabajo, no sé realmente porqué, pero hasta mí me metió la duda de qué es lo que quiere platicarnos que inclusive cuando me fue a ver a Palacio le traté de preguntar y solo me contestó que preferiría hacerlo delante de los dos.

¿No será de los problemas de salud que está viviendo España?

No lo sé lo que sí me insistió es que te dijera que ibas a comer un cocido Madrileño y que si querías te trajo unas rosquillas que son de dos tipos "las tontas y las listas" junto con unos churros con chocolate.

Por mi parte está bien, pero que son esas rosquillas que les llaman así las tontas y las listas.

La verdad ni yo mismo las conozco.

¡Ah pero que gente por Dios! exclamó la Tía son rosquillas hechas de harina y se le llaman "tontas" porque no están cubiertas como las "Listas" que están cubiertas de merengue de zumo de limón y son muy populares ya que se venden en los festejos a San Isidro Labrador.

Gracias Tía y disculpe nuestra ignorancia pero como nunca había ido a esas Verbenas o fiestas de los Santos pues ni siquiera sabía que existían.

Se te perdona hija, ya sé que eres de la nobleza de Madrid y que no les gusta mezclarse con las costumbres de la gente común.

De todas maneras voy a tratar de conocer cómo se hacen para que cuando me case con Vicente se las pueda hacer.

Cuando quieras yo te enseño, solo mandamos comprar los ingredientes y te enseño cómo se hacen.

Es un trato Tía ¿Eh? Os debe de cumplirme su promesa.

El lunes mismo te empiezo a enseñar eso y muchas cosas que sé yo de cocina.

Bueno, ya estamos en casa de mi hermano Alvaro y nos está esperando en la puerta de su casa, vamos.

Hola bienvenidos a su casa, espero que pasen una tarde muy agradable aunque como ustedes saben me gusta platicar de mi trabajo porque es una manera de prevenir a la gente contra las muchas enfermedades que nos aquejan aquí en Madrid.

¿Cómo cuáles respondió María?

Bueno, ya les platicaré más adelante por lo pronto pasen ustedes a la sala que mi mujer está todavía con los cocineros preparando la comida, ¿Quieren tomar algo?

Ya sentados María y Vicente ella pidió una limonada y Vicente un vaso de vino.

Pero cuéntenme cuáles son sus planes ¿Cuándo piensan casarse?

Vicente volteando a ver a María exclamó si por mí fuera ya estaríamos casados, pero por un lado tú sabes cómo son las reglas de la Sociedad y más dentro de la nobleza, ¿verdad María?

Así es, somos muy dados a respetar esas reglas y como inclusive Vicente no me ha propuesto una fecha, yo solo estoy esperando que me diga para cuando quiere que nos casemos.

Mira mi amor, yo pienso que para Abril ya sería una buena fecha ya que estaríamos cumpliendo 4 meses de noviazgo y creo que la mejor justificación es mi trabajo como Guardia del Rey que no me gusta estar tan separado de tí, y podríamos fijar la fecha para el cuarto domingo de Abril para que así mis Padres vayan a tu casa hacer los arreglos correspondientes para qué nos podamos casar ¿Qué te parece?

Para que me preguntas, como dices yo también quisiera estar casada ya.

Bueno, bueno, toma tu limonada María y tú Vicente tu vino, brindemos por ese matrimonio que esperamos se les realice cuando se lo han propuesto.

¡Alvaro! Exclamó Laura su esposa cuando entró a la sala porqué no me avisaste que ya estaban aquí, bueno de todas maneras, ¿cómo estás María.

Yo bien y tú.

Bien y tu Vicente ¿Cómo estás?

De maravilla, aquí en tu casa, principalmente porque de esta manera empezaremos a frecuentarnos más seguido, y especialmente cuando nos casemos María y yo.

¿Pero cuándo se casan?

Precisamente le acabo de proponer una fecha a María y ella como yo, está de acuerdo que sea el cuarto domingo de Abril próximo.

Pues los felicito espero que sean muy felices.

Esa es mi intención al casarme con ella quiero hacer de ella la mujer más feliz del mundo.

Oye cuñado, que yo me siento así como la mujer más feliz del mundo.

Bueno sí, es un decir, pero si mi amor por ella es muy intenso y la quiero hacer muy feliz en nuestro matrimonio.

Yo también espero hacerte feliz Vicente.

Bueno, que les parece si pasamos al comedor a comer ya está todo preparado y espero les guste lo que les vamos a servir, he preparado un cocido Madrileño, con una sopa de garbanzo, pero como mandé a un espía a la casa de María a preguntar cuál era uno de sus platillos preferidos y me han dicho que le encanta la sopa de cebolla y se la he preparado tal como me dijeron que a ella le gustaba.

¡Oh, muchas gracias!, mira que no me esperaba eso, pero te lo agradezco Laura.

También les he preparado unas rosquillas de esas que les llaman tontas y listas.

¡Oh sí! ya aquí mi Tía nos explicó de qué se trata y me ha prometido enseñarme a cocinarlas.

Pues si gustas yo te puedo enseñar mucho de la comida Española a mí me encanta la cocina.

Claro que sí, me gustaría mucho aprender porque yo me he dedicado a la música, la escritura de poemas y otras materias que mi Padre me pagaba porque me enseñaran a ser dama de la nobleza, pero creo que ese titulo no me gustó.

¿Qué van hacer esta tarde Vicente?.

Yo había pensado pasarla con ustedes platicando para conocernos más como parejas ya que nuestra relación con María ha sido únicamente entre nosotros y no hemos convivido con nadie más hasta ahorita, ¿cómo ves tu María?

A mí ni me preguntes, yo mientras pueda pasar el mayor tiempo contigo, para mi es estar feliz.

Bueno ¿qué les parece si pasamos a comer?

Por supuesto Laura, yo sí tengo hambre y ya me estoy saboreando ese cocido Madrileño que nos dijo Alvaro que nos habías preparado.

Y así pasaron al comedor y entre plática y plática Vicente comió el cocido y pidió que le repitieran el platillo, no así María quien decía que quería comer los postres, que si comía más no podría comer los postres, cosa que cuando se los sirvieron como fueron las rosquillas "las tontas y las listas" casi se las acaba de lo que le gustaron, así mismo Vicente, Laura y Alvaro dándole de comer a su niño también comieron despacio, luego pasaron a la sala donde Alvaro comenzó la plática con las enfermedades que en esos momentos azotaban a España.

Vénganse a la sala para que podamos platicar, porque yo estoy tratando de hacerle ver a la mayor parte de la gente los problemas que existen con la salud.

Sentados en la sala, Alvaro le pidió a la Tía que también se sentara con ellos para que lo escucharan todos.

Como les decía, los principales problemas que le aquejan a la gente
es la Insalubridad, el no tener un buen sistema de limpieza en las
letrinas de los baños, la falta de higiene al no lavarse las manos y
sentarse a comer con las manos sucias, saludar a gente enferma
que al no saber que están enfermos y los saludamos de mano nos
contagian, lo mismo el estar junto a gente enferma; miren, por
ejemplo la fiebre tifoidea es una enfermedad infecciosa producida
por la salmonela typhi y su principal reservorio es el ser humano y el
modo como se trasmite es por contagio fecal u oral a través del agua
y los alimentos contaminados, ya sea porque se riegan las verduras
con aguas contaminadas o las personas que manejan los alimentos
están enfermas y no lo han detectado, esta enfermedad no debe
ser confundida con el tifus, la cual se produce por varias especies
de bacterias trasmitidas por parásitos externos como los piojos, la
bacteria de la tifoidea ingresa por la boca y llega al intestino pasando
luego a la sangre, en la primera semana de la enfermedad se produce
una fase de la bacteria con fiebre que poco a poco alcanza hasta
los 39-40grados Centígrados y se mantiene como cefalea estupor
roséala en el vientre, se produce una tumefacción de la mucosa
nasal, se torna la lengua como tostada, da úlceras en el paladar y
a veces produce diarrea; la enfermedad puede evolucionar y curarse
en las siguientes dos semanas o si se prolonga con localizaciones
focales después de la quinta semana si no se le da un tratamiento
adecuado y puede complicarse gravemente con hemorragias y hasta
perforar el intestino, todo esto lo hemos estudiado y más ahora
que el Dr. Patólogo Alemán Karl Joseph Ebert la ha descubierto de
tal manera que nos han llegado copia de sus estudios para nuestro
conocimiento, así les platico del cólera que aquí se le ha llamado
cólera morbo y que está atacando algunas lugares de España, ya que
se le ha sostenido como la teoría miasmática en que muchas de las
actividades profilácticas estaban fundamentadas en las hemorragias,
que por su abundancia producían la muerte por desangramiento, las
cuales son frecuentes por las lavativas emolientes y mucilaginosos,
se demuestra como un síndrome basado en vómitos, excesiva
diarrea a la que le llaman colerína con heces líquidas sin apenas
mostrar fiebre, y tras un periodo de incubación de uno o dos días se

produce la muerte por deshidratación y en menos de una semana la enfermedad; se trasmite por el agua y los alimentos en las personas cuando se presentan deposiciones en más de 30 al día las que contaminan con gran facilidad las fuentes de agua potable y por la ropa de los afectados la humedad hace que también se propague con mucha facilidad principalmente en zonas húmedas.

Precisamente sé de todo esto por que hay un Patólogo Español Jaume Ferrán que con los estudios que ha estado haciendo el Dr. Robert Koch quien también está estudiando esta enfermedad ha dicho que va a ver si puede producir una vacuna contra el cólera.

¿Se imaginan un Médico Bacteriólogo Español llamado Jaume Ferrán que está estudiando los problemas del cólera, si llegase a crear una vacuna contra el cólera?, porque tengo entendido que él espera, como yo espero, que los políticos le ayuden y no le nieguen esa ayuda para crearla.

¡Oye hermano!, si que de veras ha sido una buena clase de Medicina para nosotros, principalmente para cuando tengamos familia saber cómo debemos cuidarnos para no provocarles una enfermedad como esas.

Bueno, también deben seguir ciertas reglas como es el buscar tomar agua potable y yo recomiendo que primero se hierva y luego ya fría se use para tomar o para cocinar, así como lavarse constantemente las manos, las verduras lavarlas muy bien con agua hervida y con algo de sal, pero si las pueden cocinar es mejor.

Por mí creo que voy a hacer muchos cambios en la casa de mis Padres ¿Verdad Tía?

Claro que sí, yo también voy a ayudar para que se impongan reglas severas sobre la higiene de la preparación de los alimentos y el aseo personal, ¡oh sí!, de eso me voy a encargar también.

Pues a mí me parece correcto, si no se imaginan el tener hijos y por no tener los debidos procedimientos de salud se nos enfermen y se nos puedan morir, les aseguro que cuando nos casemos María y yo la higiene será uno de nuestros principales objetivos para que se desarrollen sanos y puedan vivir bastante nuestros hijos así como nosotros también.

Bueno ¿cuándo vas a pedirles a nuestros Padres que hagan los arreglos para que se casen ustedes?

Estaba pensando que cuando mis Padres reciban la dote para ese arreglo y cualquier cantidad que ofrezcan sea aceptada sin ningún obstáculo, espero que se haga este mes, ya porque como les dije quisiera que nos casáramos para la cuarta semana de Abril, y todavía creo que vamos a estar un poco apretados por el tiempo para que le hagan su vestido de novia a María y las personas que la acompañen; yo no creo tener problema porque me pienso casar uniformado, por otro lado no quería decirle a María que ya tengo rentada una casa cerca del Palacio para cuando nos casemos y ya la estoy amueblando, ya compré un Piano de cola porque sé que María no me perdonaría si no le tengo su piano.

Por supuesto, ya que cómo me voy a entretener mientras tú no estás conmigo.

Por eso ya estoy esperando que nos lo entreguen, así como muchas otras cosas que quiero para adornar la casa donde viviremos.

Pues te felicito hermano y yo les deseo toda clase de felicidad a los dos, por cierto, ¿gustan una taza de chocolate? porque también tenemos los churros.

Por supuesto que sí ¿verdad María?

Por mí encantada de comerlos, desde que los comimos en la Verbena y en aquel restaurante que fuimos y que nos los sirvieron, me gustaron demasiado.

Se pasaron otro rato recordando sus años de la infancia y cómo se habían separado por tantos años, mientras que Vicente se fue a la Escuela Naval y Alvaro se dedicó a estudiar su carrera de Médico.

Bueno, yo creo que nos vamos ¿verdad María? Ya es tarde y quiero llegar a dejarte en tu casa y pasar unos minutos más contigo en tu casa.

De acuerdo y les damos las gracias por esta tarde tan instructiva y la comida que estuvo deliciosa.

No te olvides que te puedo ayudar a aprender a cocinar si tú gustas María, así como también espero nos volvamos a reunir pronto.

Claro que sí Laura, me gustaría mucho compartir más tiempo con ustedes, porque a veces me siento muy aburrida y con lo que nos contó Alvaro, ya tengo mucho de que platicar con mi Madre.

Cuando gusten venir siempre los estaremos esperando para cualquier evento que quieran, recuerden que ya vienen otras Verbenas de los Santos que se festejan aquí en Madrid, como son los de San Isidro y otros, pero también no dejen de recomendar en sus casas que se busque la manera de desalojar las aguas residuales de los baños y que busquen hervir el agua tanto para tomar como para cocinar y recomiéndenles a los cocineros lavarse las manos y que si están enfermos de lo que sea no vayan a trabajar, por precaución y para consultas Médicas recuerden estoy para atenderles en cualquier cosa que necesiten y gracias por venir a visitarnos.

Los que debemos agradecer somos nosotros y estamos encantados por su hospitalidad y la comida, muchas gracias.

Subiéndose al carruaje se encaminaron los tres a la casa de María no sin antes preguntarle al cochero ¿si había comido lo que se le envió le preguntó Vicente? y él respondió que sí.

Vamos María ya llegamos a tu casa y te noto cansada, ¿te sientes bien?

Oh sí, estoy cansada, pero estoy bien pásale a la casa que todavía es temprano, quiero ver que vamos a planear para nuestra boda.

¿Podré pedirte un café? Y dime qué piensas para nuestra boda.

Bueno, principalmente quiero que nuestra boda se realice en la Catedral de Atocha, que la recepción después de la boda sea aquí en nuestra casa, que mandemos invitaciones hasta el Rey por si quiere asistir a nuestra boda en la Catedral; la comida aunque quisiera pensar en platillos se los voy a dejar a mi Mamá, sabes, estoy pensando en la dote para que mis Papás se la entreguen a los tuyos.

¡Oh sí!, por supuesto.

Yo pienso que lo menos para mí sería unos 20,000.00 pesetas para estó, ¿Crees que está bien?

Me parece demasiado, pensemos en 10,000.00 pesetas.

¿y si mi Padre no lo acepta?

Que hable conmigo, que ya lo trataré de convencer yo.

Como tú, desees lo principal es que podamos casarnos para realizar nuestra unión que nos ha mantenido juntos desde niños.

¿Y tu vestido quien te lo va hacer?

El mismo que me ha diseñado mis vestidos, es un modisto Francés y he estado pensando en eso, claro que mi vestido solo lo verás cuando llegue a la Iglesia, que por cierto quiero que nuestro carruaje sea blanco y algo descubierto.

Todo lo que tú pidas trataré de que se te cumpla todo lo que pidas, mi gran ilusión es formar contigo una familia, que podamos ser un ejemplo de amor y compañía, ya que tenemos la dicha de vivir en Madrid y con el trabajo que tengo que nos puede ayudar a nuestros sueños.

Bueno, creo que debemos apegarnos ahorita a la realidad, por lo que te pregunto ¿cuándo vendrían tus Padres a arreglar nuestra boda?

Hoy mismo voy a hablar con ellos para ponernos de acuerdo y que podamos venir bien preparados para hablar con tus Padres.

María que tocaba el piano mientras hablaban y entre las piezas que tocaba tocó el Ave María provocando que Vicente se le acercara y la tocara de los hombros diciéndole que ella era como una Virgen que ha venido a engrandecer su vida.

Me halagas demasiado y ojalá que el resto de nuestras vidas sea yo para tí la mejor esposa que me propongo ser para tí, dedicaré todos mis esfuerzos en nuestra felicidad.

Yo no te lo voy a prometer sino que cada día que vivamos como pareja mi vida va a ser dedicada al esfuerzo para que seamos felices hasta la muerte.

Tomándola en sus brazos, Vicente la levantó después de asegurarse que nadie los estaba viendo para abrazarla y darle un beso con el que él trataba de sellar sus palabras ya que era demasiado el amor que sentía por María, de lo que ellos no se habían dado cuenta era que la Mamá de María estaba en el pequeño salón que estaba junto a la sala escuchando todo lo que platicaban y cuando la tomó

Vicente en sus brazos a María, ella prefirió retirarse a su recámara ya que entendió que no necesitaba espiarlos, Vicente por su parte se despidió de María recordándole que la vería en la Misa de la mañana.

Recuerda que después de la Misa vamos a comer al restaurante La Parada Lhardy que como tú verás me ha gustado demasiado ir a comer ahí.

De acuerdo, le voy a decir a mi Mama, para que no le sorprenda y nos acompañe.

También quiero invitarte a caminar por las Plazas de Madrid ¿Si?

Sí porque no, así podremos estar disfrutando del domingo lo mejor que se pueda

CAPÍTULO XI

Los preparativos para la boda

Vicente llegó a su casa buscando a sus Padres quienes estaban en su sala tomando café y le dicen:

¿Qué pasa Vicente, ahora cuál es el motivo de tu nerviosismo?

Muy simple Padre, quiero pedirles que la próxima semana o cuando ustedes lo decidan vayan a la casa de María para que hagan los arreglos necesarios para entrar en tratos para nuestra boda, hemos decidido casarnos en la última semana de Abril y ya faltan solo casi tres meses, suficientes creo yo para que nos podamos casar.

Lo siento hijo, pero se me hace demasiado rápido y creo que tendremos que tratarlo con los Padres de tu novia, hay que tomar en cuenta todos los aspectos de la boda, como son la contratación de la Iglesia, la hechura del vestido, los arreglos del banquete o comida después de la boda, si se me hace que te estás precipitando, déjanos a nosotros hacer los arreglos correspondientes con los Padres de ella.

Está bien Padre, como ustedes ordenen, yo por mi parte he pensado en el dinero de la dote y pensamos María y yo que si les ofrecen 10,000.00 o menos pesetas la acepten.

Esa dote la vamos a negociar nosotros como sus Padres que somos así que ustedes se harán cargo de ese dinero para su casa donde vayan a vivir y les sirva para todo lo que vayan necesitando.

Bueno, como ustedes me digan así hare las cosas, discúlpenme pero es que ya quisiera estar casado con María.

Y cuál es la prisa, tienen toda la vida por delante para realizar su vida amorosa tómelo con calma.

Bueno, me voy a dormir para ir mañana a misa.

Ande vos, que buena falta le hace acercarse a Dios, para que le quite los malos pensamientos.

Ya en la misa, Vicente se acercó a María para entrar a la Iglesia los dos juntos acompañados por la Mamá de María quien llevaba del brazo a María y atrás caminaba Vicente quien rezaba en sus adentros por lograr llegar a casarse con María, hasta que llegaron a la banca que escogió Doña Lucia se sentaron a escuchar la misa, ella no los dejaba platicar mientras se celebraba la misa.

Al salir, Vicente le preguntó a Doña Lucía si quería ir con ellos a comer y ella respondió que no, que fueran ellos que al cabo los acompañaría su Tía.

Gracias Señora, llegaremos más tarde a su casa.

Ahí los espero, que disfruten su tarde paseando y comiendo lo que les gusta.

Doña Lucía partió en su carruaje mientras María, la Tía y Vicente se dirigieron al restaurante que quería ir Vicente, en el carruaje le contó lo que había hablado con sus Padres.

Sabes, mi Padre me dijo que él va a recibir la dote, que ésa es su obligación y su deseo es que usemos ese dinero para nuestro hogar y que sí, que ellos van a venir a tu casa a hacer el trato necesario para fijar la fecha de la boda y que no cree que nos podamos casar en Abril, que para él es demasiado pronto y que no va a dar tiempo para todos los arreglos que hay que hacer para nuestra boda, ¿Cómo ves?

Bueno, ellos sabrán porqué y si ellos van a arreglar con mis Padres el día de nuestra boda no tenemos otra alternativa que ver qué deciden.

Pues espero que no sea para fines del año, porque eso si me haría desesperarme.

Vamos no exageres, ya verás que se va lograr una buena fecha para que nos casemos, mira, ya estamos llegando al restaurante.

Después de sentarse, ella ordenó una sopa de cebolla y un asado de cordero, que no fuera mucha carne y después ordenaré de la repostería, Vicente ordenó una sopa de garbanzo y una carne asada con un vino tempranillo por lo pronto, ya que pensaba después ordenar un Merlot.

Bueno, hablando de nuestra boda voy a mandarme hacer el vestido de novia más hermoso que se haya visto en alguna boda aquí en Madrid, solo que tengo que esperar a que tus Padres vengan a tratar lo de nuestra boda y se fijen las fechas para poder mandar hacerme mi vestido a Paris.

Ojalá yo pudiese pagarlo, para poderme sentir mejor con eso y lo que sí voy a tratar de hacer es que se adorne la Iglesia con puras Camelias blancas como a tí te gustan,

Bueno, vamos a pasear a las plazas de Madrid ¿ya terminaron de comer las dos?

Sí, vámonos ya que la tarde se acaba y debemos regresar a la casa temprano.

Así salieron rumbo al centro de Madrid a recorrer la Plaza Mayor donde bajaron a caminar un poco tomados de la mano los dos, viendo como siempre, cómo jugaban los niños en la Plaza.

Ya me imagino cuando vengamos a pasear a nuestros hijos como lo hacen todas estas parejas, ¿Cuántos hijos llegaremos a tener?

Los que Dios quiera que espero no sean muchos, para que tú no te cargues de trabajo cuidándolos.

Pues a mí no me atemoriza cuidarlos, ya que pienso que cada hijo que tengamos será una tarea ardua para hacer de cada uno de ellos unos verdaderos talentos para lo que ellos les guste hacer y yo estaré cuidando de que así sea.

Pues yo trataré de ayudarte en todo lo que pueda para educar a los hijos que lleguemos a tener.

Sabes, debemos ya de regresar a la casa, ya estoy ansiosa por ver a tus Padres hacer los arreglos necesarios para nuestra boda.

Igual estoy yo, pero no sé cuándo mi Padre decida visitar a los tuyos, espero que me lo hagan saber.

Cuando llegaron a la casa de María solo se despidieron con un fuerte abrazo y beso que la Tía se hizo la disimulada, lo que no sabían es que al día siguiente los Papás mandaron pedir se les diese una fecha para ir a visitarlos con el objetivo de hacer los arreglos necesarios para la boda de nuestros hijos, por lo que el Papá de María acordó recibirlos el Miércoles a las 4 de la tarde.

Esa tarde del Miércoles le pidieron a María se dedicase a entretenerse mientras ellos trataban lo relacionado con la boda de ellos, María después de saludar a los Padres de Vicente se fue a sentar a las bancas del jardín mientras ellos platicaban.

Buenas tardes Señores Marqueses, como ustedes saben hemos venido hacer los arreglos para que se realice la boda de nuestros hijos, ya que ellos han querido casarse desde que se volvieron a ver y le hemos insistido a nuestro hijo Vicente que tenga paciencia que una boda no se arregla así como él la quiere hacer, inclusive quería que hiciéramos los arreglos para que se efectuara el último domingo de Abril, yo sólo le dije que eso no era posible, por eso hemos venido a concertar los arreglos necesarios para que se casen y estamos abiertos a oír sus condiciones y sus deseos para que se pueda casar su hija con nuestro hijo.

Sí aceptamos a pesar de saber que el casamiento de una hija en cierto modo es perderla, pero mientras sea para su felicidad uno como Padre debe buscar todos los medios para su felicidad, nosotros estamos dispuestos a ofrecer una dote de 10,000.00 pesetas para que ella pueda llevar una vida como la que le hemos dado nosotros; los arreglos para la boda, ella nos ha pedido que quiere mandar hacer su vestido de novia a Paris con su modisto que le ha hecho siempre sus vestidos, también nos ha pedido que se quiere casar en la Basílica de nuestra Señora de Atocha, que como sabemos los padrinos serán mi esposa y usted Don Isidro quienes los acompañarán al altar, referente al banquete eso se los dejo a elegir a ustedes.

Me parece muy bien lo que nos propone y yo ya visité la Basílica para reservar el día que ellos podrían casarse ahí y me han dicho que solo lo pueden separar para el primer domingo de Junio, del Banquete hemos decidido que se llevará a cabo en el Restaurante La Parada Lhardy y la selección de los platillos se los dejamos a ustedes y si lo desean les mandaré la lista de ellos, por lo de la dote me parece bastante bien, con la principal promesa de que mi hijo hará todo lo posible porque a ella no le falte nada, ya inclusive rentó una casa cerca del Palacio para poder estar cerca de María y poder ir a dormir todas las noches.

Nos ha dicho que la está amueblando lo mejor que pueda, ya le compró un Piano de cola que están por entregárselo muy pronto, la casa tiene un patio y lo ha adornado con plantas de Camelias blancas y cuando ellos estén casados será su hija la que acabe de seleccionar lo que a ella le guste.

Por mi parte creo que estamos de acuerdo en lo que hemos platicado ¿no es así Lucia?

Por supuesto que sí, pero ya habrá otras cosas que arreglar para la boda, como son los invitados, los carruajes y tantos detalles que saldrán para cuando se realice la boda, veo que no han tomado todavía el café que les sirvieron ¿desean ustedes alguna otra cosa?

Oh sí, está bien, yo voy a tomar el café y unas rosquillas.

Yo también, contestó Doña Virginia la Mamá de Vicente tomaré lo mismo que mi marido.

Bueno, si todo está de acuerdo podremos este Sábado decirles a nuestros hijos a los arreglos que hemos llegado, por lo que los invitamos a celebrarlo con una comida ¿Les parece bien?

Por supuesto, Don Genaro aquí estaremos el Sábado con Vicente para comunicarles el arreglo.

Bueno, entonces en eso quedamos, por lo pronto no creo necesario comunicarles nada hasta este Sábado.

Estamos de acuerdo nosotros ¿y les parece bien que estemos aquí en su casa a las 2pm?

Los estaremos esperando.

Y así se pasaron los dos días en que por más que María preguntaba qué habían acordado, solo le contestaban que esperara a que se llegara el sábado en que los Papás de Vicente vendrán a comer y ya platicaremos y así sabrás lo que acordamos, también Vicente estaba desesperado por eso cuando salió franco el Viernes se fue de inmediato a la casa de sus Padres para preguntarles qué había pasado.

Padre, (llegó casi gritando) ¿platíqueme qué fue lo que acordaron? ¿Qué fue lo que les dijeron los Papás de María?

Siento mucho no poder contestarte, hicimos un pacto los Padres de María y solo lo podrás saber mañana que vayamos a comer a la casa de ellos, ya que quedamos de estar a las 2pm, así que tendrás que esperar hasta mañana.

Díganme algo por favor.

Lo sentimos, pero no te podemos adelantar nada, será hasta mañana que lo sabrás.

Está bien, me voy a dormir ya que no puedo con los nervios de saber a qué arreglo llegaron ustedes con los Padres de María.

Pues que descanse vos, nos veremos en la mañana.

Muy temprano tanto Vicente como María no hallaban la paz, nerviosos vieron pasar las horas y como a las doce Don Isidro le dijo a Vicente que se arreglara que ya pronto se irían a la casa de su novia; así mismo le dijeron a María que dejase de dar vueltas y que se acabara de arreglar para que recibieran a Vicente con sus Padres…..

Muy puntuales llegaron antes de las dos de la tarde Vicente con sus Padres a la casa de María; de inmediato los hicieron pasar a la sala y pocos minutos después apareció María acompañada de sus Papás y sentándose todos, el Papá de María tomó la palabra.

Bien jóvenes, sus Padres y nosotros hemos llegado al acuerdo de que pueden casarse, que su boda será el primer domingo de Junio en la Basílica de Atocha y va a ser ese día porque es el único más próximo disponible; el banquete se llevará a cabo en el Restaurante la Parada Lhardy, María, tu vestido se te mandará hacer a Paris y ya enviamos un mensajero para que te vengan a tomar las medidas, por los carruajes no se preocupen ya los contrataremos antes de la boda, ya se arregló el monto de la dote que pagaremos por María a ustedes, lo demás se ira ir desarrollando conforme vayan pasando los meses para la boda de ustedes, también cómo van a ser las invitaciones a la gente que ustedes y nosotros seleccionaremos, por mi parte es todo lo que tengo que decir y ahora los invito a que pasemos al comedor para darles a ustedes una probada de algunos de los platillos que hemos elegido para ese día, ¿Alguna pregunta?

Por nuestra parte ninguna Don Genaro (contestó Vicente).

María, ¿tu quieres decir algo?

No por mi parte, todo está bien claro, y por supuesto pasemos a comer, ya después platicaremos Vicente y yo.

La comida se llevó a cabo casi en silencio solo hablaban para pedir algo más de comer o limonada así que cuando terminaron de comer Vicente y María solicitaron permiso de salir al jardín a platicar.

Vayan ustedes, les dijo Don Genaro aquí los estaremos esperando para que nos deleiten con alguna pieza musical que puedan tocar en el Piano.

Así lo haremos después de que platiquemos Vicente y yo.

Como vos quieras hija los esperamos.

¿Cómo te sientes María? ¿Es lo que esperabas? O hay algo que no te haya gustado, porque si es así podemos ver si se puede cambiar en algo.

No nada, estoy tan sorprendida que no tengo palabras para expresar lo que siento, es la culminación de un sueño acariciado de toda mi vida, ¿Cómo podría estar en contra? si todo se esta cumpliendo como siempre lo pensé, casarme contigo fue la ilusión de mi vida, yo espero que esta dicha que hoy siento me dure toda la vida.

¿Qué te puedo decir? Solo puedo expresarme con todo el amor que te tengo para tratar de realizar tu sueño de vida lo mejor que en mis manos esté, solo debemos ponernos en las manos de Dios para que nada malo nos pase.

Creo que como tú dices, sólo Dios sabe que nos depara el destino esperemos que nuestras vidas se materialicen en algo grande.

¿Qué te parece si entramos como quieren nuestros Padres que les agrademos la tarde tocándoles música?

Vamos y toquémosles toda la música que se refiera al amor, tengo ganas de tocar música de Franz Liszt.

Vayamos y dejemos que el tiempo nos lleve a nuestra boda de la mejor manera y que no nos importe lo que el mundo piense o no crea de nuestro amor, yo deseo y me propongo vivir una vida a tu lado como nadie la haya vivido.

Para mí solo Dios nos podrá juzgar, para mí el amor se lleva en la mente y en el corazón, las desgracias en la vida deben fortalecernos si de verdad nos amamos.

Tienes razón, dediquémonos a prepararnos para poder casarnos y dejemos que lo que tenga que pasar pase, pero juntos, como si fuéramos una sola persona.

Los meses empezaron a pasar, Vicente arreglaba la casa donde vivirían para que no le faltara nada a María, mientras a ella ya le habían tomado las medidas para su vestido de novia y se había ordenado a Paris para que se lo tuvieran listo en cuanto pudieran; los Padres de ellos se dedicaron a hacer las invitaciones para la boda así como los arreglos para la Iglesia, se hicieron las reservaciones para el restaurante Lahardy con los platillos que seleccionaron tanto María como Vicente; las flores que escogieron por supuesto que fueron las Camelias blancas, que de por sí eran difíciles de conseguir, pero les prometieron que la Iglesia estaría adornada con las Camelias y algunas gladiolas blancas también y principalmente las Gardenias para perfumar la Iglesia, todo estaba preparado y Vicente no dejaba de realizar su trabajo lo mejor que podía, ya hasta Genaro su amigo lo estaba ayudando con los preparativos de la boda.

Entre esos trabajos que tenían para prepararse para la boda se enteró Vicente de la sentencia del joven panadero que había atentado contra el Rey y que había sido sentenciado a la pena de muerte a garrotazos y fue ejecutado el 14 de Abril, cosa que le platicó a María cuando la vió.

Ella horrorizada le preguntó que si no había habido clemencia para el joven, Vicente le dijo que hasta el Rey había pedido el indulto pero le fue negado por la Corte que lo sentenció, pobre, pero ¿qué lo orillaría a haber hecho semejante atrocidad?

Eso es lo que todos se preguntaban, unos decían que él buscaba suicidarse pero como no tenía el valor, hizo lo que hizo sin la intención de matar al Rey, y pues logró en parte lo que todos rumoran.

Mira que mientras nosotros estamos buscando nuestra gloria de amor al casarnos, mira lo que otros logran, de verdad que da tristeza.

Pues sí, pero cómo saber lo que realmente pasaba por su mente, se supo que tenía familiares, que era de otra población, bueno, ya no se puede hacer nada y nosotros debemos dedicarnos a prepararnos para nuestra boda, que es lo que más me importa a mí.

Ya solo faltan casi dos meses para nuestra boda y te quería preguntar si ya te entregaron el piano que pediste.

¡Oh sí! Ya hasta lo tengo cubierto para que no se empolve.

Qué bueno, ¿y vas a contratar una cocinera para nosotros? Porque yo aún no estoy muy preparada en eso.

No te preocupes, estoy tratando de que me recomiende una cocinera la cocinera que quería el Rey y que se casó con un soldado, al que le he preguntado si me la podría conseguir y me prometió hablar con su esposa para que nos la consiguiera y parece que el próximo Lunes me va a decir.

Qué bueno, me quitas un gran peso de encima, porque yo no sé muy bien ya que poco es lo que he aprendido de la cocina.

Sabes, ví a mi hermano Alvaro y me comentó de las Verbenas que van a haber ahora en Junio y me preguntó que si no íbamos a ir alguna de ellas y le dije que era probable que sí, ya que para entonces ya vamos a estar casados, pero también me dijo que ya apartó ese Domingo en que nos vamos a casar para asistir a nuestra boda con su familia.

Qué bueno, me da gusto porque así nuestras familias van a participar y estaremos todos juntos por un buen rato, también mis Padres me han dicho que ellos incluyeron en sus listas de invitados a algunas familias parientes nuestras.

También lo han hecho mis Padres el de invitar a familiares, vamos a ver cómo nos queda nuestra boda.

Yo espero que sea inolvidable para todos nosotros.

Para mí va a ser la culminación de nuestro sueño de amor.

Pues espero que no nos tomen de cursis, pero el hecho de que nos casamos por amor y no por conveniencia, para mí lo es todo y si no le gusta a la gente allá ellos.

Pensamos lo mismo, sé que a todos se les hace increíble que tú y yo nos amemos tanto, pero yo también pienso como tú, nos debe importar poco lo que la gente diga, lo que importa es lo que tú y yo viviremos.

Entonces no hay nada que pensar ni de que apurarnos de la gente.

Bueno, te dejo que tengo que regresar a mi Guardia para continuar mi trabajo, te veré la próxima semana.

Te estaré esperando y veré qué nuevas noticias hay.

CAPÍTULO XII

La Boda

Se pasaron los días y para los dos, lo importante ya no era lo que estuvieran viviendo, sino el momento que más les importaba "su boda" por eso sus rutinas seguían siendo las mismas, pero sus ansias de que llegara el día sí los hacía sentirse nerviosos y se la pasaban contando las semanas y los días que faltaban sin dejarse de amar, tratando de entretenerse en los conciertos o en su casa tocando el piano o yendo a pasear a las plazas de Madrid, para ellos ya era todo más bien el deseo de que esos días se les pasaran rápido y así fue.

El Domingo tan esperado llegó y comenzaron las carreras, las preguntas de que si habías hecho esto o lo otro, pero poco a poco se fueron preparando para la gran ceremonia que les esperaba este día, inclusive Vicente había invitado al Comandante de la Guardia del Rey quien junto con su esposa asistirían así como otros oficiales con sus esposas que Vicente también invitó; así como los invitados que tanto de María como de los Padres de ambos ya casi habían llenado la Basílica.

Mientras tanto, Vicente bien uniformado y con su espada se dirigía a la Iglesia junto con sus Padres en su carruaje y cuando estos llegaron, sus hermanos Sebastián y Alvaro y el resto de su familia ya se encontraban ahí.

Mientras María ya con los arreglos que desde muy temprano le fueron hacer tanto su peluquero como la maquillista y ya con su vestido largo de novia se preparaba a salir del brazo de su Padre para subir al carruaje especial que rentaron para la ceremonia y despacio subieron para dirigirse con sus Padres a la Iglesia.

Ya en ésta al llegar, todos los recibieron con asombro y admiración y adelantándose el Papá de Vicente se acomodó a las puertas de la Iglesia para tomar con su brazo la mano de María y atrás la Mamá de María Doña Lucía se apoyaba en el brazo de Vicente; así los cuatro comenzaron a caminar hacia el altar donde los esperaba el Arzobispo de la misma Basílica recibiendo a los novios, mientras sus Padrinos Don Isidro y Doña Lucía se acomodaron con sus respectivas parejas para escuchar la misa.

Desde que entraron, la música sacra para estos eventos se empezó a tocar y la misa continuó para celebrar la boda y en un momento de ella el Arzobispo los declaró Marido y Mujer, así, ante la vista de toda la gente que acudió a la misa, les daba la Bendición a los novios para que su matrimonio estuviera Bendecido por Dios, al término de la misa y con las voces de la gente felicitándolos salieron de la Iglesia.

¡Por fin casados!, exclamaron los dos casi al mismo tiempo y encaminándose a sus carruajes para dirigirse al restaurante donde se celebraría el banquete de boda, quienes al llegar se empezaron a acomodar conforme los empleados los iban acomodando en sus mesas, cuando todos estuvieron sentados Don Isidro, que luciendo su uniforme de Almirante se levantó pidiendo brindar por los novios ahí presentes, todos con un salud les deseaban lo mejor en su boda y en su vida, se sirvieron los platillos que se habían escogido para ello, como el cocido Madrileño, la sopa de cebollas a quien la pidiera; así como el potaje de garbanzo, la carne sin que faltaran los vinos de mesa como el Merlot, las tejoneras, el tempranillo, Syrac.

Poniéndose de pie María se dirigió a los invitados diciendo: Espero me permitan recitarle a mi esposo el siguiente poema que le he compuesto.

Adelante, dijeron todos.

Perpetuar en mi corazón tu imagen fue mi ilusión más grande,

En las rutinas diarias de la vida mi deseo fue solo el amarte,

Tú desde el primer momento que a mi vida llegaste me enamoraste,

Las desgracias y la felicidad de nuestras vidas se enmarcaron en nuestro amor,

Como un poema te adueñaste de mí,

Tus palabras sonaron siempre para mí al amor,

Ese amor que solo seres como nosotros llegamos a encontrar,

La maravilla de la comunión de nuestro amor se dió hoy con nuestra boda,

Y nuestros descendientes serán quienes perpetúen este amor que nos une.

Todos aplaudieron, a Vicente se le llenaron los ojos de lágrimas de emoción ante lo que María le había recitado, y pidiendo los invitados que éste contestara sacó también un poema que él había escrito.

Quiero volver a tenerte en mis brazos,

quiero volver a prender las llamas de nuestro amor,
quiero volver a despertar en tí la ilusión y pasión del amor,
volver a sentir las ansias de vivir, pero amándote,
volver a internarme en tu mirada dulce y soñadora,
quiero volver a besar tus ardientes labios,
quiero volver a sentir el sabor de tí,
quiero volver a mover las fuerzas de tu corazón para amarme,
volver a soñarme en tus brazos al estar en tu paraíso de amor,
quiero despejar las sombras que empañan tu alegría,
quiero realzar la imagen del amor sublime en tí,
quiero volver a sentirte cómo de tu corazón brota el deseo de amar,
quiero volver a hilar las perlas que de tus lágrimas formas,
quiero volver a unir tus palabras en canciones de amor,
quiero amarte hasta la eternidad,
pero mientras amarte en la profundidad de tu pasión.

Todos, después de un silencio total, solo pudieron aplaudir fuertemente y después todos los invitados pidieron a la pareja de recién casados salir al jardín para que se les tomara unas fotos, fotos que serían del recuerdo.

Pronto pasaron las horas, todos empezaron a retirarse y cuando les tocó a María y Vicente el retirarse, con lágrimas en los ojos ella se despidió de sus Padres, quienes les desearon toda clase de felicidad en su nueva vida, lo mismo les dijeron los Padres de Vicente a los dos, esperamos que ahora sí todas sus ilusiones se hagan realidad.

Ellos se retiraron a comenzar su vida en la casa que Vicente ya había acabado de arreglar y decorar para iniciar su nueva vida, cuando llegaron, fueron recibidos por los empleados que había contratado Vicente para que hicieran los quehaceres de la casa, así como ayudar a bañarse a María, a peinarla, maquillarla, que fuese atendida como una Reina que era así como él la consideraba y de esa manera se volvieron a jurar amarse eternamente y así comenzaron sus días de casados.

Vicente llegaba a su casa en cuanto salía de realizar su guardia del día y era una alegría la que les invadía al estar juntos y ahora sí podían tocar música hasta altas horas de la noche y comían y cenaban juntos lo que les habían cocinado, sus pláticas eran siempre tratando de descubrir lo que su alrededor pasaba, las aventuras del Rey cuando se salía, lo mismo los problemas de la gente que se suscitaban en la calle.

Sabes, Alvaro vino a invitarnos a las Verbenas de estos meses y me gustaría que fuéramos ¿Qué dices?

Por supuesto, así podré practicar esos bailes con los cuales se festeja a los Santos y que tanto me han gustado como la J. Aragonesa y el chotis.

¡Pues no se diga más!, iremos a la del 13 de Junio que se festeja a San Antonio de la Florida.

Andale María, que ya no tardan en venir por nosotros Alvaro y su esposa para ir a la Verbena.

Ya casi estoy lista, me estoy poniendo mi nuevo vestido de Manola, te va gustar ¿y tú ya te vestiste de Chalupo?

Por supuesto amor, no quiero que me critiquen por ir vestido normal al lado de una hermosa Chalupa como lo eres tú, ya están tocando, vámonos.

¡Ya vámonos!

Salieron pronto dirigiéndose a la Iglesia de San Antonio y cuando llegaron, la gente estaba celebrando como ya era costumbre por todos lados, comprando chucherías, comidas, golosinas y caminando entre la muchedumbre llegaron a un lugar donde estaban tocando música de chotis y María de inmediato jaló a Vicente para aprender a bailarlo bien, equivocándose los primeros pasos pero pronto empezaron a bailarlo muy bien; Alvaro y su esposa que acostumbraban a venir a estos festejos lo bailaban también y la esposa bailaba sola tocando las castañuelas, cosa que le llamó mucho la atención a María, quien al término del baile le dijo a la esposa de Alvaro que le mostrara lo que tocaba.

De verdad Laura ¿Qué es eso que estás tocando?

Son las castañuelas ¿Qué nunca las habías visto?

Pienso que sí, en la Escuela, pero nunca me dió por tocarlas, ahora recuerdo que veía a otras niñas tocarlas para las fiestas, pero nunca como te digo me llamaron la atención como ahora.

Pues mira qué fácil son, ponlas en el centro de tus manos y solo tienes que apretarlas y soltarlas rápido y al compás de la música se oirán mejor, ten practícalas.

María pronto empezó a tocar las castañuelas con gran precisión y bailando el chotis pronto empezó a alegrarse con los bailables, entre ellos tocaron la J. Aragonesa que también aprendió a bailarla rápido y con gran destreza, provocando la admiración de Vicente y de la gente que la rodeaba; así comenzó a bailar y a la vez comenzó a cantar las canciones que bailaban, saliendo de ahí se fueron a comer las golosinas que vendían en la Verbena y las comidas que vendían, pero lo que más les gustaban eran los churros con chocolate, y que se volvieron su golosina favorita, aunque le provocaban cierto malestar estomacal pero no dejaba de comerlos cuando podía, las nuevas Verbenas como la de San Juan Bautista el 24 de junio, la de Carmen de Chamberí el 16 de Julio, la de San Cayetano el 7 de Agosto y la del 15 de Agosto la de la Paloma se volvieron sus principales fiestas a las que por muchos años estuvieron yendo a gozar de ellas aun después con sus hijos de quienes nos encargaremos de hablar ahora.

Pasaron las semanas y los primeros síntomas de un embarazo los empezó a alegrar, por fin verían sus vidas en un nuevo ser que vendría a acompañarlos en su vida.

María ¿Ya le dijiste a tu Mamá de tu embarazo?

Claro que sí, ella fue quien me dijo que los síntomas que tengo son los de un embarazo.

Y ¿Qué fue lo que te recomendó?

Que me aleje de tí.

¿Cómo?

Es una broma, pero me recomendó tener mucho cuidado en los quehaceres de la casa, así como caminar lo más que pueda.

Pues ahora en los Sábados y Domingos nos iremos a caminar a las Plazas de Madrid y dile a tu Mamá que yo te tengo como una Reina y que para eso tienes tus empleados para que no tengas que hacer nada y por lo pronto te vamos a cuidar más y espero que este sea mi heredero.

¿Y si es una niña? ¿No la vas a querer?

Por supuesto que sí, porque ella va a ser como si tú reencarnaras en ella, yo no tengo preferencia porque sea varón o mujercita nuestros hijos todos serán bienvenidos para mí, te lo prometo.

Pues eso espero, porque también para mí será una maravilla que de este amor tan intenso que he sentido por tí todos estos años se convierta en nuevos seres de nuestra unión tan sagrada que ha sido para mi.

No nada más para tí, yo también lo pienso como tú y debemos compartir esta alegría que sentimos de crear un nuevo ser producto de nuestro amor.

Por cierto, creo que ahora voy a practicar más el violín para no estar tanto tiempo sentada y de esa manera estar caminando.

Me parece perfecto, creo que estos meses se me van a pasar muy lentos hasta el nacimiento de nuestro hijo o hija, sabes, Genaro mi amigo quiere venir a vernos este domingo y lo he invitado a comer para que venga con su novia.

¡Qué bueno!, así podremos conocerla y convivir con ella.

El domingo llegó y con él Genaro y su novia, quienes después del recibimiento que les hicieron, en su plática dijeron que pronto se iban a casar porque Genaro estaba pensando irse a Cuba a poner un negocio, ya que lo habían invitado a hacerlo, ya que hacían falta muchos productos en los pueblos de Cuba como en Cienfuegos y que como lo iban a apoyar le había gustado la idea.

¿No tienes miedo?, recuerda que en Cuba ha habido un levantamiento armado por los revolucionarios Cubanos.

¡Oh si!, Pero desde 1878 se estableció la paz y existe ahora una tranquilidad con la cual podemos vivir allá, por eso no me preocupa.

Bueno, sí es así no dejes de contarme cómo les va allá y escríbeme para saber, no quisiera perder la amistad con ustedes y ¿bueno cuándo se casan?

Esperamos casarnos dentro de un mes, así que les traeremos la invitación para la boda.

Se llegó la fecha de la boda de Genaro y su novia, que como él la había descrito era una empleada en un comercio de su Padre, pero como a la vez ella era muy bonita que por ello Genaro ya no quería dejar pasar más tiempo sin casarse.

María, te recuerdo que este domingo se nos casa Genaro y espero que estés bien para poder ir a su boda pues ya estamos en Noviembre y con tu embarazo tengo temor que no te vayas a sentir bien.

¡Oh no! yo ahorita me siento perfectamente y no creo que tengamos problemas para ir a la boda, no te preocupes.

Eso espero, para no tener problemas, ya que también iremos a la comida que se celebrará en la casa de su novia.

Ahí acudiremos y espero bailar una J. Aragonesa con un chotis.

¡Oh sí! Si te dejo bailarlos, porque en primera no creo que lleven orquesta para que toquen música, porque no creo que cabrían en la casa.

Bueno, era un decir, pero de que vamos, vamos, no me quiero perder la boda, ¿podré invitar a mi Mamá?

Yo creo que sí, dile para ver si quiere ir.

Así lo hare, para ver si nos quiere acompañar ya ves que a todos lados me quiere acompañar y cuando tu no estás, viene ella a cuidarme pues como me dice ahora en mi embarazo no quiere dejarme sola.

Pues no se diga más pregúntale que si te quiere acompañar.

Te aseguro que no voy a necesitar pedirle que nos acompañe, ella sola lo va a pedir ya verás.

Se pasaron los días y el día de la boda de Genaro llegó y a ésta acudieron la familia Diacono junto con Doña Lucía; la boda se realizó en la misma Iglesia de Santa María de Atocha y después de la ceremonia fueron a la comida en la casa de la ahora esposa de Genaro.

Era una tarde alegre, aunque para María un poco incómoda por los síntomas del embarazo, tanto Vicente como María amenizaron un poco la reunión tocando el piano y el violín y cuando se retiraron, Vicente le dijo a Genaro

No te olvides si te vas, de escribirme para mantener comunicación con ustedes y saber cómo les va en Cuba.

En cuanto salgamos a Cuba te lo haré saber y de allá te escribiré para contarte cómo nos va en ese país.

Que les vaya bien Genaro y gracias por haber invitado a Vicente a aquel baile donde nos volvimos a encontrar él y yo.

¡Qué va! al contrario, gracias a ustedes por haber conocido a tan bonita pareja, no los olvidaremos, y nos avisan cuando nazca el bebe si fue niño o niña, por favor.

¡Claro que sí!, se los haremos saber de inmediato ¿pero cuándo se van a ir a Cuba?

Yo creo que en una semana, ya todo lo tenemos arreglado y ya tenemos la casa y la tienda de abarrotes que voy a manejar allá lista para que empecemos a trabajar.

Les deseamos mucha suerte y felicidad, no dejen de escribir.

Los meses transcurrieron, y el trabajo de Vicente en Palacio como Capitán de la Guardia del Rey, siempre tratando de vigilar sus escapadas en las noches para no dejarlo irse solo, o como cuando iba a visitar a su amada Elena al Palacio de Río Frío.

Vicente, mi Madre me ha pedido que celebremos la llegada del nuevo año en su casa ¿Podemos ir?

Ni me lo preguntes, tú sabes que tus deseos los cumplo por que te amo, ¿necesitará tu Mamá que llevemos algo?

¡Oh no¡ ya ella tiene todo preparado para que cenemos ese día, además que como dice ella, ya están ansiosos por que llegue el día del nacimiento de nuestro hijo.

Yo también lo estoy, ¿y ya pensaste quiénes van a ser los padrinos de bautizo?

Sí, tu hermano Alvaro y su esposa Laura ¿quieres?

A mí me encanta y te aseguro que a ellos también les va a encantar ser los padrinos.

El día de año nuevo llegó, para festejar la llegada del 1 de Enero de 1881 el año en que tanto Vicente como María tendrían su primer hijo.

Después de la cena de la noche del 31 de Diciembre los meses para María se pasaron rápido llegando el día del nacimiento de su hijo.

Corre Vicente, que tenemos que llamar a la Matrona de mi Madre, ya va a nacer nuestro hijo.

En eso estoy, apurando al cochero para que vaya a buscarla.

Las horas pasaron y por fin le dieron la noticia del alumbramiento a Vicente ¡es una niña! le dijeron, es la niña más hermosa que ha nacido en este mes de Abril.

¿Y cómo está mi esposa María?

Pues como ve aquí la traen a su cama, ellas están bien.

Te amo más ahora María, nos has traído a una princesa hermosa como tú.

Sí, pero a lo mejor tú esperabas un varón.

Para mí todo lo que venga de tí es la gloria producto de nuestro amor, pero debemos pensar en cómo la llamaremos.

Yo estoy pensando que con las dos primeras letras de tu nombre podemos escoger el nombre de Virginia como el de tú Mamá ¿Qué te parece?

Virginia se llamará, aunque yo quisiera llamarle como tú.

Me halagas, pero pienso ahorita que es una muestra más del amor que te tengo.

Doña Lucía dijo lo mismo que María, le gustaba el nombre para su primera nieta el de llamarla Virginia.

Y así quedaron en llamarle y María dándole todo el cuidado necesario la empezó a alimentar y darle todos sus cuidados como su primera hija, así como su Madre lo había hecho con ella.

En una de las tardes en que llegó Vicente a su casa, se encontró con su Papá que había venido a platicar sobre la situación en el Gobierno y después de pedir un café a María empezó a platicarle a Vicente lo que había oído que estaba pasando en Madrid.

¿Sabes de los problemas políticos que se vienen arrastrando desde 1878 en que el grupo de unionistas dirigido por un tal Manuel Alonso Martínez que abandonó al partido liberal conservador y que regresó a las filas del partido Constitucionalista de Sagasta, al que él había abandonado hace como seis años, y que tras gobierno continuo durante los últimos cinco años, fue el que ocasionó la erosión del Partido Liberal conservador y es por eso que en Marzo del año pasado el General A. Martínez C. se pasó con sus seguidores al Partido Constitucional, abandonando el pasado año las filas conservadoras y además se sumo a él J. Posada H. un antiguo dirigente de la Unión Liberal y que era Presidente del Congreso en las primeras cortes de la restauración; así como también un grupo de viejos notables del Partido Moderado que no encontraban lugar entre las filas conservadoras tales como el conde de Ximena o un tal Balmaseda y que a raíz de estas incorporaciones este Partido Constitucional se cambió de nombre a Partido Liberal fusionista?.

Y es por eso que vine a platicar contigo, porque ahora en Enero de este año Sagasta se ha fortalecido en su partido y le ha reclamado al Rey que despida a los Conservadores y llame al Gobierno a los Liberales Fusionistas, y claro el rey Accedió a las demandas de Sagasta y es una de las cosas que se estaba esperando, ya que desde que asumió por primera vez a la Presidencia del consejo de Ministros en la Restauración lo quiso hacer.

Sabes también, oí que los anarquistas, un grupo que se ha vuelto mayoritario en España, que después de que se aprobó la Ley de Asociaciones por el Gobierno liberal de Sagasta, se acaba de lanzar en una activa e intensa organización y también de luchas sociales, ya que ha nacido la Federación de trabajadores de la región Española en la que ha destacado el Señor Anselmo Lorenzo, que es uno de los principales líderes del movimiento anarquista, y la verdad con estos movimientos anarquistas yo no me explico porqué los han dejado proliferar, ya que su nombre lo dice, son anarquistas que no respetan las leyes, solo lo que ellos quieren, a ver si no nos traen más problemas de los que ya tiene España con tanta pobreza y desempleo.

Dice María: Pero a nosotros ¿que problemas nos pueden dar?

El tener que vivir en un estado de intranquilidad en el que no puedas salir a las calles por sus manifestaciones, imagínate, ahora que nosotros podemos pasearnos por las Plazas de Madrid con nuestra hija y nos lleguemos a encontrar con una de ellas, yo no quiero ni pensar en tener que correr con ustedes por las calles.

Bueno con estar atentos cuando pase una cosa de esas, tomando nuestras precauciones continuaremos con nuestra vida como si nada pasara.

Pues espero que sea como tú lo dices, yo no quiero verme envuelto en algo así.

Vamos, no nos vamos a amargar el caminar por las Plazas de Madrid y sus paseos ahora que tenemos a nuestra hija, que por cierto, quiero que ahora que ya está cumpliendo su primer mes empecemos a pensar en como va a ser su bautizo.

Como tú lo ordenes mi amor, empezaré las pláticas con la Iglesia para apartar la ceremonia y ojalá nos la den para Junio, casi cuando estemos cumpliendo un año de casados, ¿Qué te parece?

Me sorprendes porque no me habías dicho nada al respecto.

Y es que era una sorpresa que te tenía guardada y ya inclusive mi hermano Alvaro te va a traer el ropón para su Bautizo luego vamos a ir a comer a su casa para celebrar el bautizo de nuestra hija Virginia.

Por lo que veo ya todo lo arreglaste y no me consultaste.

No era necesario, tú ya tienes bastante trabajo con cuidar y alimentar a nuestra hija.

Bueno, espero que las invitaciones me dejes hacerlas a mi.

¡Claro que sí!

Bueno hijos, yo me retiro, solo vine a contarle a Vicente lo último que he visto y que está pasando en el Gobierno.

Antes de que se vaya Padre, en qué cree usted que nos pueda afectar a nosotros todo lo que está pasando.

Pienso que podrían recortar los gastos del Rey y eso les puede afectar a ustedes.

Pues espero que no, a ver qué pasa más adelante, con eso de que ahora la Reina dio a luz a una niña y no al heredero que esperaban y luego la queja que puso de que tenía que salir desterrada la amante del Rey y mira que ya lleva dos hijos del Rey aunque ilegítimos son hijos del Rey, mientras que la Reina solo le ha dado una mujercita, a ver qué les pasa a ellos con todos sus problemas.

Yo pienso que la hija del Rey puede asumir el cargo de Reina como su Abuela Isabel II.

Eso es lo que cualquiera podría pensar, pero ya ves como les fue con la Reina Isabel que la tuvieron que desterrar y ya ves la de muertos que hubo por eso.

¿Por qué dices muertos?

Porque hubo mucha gente que se rebeló y tuvieron que luchar contra ellos, yo entiendo que fue esa gente corrupta que apoyaba tanta corrupción y que no querían perder lo que habían ganado.

Bueno, dejemos tanta plática de política y veamos lo del bautizo de Virginia que es lo que nos debe de preocupar ahorita más que nada, ya que ahora me siento tan feliz de tener una familia a tu lado.

Yo me siento realmente en la gloria, algo que es lo que más podría desear en la vida, mi matrimonio contigo ha sido lo más hermoso de esta vida para mí.

Y para mí también, por eso debemos de ir a la Iglesia y en la misa rogar porque nuestras vidas no cambien y podamos ver a nuestra hija crecer y realizarse como lo hemos hecho nosotros.

Y si tenemos más hijos ¿crees que cambiarás tu manera de ser conmigo?

Eso ni lo pienses, todos los hijos que tengamos serán parte de este paraíso en que vivimos, el cual debemos proteger porque nada nos afecte, recuérdalo siempre.

Yo trataré hasta donde pueda de no cambiar esta vida que llevamos, le pido a la Virgen María que nos ayude.

Sabes, ya me estoy imaginando a Virginia recibir sus clases de piano y toda la música que ella pueda tocar, porque le vamos a poner profesores que le enseñen todas las clases que yo llevé y que espero tenga más talento y dedicación de la que yo tuve cuando los tenía y que casi siempre estaba yo distraída.

Bueno, podemos dedicarle todo el tiempo que ella necesite para que pueda aprender, pero lo que importa actualmente es cuidar su salud ya ves que vivimos en un medio muy insalubre del cual como nos recomendó mi hermano debemos de tener estricto cuidado con su salud.

¡Claro que sí! y yo estaré siempre al cuidado de todo lo que la rodee, darle el mejor cuidado posible.

Bueno, ¿que te parece si por lo pronto hasta que no cumpla tres meses no la sacamos a pasear?

Me parece perfecto, mira que el Rey siempre está enfermizo con sus resfriados y que dicen que los padece desde que era un bebé.

Y sabes, estaba pensando en que el Rey tiene la autoridad de poder nombrar en los asuntos internos por ser un Rey Constitucionalista, él puede nombrar al primer ministro y por eso ha nombrado a Cánovas como primer ministro de España y no se han suscitado grandes disturbios por eso y es cosa que me alegro por la seguridad de Palacio.

Se llegó la fecha del bautizo de Virginia y ahora sí las carreras por salir a tiempo, el cual se les vino encima ya que a la niña tenían que bañarla y darle de comer así como el vestirse todos para ir a la Iglesia en donde el Padre bautizaría a Virginia, y llegó la hora de partir a la Iglesia.

María cargando a la niña la llevaba muy bien arregladita lo que la hacía lucir muy hermosa, ya en la Iglesia se encontraban los invitados y los Padres de ambos quienes esperaban con ansias la llegada de la nietecita. Los Padrinos también esperaban en la puerta de la Iglesia para acompañar a la entrada a la niña con María y Vicente y eso hicieron cuando llegaron.

El Padrino llevando la vela, los recibió el Padre y leyendo los salmos del bautizo se hizo la toma de la niña para ponerla en la pila de bautismo y el Padre pronunciando su nombre le echó el agua bendita, bautizándola con el nombre de Virginia Diacono y los demás apellidos de los Padres de ella, luego escucharon misa y al término de ésta, los padrinos dieron el bolo a los niños que estaban afuera de la Iglesia, que de inmediato agarraron las monedas que les aventó Alvaro; salieron de ahí para ir al almuerzo que ya tenía preparado María en su casa, un chocolate con panecillos y una carne con cocido para quienes quisieran comer, no se quedaron atrás los brindis por la princesita y el que los Abuelos se sintieran dichosos con ella.

Se pasaron pronto para ellos los meses y Virginia empezó a crecer muy sana y hermosa que los tenía encantados a Padres y Abuelos, pasaron 10 meses y María empezó a padecer los síntomas de otro embarazo, y aunque eso les traería muchas mortificaciones cuando el Doctor se lo confirmó a María y a Vicente no les quedó otra que dedicarse a esperar este nuevo bebé y ver si ahora sería un varón, pero mientras los paseos a las plazas con Virginia no se dejaban de realizar ya que el pasear a su chiquita los Domingos después de misa era una satisfacción enorme para ellos, quienes no dejaban de comprar algunas golosinas.

Los Paseos junto al río de Madrid le daba mucho aire limpio a María y a la niña, por otro lado aunque a Vicente lo invitaban los amigos ya fuera a pasear por las noches para divertirse o ir a una corrida de toros, a él nada de diversiones le atraían sino eran con su mujer y su hija, quienes eran todo su mundo y ahora que les habían anunciado la llegada de otro ser, los tenía mucho más unidos, tanto que apenas salía de su trabajo en Palacio, casi corría a su casa para pasar lo más que pudiese estar con ellas.

El tocarles música no dejaba de ser una atracción más de la que podían disfrutar y claro los Abuelos que no dejaban ningún pretexto para pasarla también con ellos, sus vidas estaban tan ligadas a sus hijos que por eso solo pensaban en la felicidad de Virginia y Vicente y la maravilla de ver a María que esperaba a su segundo hijo.

Mientras en la Ciudad de Madrid no se dejaban de presentar los problemas tanto de la gente como de los políticos, los movimientos separatistas de Castilla, los de los Vascos y tantos otros problemas que daban los socialistas con sus manifestaciones.

Pero a Vicente y a María era su hija Virginia y ese nuevo ser que venía quienes los tenían más dedicados a ellos y los problemas ajenos casi ni les llamaba la atención.

María ¿Cómo te sientes?, sabes, están pasando conciertos de la sala de conciertos en la cual tocarán música de Beethoven ¿Te gustaría ir?

Sí, pero espero que mi Madre pueda venir a quedarse a cuidar a Virginia.

No creo que se niegue, tan solo unas cuantas horas que no pasaran de 4 horas y así te puedes distraer un poco, ahora principalmente con tu embarazo.

A mí no me molesta mi embarazo, al contrario es una alegría esperar un nuevo ser de nosotros que de esta manera se complementa con dos hijos, qué bueno, espero que sea una niña para que le haga compañía a Virginia y crezcan juntas jugando las dos y no como yo que crecí sola, sin hermanos.

Yo sí tuve tres hermanos como tú sabes, pero solo en la niñez estuvimos jugando juntos, pues cada uno nos dedicamos a perseguir caminos muy diferentes, a mí me gustaba llegar a ser como mi Padre, un Oficial de la Marina, Alvaro se la pasaba curando a los animales y a Sebastián le gustaban las actividades de los Gobernantes. Conforme fuimos creciendo cada uno nos fuimos ubicando en lo que queríamos ser, ya ves que yo me gradúe de Oficial de la Marina como mi Padre, Alvaro de Médico y por cierto, Sebastián se gradúa este año de Abogado y ya nos está pidiendo que asistamos a su graduación.

Dile de mi parte que si nos deja Virginia ahí estaremos, aunque ya para esas fechas posiblemente nazca nuestro hijo.

Pues sí, no había pensado en eso, pero espero que primero te alivies y en Diciembre que se gradúa mi hermano podamos asistir a su graduación, que de seguro va a querer hacer su cena de graduación, pero qué del concierto de este sábado ¿Quieres ir?

Ya te dije que tenemos que preguntarle a mi Mamá, si quieres ahorita le envió un mensaje a su casa para que nos diga si puede venir este Sábado a cuidar a la niña.

Sí házlo, porque ya tengo los boletos para ir, ya hasta había pensado que si no pudiéramos ir se los diéramos a tus Papás.

No cabe duda de que piensas en todo, por eso te amo tanto.

Gracias, pero mandémosle a tu Madre el mensaje.

Sí, házlo tú, sabes, también me gustaría que pudiéramos llevar a Virginia a alguna de las Verbenas durante el día para vestirla también de Manola, ¿te gustaría?

Claro que sí, ya me las imagino a las dos bailando un chotis.

Vamos, que no es para tanto que apenas tiene unos meses de edad.

¡Oh sí! Pero es una forma de imaginarlas a las dos bailando.

Eso será dentro de unos pocos años ya lo verás cuando lo hagamos ella y yo.

¿Qué no cuentas conmigo también?

Sí, pero mientras esté chiquita solo ella y yo lo bailaremos, yo ya te imagino a tí bailando con ella cuando tenga unos 16 o 17 años.

A lo mejor para entonces ya se nos casó.

¡Ah no! yo no la voy a dejar casarse tan joven.

Eso ya lo veremos cuando ella crezca y veamos qué es lo que ella quiere hacer de su vida.

Pues yo voy a educarla para que sea prudente y vea por ella misma antes que por alguien que le proponga matrimonio.

Bueno, bueno, dejémosla primero que crezca y entonces ya veremos que hacemos para ayudarle en sus decisiones.

Bueno, mira ya regresó el mensajero y leamos la respuesta.

Dice que sí, que ya vendrá temprano para cuidarla para que nos podamos ir al Teatro a escuchar ese concierto.

Perfecto, tú sabes que me encanta escuchar la música de Beethoven, esa melodía "Para Elisa", la quinta y la novena sinfonía o la oda a la alegría, la de la Heróica y la sonata Patética, y tantas más que quisiera escuchar.

Pues vamos a ir y a ver cuantas de las que te gustan tocan en el concierto a Beethoven.

Ya quiero que sea Sábado para ir al concierto y escuchar la música.

¿Por qué no la tocamos nosotros mientras para pasar la tarde?

Sí hagámoslo, dile a la nana de la niña que la venga a cuidar mientras.

Ahorita le pido que venga y espero que a Virginia le guste también la música de Beethoven.

Bueno, pienso que le agradará la música pero no precisamente la de Beethoven ahora.

¡Oh claro que no! yo me refería a la música en sí que no la haga llorar por el ruido.

Bueno empecemos a tocar y a ver qué pasa.

Tocaron toda la tarde, mientras Virginia se arrulló y se la pasó la mayor parte dormida, solo cuando María la alimentaba paraban de tocar, llegando así la noche para irse a dormir.

Los días transcurrieron y el Sábado llego y se fueron al concierto al Teatro quedándose Doña Lucía al cuidado de Virginia y tal como Vicente había deseado tocaron la mayor parte de las piezas que a él le gustaban.

Después fueron a cenar y en la cena Vicente pidió un vino para los dos para brindar por ese nuevo ser que venía en camino, diciéndole a María lo siguiente.

Brindo por este nuevo bebé y espero que este nuevo ser que viene a nosotros sea un varón para completar la parejita de nuestros hijos.

Yo lo espero también y que puedan jugar y convivir como buenos hermanos pero eso será obra de Dios.

Te entiendo, pero la vida hasta ahorita nos ha favorecido con muchas cosas que espero que así podamos continuar viviendo, que por cierto ya también tengo ganas de ir mañana a la Plaza después de misa para ver si ya puede empezar a dar sus primeros pasos Virginia, ya ves como se queda paradita en la orilla de la cuna.

Se me hace que todavía está muy pequeña para que lo haga, pero si es bonito pasearnos con ella en la Plaza junto con todos esos niños que acompañados de sus Padres juegan ahí.

Ahí estaremos mañana también para ver que comemos tú y yo ahí o nos vayamos a comer en algunos de los restaurantes que están cerca.

Sabes, ahora que me acuerdo nos perdimos de la Verbena del mes de Febrero, pero las de Junio no quisiera perdérnoslas, que podemos llevar a Virginia vestida de Manola y así divertirnos un poco, ¿quieres?

Ni me lo preguntes, me voy a poner de acuerdo con mi hermano Alvaro para que nos acompañe a las Verbenas que podamos ir con Virginia.

Sí, pero recuerda que tenemos que ir en el día y no quedarnos hasta en la noche por la niña.

¡Oh sí! Ya lo había pensado, para que no se nos vaya a enfermar la niña yo me encargo de pedirle a Alvaro para ir a la Verbena más próxima.

Sabes, también quiero festejarle su primer año a Virginia que ya está por cumplirlo.

¡Claro que sí! hagamos los preparativos de su fiesta ya que esto amerita un buen festejo para nuestra adorada hija que nos ha traído tanta felicidad.

Yo me encargo de hacer lo necesario aquí en la casa para que vengan tus hermanos y mis Padres así como también los tuyos.

Esa fiesta se realizó con toda la alegría que los embargaba al haber tenido una hija tan hermosa que iba creciendo para hacerles la vida todavía más hermosa.

Las fechas de las Verbenas se llegó nuevamente, la primera de Junio fue como siempre la de San Antonio a la que pudieron ir junto con la familia de Alvaro, y degustaron de todos los antojitos que pudieron como ya era su costumbre, especialmente las rosquillas, las tontas y las listas el chocolate y así se repitieron las idas a estas Verbenas como fueron la de San Juan Bautista en el Prado, la del 27 que se festejaba a San Pedro Apóstol, a las de Julio, la de Carmen en Chamberí, pero ya para la de Santiago en la Plaza Oriente, María se quedaba sentada por el embarazo.

Con estos dos niños que simbolizaban la realización del gran amor que se tenían María y Vicente siempre los hacía pensar en la armonía de la vida que llevaban durante este período de cierta paz que reinaba en España durante el Gobierno de Cánovas y el reinado de Alfonso XII, sin que para ellos existiese grandes temores en su futuro, por eso cuando pasaron los meses del embarazo de María, la vida para ella estaba muy tranquila esperando la llegada de su nuevo ser.

Se pasó el año nuevo y empezó el año de 1882 que en cierta forma las vidas de los Españoles que no eran del todo tranquilas debido a los movimientos separatistas o por el desconocimiento de las nuevas maquinarias que se implementaban en las industrias que a su vez la gente pensaba que los iban a sustituir con las máquinas provocando la pérdida de sus empleos, cosa que duró muchos años para que la gente se acostumbrase a esos adelantos.

CAPÍTULO XIII

El nacimiento de Isidro

Se llegó el día del nacimiento de Isidro y como de costumbre las carreras y el estar preparados para irse al Hospital no coincidían, ya que la Mamá de María quería que viniera la Matrona que la había ayudado en el embarazo de Virginia, todo era en cierta forma una confusión, pero cuando ya todo estuvo listo, el encargado de traer a la Matrona abordo el carruaje que lo llevaría a la casa de ella salió y rápido regresó, ya que pudo traerla a la casa como se lo habían pedido; la Mamá de María que no dejaba de estar al pendiente de María subió con ella, Vicente se encargó de dejar a Virginia con su nana, eso sí con todas las recomendaciones para que la cuidara al máximo y cualquier cosa le mandara hablar, pero que él de todas formas iba a estar pendiente para ver como estaban, ya que ya le habían recomendado que el parto podría tomar varios días según el Doctor, y claro Vicente tenía que estar al pendiente de todo.

Así comenzó el alumbramiento de Isidro el niño que tanto había esperado Vicente, y que cuando le confirmó la Matrona de que sí había sido un niño, se alegraron e hizo que ambos Padres de ellos, que por un lado Don Isidro veía con el nacimiento de ese niño la continuidad de la carrera de la Marina Militar Española que él había seguido por la tradición de su ancestros y que Vicente había continuado y ahora el nieto podría seguir esa tradición, y el Padre de María él pensaba en un Márquez o Conde que representara sus tradiciones.

Pero también se tenía que pensar en los acontecimientos por los que pasaba España ante tanto desorden, tanto en la Realeza, la política y la Milicia, y que no se veía un porvenir muy tranquilo para la gente, ¿Qué podría esperarle a Isidro? que así decidieron llamarlo tanto María como Vicente en honor a su Abuelo, Padre de Vicente diciéndose ambos que si vinieran más hijos ya les pondrían el nombre de ellos, por lo pronto Isidro se volvió la gran alegría para todos.

Para sorpresa de todos, María solo duró dos días en reposo ya que quería levantarse para cuidar a Virginia pero a la vez veía que ahora, como tenía en cierta forma que cuidar más de Isidro que de Virginia, se dió cuenta que Virginia a pesar de su corta edad tendría que ser cuidada más por su nana que por su Madre, pero no pensaba así Doña Lucía quien pasaba más tiempo a lado de ellos que en su casa, a pesar de que su marido se encontraba delicado de salud, pero todo se concentraba en el nacimiento de Isidro y de Virginia, quienes poco a poco fueron desarrollándose en medio de una familia unida que gozaba de una posición si no de riqueza sí de una posición tranquila económicamente por su condición de la monarquía que les daba ese lugar.

"Vicente tú que acabas de llegar ayúdame a cambiar a Isidro de ropa para primero bañarlos y darles sus alimentos a los dos, para que se pongan a jugar" eran de las cosas que tenían que compartir tanto Vicente como María en su vida cotidiana.

Cómo se nos han transformado nuestras vidas ¿no crees María? Con la llegada de nuestros hijos, ya se han acabado nuestras salidas a conciertos y otros paseos.

Yo no me arrepiento de esta vida a tu lado y de nuestros hijos, se me ha hecho un paraíso el compartir nuestras vidas con ellos.

Señora María la manda buscar su Mamá dice que ha tenido que llevar su Padre al Hospital que se puso muy mal.

¿Qué hacemos Vicente?

Pues vayamos al Hospital para ver a tus Padres a ver qué ha pasado, encárgales los niños a sus nanas.

Vamos, que ya me puse nerviosa, me da miedo que algo le haya pasado a mi Padre.

Pronto llegaron al Hospital, pero se encontraron a su Madre llorando, su Padre había fallecido, poco o nada pudieron hacer por él y solo les quedaba hacer los arreglos para enterrarlo.

¿Qué voy hacer María sin tu Padre?

Creo que lo mejor es que se venga a vivir con nosotros para que no esté sola.

Ya veré, hay muchas cosas qué hacer con las propiedades de tu Padre.

Vicente puede arreglar todo para que se vendan y le entreguen el dinero a usted.

Ya veremos, por lo pronto enterremos a tu Padre.

Se hicieron los arreglos necesarios para realizar la misa y llevar a enterrar al Padre de María que como era usual se llevaría su tiempo, que aunque la Mamá de María no lloraba mucho, su tristeza no la dejaba recibir a bien las condolencias y pésames de sus familiares y amistades en el Velorio y entierro de su Marido y ya en medio de su tristeza ella vio que no le quedaba más que pedirles a María y a Vicente que la recibieran en su casa.

Por supuesto que usted se vendrá a vivir con nosotros Madre, nuestra casa es su casa y sus nietos van a adorar el estar junto a ellos.

Solo espero no ser una carga para ustedes.

Eso ni lo piense, que usted para mí ha sido mi gloria en este mundo, la he adorado toda mi vida, no puedo pensar en estar lejos de usted; si ahora que se ha ido mi Padre lo lloro, no sé cómo podría soportar la pérdida de usted, no quiero ni pensarlo.

No te preocupes, que va a ser una alegría el convivir con ustedes.

De eso ni se preocupe Señora, que será un honor para mí el convivir con usted.

Se lo agradezco Vicente, y como les digo espero no ser una carga para ustedes.

Como le dijo su hija, eso ni lo piense, usted es bienvenida en esta su casa por el resto de nuestras vidas y espero hacerle su vida lo más confortable posible.

Bueno, bueno, atendamos a los niños que necesitamos regresar a la casa para ver cómo están.

Yo me voy a ir a mi casa a empacar y atender todo lo necesario para desocuparla y en unos días me iré a vivir con ustedes.

En todo lo que podamos ayudarle no dude en pedírnoslo ya le dije que Vicente se va a encargar de contratar los servicios legales y todo lo necesario para que quede todo arreglado y usted se pueda venir a vivir con nosotros.

Así se hará hija, solo espero que no nos tardemos mucho en esos trámites, pero pienso que entre más pronto me vaya a vivir con ustedes podré vencer mi tristeza.

Dé por seguro que será una alegría para todos nosotros el tenerla en la casa.

Se pasaron los días, y poco a poco las pertenencias de Doña Lucía se fueron vendiendo y entregándole el dinero de ello, aunque ella casi luego, luego que le dijo María que su habitación estaba lista, ella de inmediato se fue a vivir con ellos, y así entre atender a los niños, escuchar a María y a Vicente tocar música, los meses empezaron a pasar, principalmente que las propiedades de Doña Lucía se había realizado la venta de todas ellas y poco a poco sus vidas se realizaban tranquilamente.

Pero la vida pública en España seguía mal, ya que en esos meses Valenti Almirall creó el centro Catalá, una organización política que reivindicaba la autonomía Política y denunciaba el Cacíquismo de la España de la restauración, continuando de esa manera las manifestaciones en contra del Gobierno de Sagasta.

Todas estas manifestaciones repercutían en la vida de todos ya que de una u otra forma la desestabilización que provocaba estos movimientos hacía que la gente estuviera siempre temerosa por las represalias que ello originaba.

Pasaron los meses, los niños crecían e Isidro en manos de su Abuelita Lucía lo vemos retratado a sus 9 meses de edad.

Ahora los paseos por la Plaza de Madrid eran acompañados de la Abuelita Lucía quien después de escuchar misa los conminaba más ahora a ellos a ir a la Plaza y cuando se pudiera, ir a comer a los restaurantes de Madrid, sin dejar de gozar de la alegría que les daba los niños jugando en la Plaza, a pesar muchas veces del calor y el sol que hacía, ya que no les atemorizaba el llevar a los niños a esos paseos, sino que los disfrutaban más.

Se pasó el año de 1882 en que nació Isidro y se había tenido la pérdida del Papá de María, pero que el desarrollo de los dos niños que crecían rápidamente y que tanto Virginia que había cumplido los dos años así como Isidro cumplía su primer año.

De lo que nos podemos asombrar es de los remedios caseros para aliviar las gripas o resfriados de los dos niños, en los que a veces usaban los tés medicinales que ayudaban a su recuperación y que con un poco de Bicarbonato de sodio que en estos años su uso era casi desconocido, por lo que no confiaban mucho en él, pero que cuando lo usaban les ayudaba.

Pero que por supuesto tanto Virginia como Isidro disfrutaban tanto de los juegos y mimos que les daban Vicente y María, que tanto para los niños como para ellos la vida transcurría tranquila ya que se la pasaban los Sábados y domingos llevándolos a pasear a la Plaza, la Iglesia, las Verbenas, era tanta la alegría que el tiempo para ellos pasaba sin que se dieran cuenta en qué mes o día vivían.

Mientras que entre la gente y la Política se desarrollaban los acontecimientos de Octubre de 1883 en que el Ministro del Partido Liberal Fusionista que era presidido por Práxedes M. Sagasta, que junto con los problemas que planteaba la violenta e intransigencia de los republicanos, y ante la agitación de la gente y con las divisiones del mismo partido de Sagasta éste entregó el relevo del poder a otro dirigido por J. Posadas H.

Todo esto se desarrollaba, mientras que Vicente en su trabajo como Capitán de la Guardia del Rey no era muy bien visto por todos sus compañeros ya que él era uno de los pocos Oficiales de la Marina que había sido asignado a la Guardia del Rey, lo que le hacía temer por las represalias que podían quitarle ese puesto y entonces sí que tendría que estar lejos de su familia y por eso era su temor de todos los días, siempre queriendo tener toda la confianza para sentirse seguro en su trabajo, pero nada le aseguraba el porvenir, él mismo temía del futuro y entre eso las salidas del Rey y sus enfermedades se agudizaban más.

Un día tocaron a la casa de Vicente y María y al abrir se dieron cuenta que eran unas Señoras que se dieron a conocer como las hermanas de la caridad y que acudían a las casas a pedir donaciones o voluntarias para ayudar a la gente de toda España ante tantos problemas de salud y de miseria que había, María quedó tan impresionada con la plática de ellas que cuando llegó Vicente le platicó sobre ellas diciéndole que le gustaría cooperar en lo que pudiese con las hermanas de la caridad.

Pero te das cuenta de que podrías desatender a los niños, ¿y que te podrías enfermar de algún contagio de enfermedades?

Claro que si, pero yo no descuidaría a nuestros hijos, ahorita trataría de ayudar con dinero, ropa o con lo que pudiese.

Bueno, si es de esa manera, cuenta con mi apoyo pero como te digo que no te vaya a afectar a tí o a los niños.

Gracias y no te preocupes que tendré cuidado con eso, para no traer problemas a la casa.

Esperemos que así sea.

María Rafaela que se había interesado tanto por las Hermanas de la Caridad se fue involucrando cada vez más y más, despertando en ella los sentimientos de compasión y caridad por el prójimo, ya que ella veía cómo la pobreza afectaba a tanta gente, y mientras ella se interesaba pidió conocer a la fundadora de las Hermanas de la Caridad, quien se llamaba la madre Isabel Larrañaga Ramírez, quien gustosa la recibió y desde entonces su creó una amistad muy fuerte entre las dos.

Vicente, a ¿Quién crees que conocí hoy?

No, no sé ¿a quién?

A la Madre Isabel Larrañaga que es la fundadora de las Hermanas de la Caridad.

¡Ah qué bien! ¿Y cómo te trato?

Muy bien, de tal manera que nos hemos hecho buenas amigas ¿Cómo ves?

Por mi parte muy bien, oye por cierto quería platicarte que el Rey Alfonso va hacer una gira Oficial para visitar Bélgica, Austria, Alemania y Francia.

Y tú ¿vas a ir?

No lo creo, porque van otro tipo de Oficiales del Gobierno y de la Milicia, así que casi puedo asegurarte que no me toca ir.

Pues en cierta forma, qué bueno, pero de esa manera si tú fueras conocerías esos Países.

¡Sí! Pero el pensar estar lejos de ustedes no me gusta, prefiero seguir aquí sin problemas.

¿Y qué pasaría si te cambiaran de lugar?

No quiero ni pensarlo porque en volver a estar separado de tí otra vez y por quién sabe cuánto tiempo sin verlos no, no sé qué haría.

Pues yo si sé lo que haríamos.

¿Qué cosa podrían hacer ustedes?

Seguirte al fin del mundo para estar contigo porque somos una familia que no puede vivir separados.

¿Pero qué pasaría si me mandaran a Marruecos?

Al desierto nos iríamos y tendríamos que adaptarnos de alguna manera, allí hay gente que vive sus vidas como cualquier otra, ¿Por qué nosotros no podríamos?

Pues espero que no me cambien ahorita, por lo pronto tenemos que esperar a que el Rey haga su gira y regrese con bien.

Pues sí, esperemos que nada le pase, ya sabemos que está enfermo y que le puede dar una crisis su enfermedad.

Y es que, en cuanto a los asuntos internos Don Alfonso se ha comportado siempre como un Rey Constitucional, ejerciendo prudentemente su prerrogativa de nombrar al Primer Ministro y ha mantenido a Cánovas en el poder y como éste pasó el Gobierno a los Liberales de Sagasta que ha sido substituido por Posadas Herrera y ahora que ha partido el Rey esperemos que no compliquen más las cosas de lo que ya están y que cuando el Rey regrese todo siga bien.

Bueno, bueno dejemos eso y hablemos de otra cosa, mi Madre quiere darme sus joyas y su dinero a guardar y estoy pensando poner su dinero en un banco ¿Cómo ves?

Pues es cosa de hablar a los Bancos de Madrid para ver qué se puede hacer.

¿Podrías hacerte cargo tú?

Sí, por supuesto yo me encargo de ir para asegurar el dinero de tu Mamá.

Entonces le voy a decir a mi Mamá que tú lo vas hacer.

Pregúntale que en cual de los tres bancos que hay quiere hacerlo, menciónale el Banco de Herrero, el de Gijón o el de Siero.

Se lo haré saber y mañana que regreses te digo a cuál ella escogió.

Bueno, ¿y los niños como están?

Ya sabes, se la pasan jugando todo el día y a veces trato de enseñarle a Virginia a tocar el Piano, pero como que todavía está muy chiquita y no le pone mucha atención, aunque parece que yo para los tres años de edad, ya me habían puesto una profesora de música y para entonces creo que aprendí a tocar las notas musicales y poco a poco fui aprendiendo a tocar el piano, no sé si a Virginia no le guste o qué le pasa y es por eso que te quería preguntar si le puedo poner una profesora de música.

Claro que sí, aquí la que manda eres tú amor, búscala y si no, dime y te ayudo.

Voy a mandar llamar a mi maestra, la ultima que tuve para clases de música.

Por mi parte, como te digo, todo lo que hagas está bien, para mí la educación de nuestros hijos está ante todo.

Vamos a ver que aprenden, Isidro está muy chico todavía para que se le enseñe algo.

Lo que sí me gustaría, es encausarlo para que estudie en la Escuela Naval Militar de España.

No crees que le pueda ir mal con todos los problemas por los que pasa España.

Yo espero que para cuando él crezca todos los problemas por los que estamos pasando se hayan acabado y tengamos una vida más tranquila; con lo que el Rey ha estado trabajando para que haya progreso y paz entre la gente quizás lo logre con el tiempo.

Esperemos que nada le pase y que cuente con gente que realmente le ayude con los problemas que le han dado tanto anarquistas, separatistas así como socialistas.

Tienes razón, ojalá que nos viva muchos años el Rey, para que sigamos en esta tranquilidad tú y yo con nuestros hijos, no quiero ni pensar que algo le pase al Rey, sobre todo ahorita que va en esa gira por los países del norte, esperemos que regrese bien.

Yo también espero lo mismo, y más que esta visita que está haciendo le traiga beneficios a España y no más problemas, ya ves que Francia estuvo en guerra con Alemania en el pasado.

Esperemos que así sea, y ya tendremos noticias de lo que esté pasando por medio de los periódicos, que aunque tarde, pero las noticias se saben, y por lo pronto debemos concentrarnos en nuestras labores de todos los días, así que a dormir y en la mañana a trabajar.

Los días pasaron y la vida para Vicente y María con sus hijos siguió como siempre.

Mientras tanto, al Rey después de su visita a Bélgica, y Austria se dijo en Alemania donde se le había invitado por parte del Emperador Guillermo I a presenciar unas maniobras militares en Hamburgo, en donde se le rindieron grandes honores y que como se le había nombrado Coronel Honorario de un regimiento al Rey Alfonso XII, y que este hecho no le pareció a los Franceses y cuando pasó por Francia, fue recibido hostilmente por el pueblo durante su visita oficial, pero el Rey no le dió mucha importancia, él cumplió con su visita a Francia, aunque luego se vieron envueltos en un conflicto con Alemania por el dominio de las Islas Carolinas a las cuales mandaron más tropas para su resguardo.

Pero lo principal que España vivía, eran tantos cambios que se habían gestado desde antes que el Rey Alfonso XII tomara el poder, tales como la entrada a España de la filoxera que por culpa de los mismos viticultores que se opusieron al combate frontal que el Gobierno de España quería hacer para combatirla, provocando que se perdiera la gran producción vitivinícola que por el problema por el que pasaba Francia con la Filoxera le daba a los vinos españoles que monopolizaran el mercado mundial. Con la infestación que provocó la pérdida de muchos viñedos ocasionó que la economía se afectara más al entrar en crisis la producción vitivinícola de España a pesar de que se habían hecho muchos cambios, tales como el aumento de la superficie dedicada al cultivo agrícola, con cierta especialización de los cultivos.

Otra de las cosas que en esos años se destacó, fue la producción de la Industria algodonera catalana que vió triplicada su producción, y aunque empezó a utilizarse el vapor, pero que en su proceso de transformación se vió paralizado por la falta de Capital y por la obstinada destrucción de las máquinas por Luditas, porque decían que las máquinas eran culpables de la pérdida de empleos y de la baja de los salarios.

Cataluña se colocó como el cuarto lugar del mundo en producción textil y en Asturias y el País Vasco se establecieron industrias siderúrgicas, primero en la Industria naval y luego en la de los ferrocarriles, todos estos adelantos no producían la suficiente paz que España necesitaba, aunque se creó un sistema de educación para la lucha contra el analfabetismo, que es considerado por los liberales como un instrumento para lograr alcanzar el desarrollo y la autonomía de los ciudadanos y con la enseñanza pública, se pretendía quitarle poder a la Iglesia.

Todos estos cambios no le habían provocado problemas a Vicente, sino que al contrario hasta ese momento se veía bien para ellos en su vida cotidiana.

Solo que en el año de 1884, el 18 de Enero la crisis del liberalismo acarreó la caída de José Posadas H. y la vuelta de los conservadores del Partido Liberal Conservador con Antonio Cánovas y quien el 31 de Marzo disolvió las Cortes.

Problemas y problemas ¿no crees María? No puedo entender estos problemas que el Gobierno nos da constantemente, cuando deberían de ponerse a resolver tantas carencias de la gente.

Sí, ¿pero nosotros que podemos hacer? lo único que tenemos en mente somos nosotros mismos y el cuidado de nuestros hijos, para que no les afecten los problemas políticos, económicos o de salud.

Pues sí, yo estoy preocupado por que se ha estado manifestando en algunos lugares el cólera y se está tratando de combatir con medidas sanitarias, por eso es tan importante seguir los consejos de Alvaro mi hermano ¿recuerdas lo que nos decía?

¡Claro que sí! por eso hervíos el agua que le damos a nuestros hijos y me encargo de que se sigan sus recomendaciones en todo lo que podamos.

Qué bueno, de esa manera podemos estar más seguros de que nada nos pase.

La ventaja es que hasta ahorita no se nos han enfermado los niños de no ser los resfriados que les han dado y algunos malestares del estómago.

Es una gran ventaja comparada con tantas enfermedades que la gente está padeciendo y me da gusto, mira que Isidro cumple ya dos años y Virginia tres, pero dejemos eso por la paz y veamos que vamos hacer el domingo después de misa.

Yo pienso que lo mismo que hacemos todos los domingos ir a las Plazas y comer en algún restaurante, así se distrae mi Mamá, ya ves que anda muy deprimida por la muerte de mi Padre.

Pero ella sigue yendo a la Iglesia para los rosarios que le dedica a tu Papá, ¿es así?

¡Oh sí! de eso ni lo dudes, que por cierto tenemos que guardarle sus joyas que son muchas y que espero que no nos lleguen a robar.

Ni lo pienses, por eso he dedicado hombres a cuidar la casa, no quiero sorpresas desagradables con tanto revoltoso.

Bueno, pasemos a cenar para ver que nuestros hijos se duerman tranquilos, mira que se me pegan mucho los dos como que no les gusta que los deje solos.

A que envidia, mira que tú los puedes disfrutar más que yo.

Es el papel que tiene uno de Madre, por cierto qué piensas de las hermanas de la Caridad que creó la Madre Isabel Larrañaga.

Pienso que mientras la podamos ayudar económicamente está bien, pero el que tú salgas a ayudarles con los enfermos, creo que ahorita no nos conviene por los niños.

Eso ya lo había pensado, sobretodo que están tan chicos, no, no te preocupes no los voy a dejar solos, ya veré cómo le ayudo a las hermanas, por cierto que ya está por llegar el nuevo año y solo espero que sea mejor que estos años pasados.

Yo también lo espero, mira que el Rey sigue haciendo de las suyas aunque ya le corrieron a las dos amantes que tenía y según he oído le preocupan sus hijos a quienes no ha podido volver a ver.

¿Para qué los tuvo? sí ya tenía a su esposa con la cual ya lleva también dos hijas, que tenía que buscarse problemas.

El amor, ¿qué quieres? así es y él estaba muy enamorado de la cantante y ya ves, la tuvo que dejar ir, ya que su esposa lo amenazó con dejarlo e irse a su país.

CAPÍTULO XIV

1885 la muerte del Rey

Comenzaba para todos el nuevo año y las desgracias no dejaban de llegar a España, con la llegada del cólera a ciertas regiones del País la tragedia se recrudecía para la gente a pesar de todos los problemas que ya tenían y que el Gobierno no podía arreglar todo.

Vicente ¿ya supiste del problema que ha atacado a la gente?

Sí, leí lo que te voy a platicar porque me traje el periódico donde relatan algo del problema.

Dice así:

Una gran epidemia de cólera se ha desatado y ha afectado a más de cinco mil personas en la provincia de Jaén que por cierto habla de terremotos, ¿ya ves que me decías que habías sentido los temblores?

¡Oh sí! yo me asusté mucho y que más dice el periódico.

También de las lluvias torrenciales que han azotado esas provincias y que han ayudado a desarrollar la epidemia que ya ha llegado desde Levante hasta Granada, en Julio afectó las poblaciones de

Villacarrillo, Torreperogil, Cazoría, Arzonilla y Baeza y se basan en que apenas se registró el primer caso el 13 de Agosto y durante un mes solo dieron como causa de muerte la Enterocolitis, pero que para todos es Cólera y no lo que tratan de decir como enfermedad.

Ahora sí que estoy asustada, y que ha dicho tu hermano Alvaro.

No lo he visto y por eso te quería decir que si íbamos a ver mis Padres que desde que nos casamos los hemos visto muy poco en su casa.

Y ya me imagino lo que ha de decir tu Papá, que solo cuando vienen los vemos, que ya no queremos ir a su casa.

Pues sí, desde que nos casamos son ellos los que vienen todo el tiempo y más por sus nietos, ya ves que mi Papá dice que Isidro va a seguir la carrera que hicimos nosotros, y que ha de llegar a Ministro de Marina cuando sea grande, ya ves como juega con Isidro.

Sí, también tu Madre me pregunta que si a Virginia le estamos enseñando a tocar el piano, claro que se ríe por lo chiquita que está todavía, que por cierto corre mucho en el jardín jugando y le encantan las flores.

E Isidro ¿a qué juega?

Con sus juguetes de madera que le has traído pero también trata de correr con Virginia aunque con estas lluvias nos los dejo salir al jardín, no quiero que se me enfermen.

Haces bien, sabes, me han vuelto a invitar a ver una corrida de toros pero les he dicho que a mí no me gusta ver que sacrifiquen a los animales y vieras como se burlan de mí, pero no les voy a aceptar a ir a esas corridas de toros.

Haces bien, aunque a m también me entró la curiosidad por ir a ver de qué se trata, pero así estamos bien ¿no te parece?

Por mi parte, ya sabes como soy en esos festejos, no soy de esas alegrías de sentarme a ver una corrida de toros.

Pero te las platican ¿no?

¡Oh sí! Pero como te digo a mí no me llama la atención, prefiero disfrutar de mi tiempo contigo y mis hijos que son mi gloria.

Los meses siguieron pasando, mientras que la vida en la familia de Vicente y María transcurría sin problemas, en Valencia se desató una epidemia de cólera morbo que se fue extendiendo hacia el interior del País; cuando la enfermedad llegó a Aranjuez, el Rey expresó su deseo de visitar a los afectados, a lo que el Gobierno de Cánovas del Castillo se opuso por el peligro que representaba, pero el Rey partió sin previo aviso hacia la Ciudad y ordenó que se le abriera el Palacio Real para que se pudieran alojar ahí las tropas de la Guarnición, cuando llegó con los enfermos en Aranjuez los consoló y les repartió ayudas, pero cuando el Gobierno supo que el Rey se había ido a visitar a los enfermos, envío al Ministro de Gracia y Justicia, al Capitán General y al Gobernador Civil para que fueran por él, y que cuando lo encontraran lo trajeran de regreso a Madrid inmediatamente.

Cuando el pueblo supo del acto que había hecho el Rey, lo recibieron con aplausos y vítores al llegar a Madrid por su gesto y retirando los caballos de su carruaje la misma gente condujeron el carruaje hasta el Palacio Real.

Y algo todavía más sorprendente que estaba sucediendo fue lo que hizo el Doctor Jaume Ferrán y Clúa, Médico y Bacteriólogo Español que habiéndose licenciado en Medicina en la Universidad de Barcelona que habiendo desarrollado el puesto de Director del Laboratorio de Microbiología Municipal de Barcelona y que con la colaboración de Inocencio Paulí, desarrollaron una vacuna contra el cólera en 1884 y estuvo aplicándola con éxito contra la epidemia que estaba azotando la región Valenciana, pero sin embargo se enfrentó al rechazo de la Sociedad Médica Española y Francesa.

El también había escrito una publicación en 1883 sobre la Etiología del Paludismo,

Pero habría que interiorizarse en su maravillosa carrera como Bacteriólogo que le ayudó a encontrar la vacuna contra el cólera principalmente por los estudios que hizo en el Hospital de Marsella, pero cuando volvió a Cataluña continúo con sus investigaciones en su pequeño laboratorio de Tortosa.

Ante estos relatos que les expuso Alvaro, el hermano de Vicente, cuando los invitó a todos a una comida para platicarles de lo que se había enterado acerca del Rey así como del Doctor Ferrán y que se sentía decepcionado de la Sociedad Médica Española, que estaban rechazando los descubrimientos del Doctor Ferrán y que se estaba viendo los extraordinarios logros que se estaban logrando con su vacuna.

María le preguntó a Alvaro.

¿Pero cómo es posible que se nieguen a aceptar que el Doctor Ferrán descubrió la cura contra el cólera morbo?.

Cuñada ni yo los entiendo, pero lo que debemos es acudir con el Doctor Ferrán para ver si vacunándonos podemos impedir que nos llegue a enfermar a nosotros y ya hemos enviado a unos Médicos a preguntarle, estamos esperando su respuesta.

Pues yo no sé como, pero si lo necesitamos, yo lo voy a buscar para que nos vacune.

Yo te apoyo, como tu esposo y Padre de nuestros hijos que seré yo quien primero lo contacte, yo no sé ustedes que piensen pero así pienso hacerlo.

No se preocupen, que yo mismo como Doctor en caso necesario, yo lo buscaré para vacunar a cuantas personas sea necesario, yo no voy a ser tan estúpido de dejar que la epidemia mate más gente y menos de los míos.

Bueno, esperemos que nuestras vidas sigan como hasta ahora tranquilas y que aunque vivimos llenos de temores esto no nos traiga más malas consecuencias.

Sí Papá, como Médico pienso como usted, nosotros los Médicos queremos que la gente se muera de viejos y no por enfermedades.

Pues al paso que vamos tu Madre y yo de eso nos vamos a morir.

Eso espero yo también, que cuando nos muramos sea de viejos y no por guerras o enfermedades ¿verdad María?

Tú sabes que es lo que más deseo ahora que tenemos a nuestros hijos y no sabemos cuantos más nos de Dios más adelante.

Yo les deseo todo lo mejor que les pueda pasar que yo estaré viviendo con ustedes por el resto de mi vida ahora que me he quedado viuda.

Sí Madre, se ha quedado viuda pero no sola, siempre nos tendrá a nosotros y nosotros a usted con amor.

Gracias hija, que Dios nos lo permita por muchos, muchos años.

Bueno, creo que de Verbenas este año no asistiremos por precaución ¿les parece?.

Pienso que todos vamos a coincidir, miren que ha habido tantas desgracias que yo no tengo ánimos para fiestas, esos terremotos, las torrenciales lluvias y ahora las epidemias no gracias, yo no tengo nada de ganas de sacar a pasear a mis hijos, no sé ustedes.

Creo que todos pensamos ahorita igual, no creo que alguien pueda pensar en fiestas solamente los comerciantes que hacen dinero con ellas.

Pues sí Alvaro, yo como militar no me gustan mucho esas diversiones por que en cierta forma no nos han enseñado a divertirnos de esa manera.

Bueno, creo que esta reunión se ha terminado hijos, su Madre y yo nos vamos a retirar y esperamos reunirnos otra vez, pero no para discutir sobre enfermedades o problemas políticos.

Esperemos que sea así Padre y lo hagamos para alguna fiesta ya sea por los niños o por alguna buena causa.

Esperemos que sea así Vicente, ya los vendremos a ver después.

Aquí los estaremos esperando, que vengan como siempre lo han hecho últimamente con los niños.

Se vino Noviembre y la desgracia cayó sobre España, ya que el Rey Alfonso XII que debido a sus constantes salidas nocturnas y sus obligaciones y además de las complicaciones de su enfermedad, después de una recaída de la cual no se pudo recuperar muere el Rey Alfonso de Borbón y Borbón el 25 de Noviembre de 1885 a los 27 años de edad.

Falleció en una amplia y espaciosa recámara con dos balcones que daban a la fachada principal.

Fue precisamente la Reina María Cristina sin más ayuda que la del Doctor de cámara, quienes se encargaron de lavar y preparar el cadáver que fue colocado en la cama de hierro dorado en la que había fallecido.

Entre sus manos pusieron el Crucifijo que le habían regalado en Roma cuando durante su exilio, hizo la primera comunión.

Después de que lo embalsamaron y que tardaron bastante, se le llevó a su entierro en el Escorial después de 5 días, pero antes hicieron una parada en el Palacio Real para que los Madrileños le dieran su último adiós, fue un largo camino hasta el Panteón de los Reyes del Monasterio de San Lorenzo del Escorial.

Sabes María, en estos días me he dado cuenta de que no me quieren en la Guardia del Rey y ahora que ha muerto, mucho me temo que me van a cambiar de ahí, en especial porque parece que a la Reina no le caí yo desde un principio así que estemos preparados para cualquier cosa.

Por supuesto que lo estaré y ojalá no sea muy grande el cambio que te den.

Yo también lo espero así, ojalá que no me cambien y si lo hacen que sea aquí dentro del mismo Madrid.

Por lo pronto esperaremos a ver qué es lo que sigue con la Reina, me supongo que ella va a tomar la regencia del reinado.

No lo dudo y espero que sea para bien de España ahora que está Cánovas en el Gobierno, por cierto hoy que nuestra tranquilidad está en riesgo te quería leer un pensamiento que te hice.

Hazlo por favor.

Todo lo mágico de lo maravilloso,
todo ha sido una realidad,
cuando apareciste para hoy y para siempre,
fue y serás una maravilla,
el pensar que eres para mí para siempre,
porque toda la magia de lo maravilloso quedó en tí,
porque todo pasó para mí cuando reapareciste tú,
para pertenecernos por siempre,
porque todo ha sido como un milagro,
con alguien como tú amándome,
todo lo puedo enfrentar,
por que tú me amas por siempre.

Muy bonito, pero por supuesto que yo te amo y será hasta la eternidad porque otro como tú nunca podré tener en mi vida.

Me gustaría que mañana llevaras a los niños a ver el cambio de Guardia que como ya sabes se realiza a las 8am.

Claro que sí, ahí vamos a estar le voy a pedir a mi Mamá que me ayude y a uno de los empleados que nos lleve en el carruaje, para estar temprano.

Y es que me gustaría ver que impresión se lleva Isidro al vernos y qué hace.

Ya te lo platicaré porque sé que tú no vas a poder verlos cuando estemos ahí.

Sí ya lo sé, pero como te digo, quiero ver que impresión le damos a nuestro hijo.

Bueno, por lo pronto todos a dormir, para levantarnos temprano y sí ya sé que tú te levantas a las 4am para irte a trabajar.

Por la mañana, muy temprano:

Madre ¿me ayudas con los niños?

Sí hija ya está todo listo para irnos, subamos al carruaje para que nos lleve.

Mire Madre, ya están formados vamos a la reja para verlos.

En los brazos de María, a Isidro con sus tres años le llamaban la atención los caballos y sus jinetes pero cuando el cambio de guardia empezó, Isidro vio a su Papá en su caballo dando un grito de ¡Papá! que hasta Vicente lo alcanzo a oír, Isidro casi se le bajaba de los brazos de María, parecía que quería ir a alcanzar a su Padre, estaba tan emocionado que le seguía casi gritando Papá, Papá y lo único que hizo María fue ponerlo en la cerca para que lo viera, cuando acabó la ceremonia aunque hubo los disparos de los cañones, casi no asustaron a los niños porque estaban cerca de la banda de música, lo que hizo que no se asustaran ni Virginia ni Isidro, al terminar regresaron a la casa aunque Isidro regresó llorando porque quería irse con su Padre.

Llegó Vicente por la tarde buscando a sus hijos, pero en especial a Isidro para cargarlo y besarlo por las muestras de cariño que le había hecho en la mañana ya que como le dijo a María que sí había alcanzado a escucharlo cuando gritó Papá.

A qué mi hijo tan emotivo ¿verdad María?

Con decirte que ya quería correr a alcanzarte y no quería que lo cargara, aunque lo bueno fue que no lloró.

Qué hermoso nuestro hijo y que grande y rubio está ¿no te parece?

Pues tiene a quien parecerse, necesitas verte a tí mismo y te verás reflejado en él.

¿Tan parecido es a mí?

Es como te digo, vete a tí mismo y lo verás ¿qué no te lo han dicho ya tus propios familiares?

Sí, me lo han dicho muchas veces, por eso estoy tan contento con mis hijos.

Sí claro, los dos se parecen mucho a tí, y a mí nada.

Como que no, Virginia se parece mucho a tí.

Sí, pero en rubia y eso la hace más parecida a tí que a mí.

Pero como quiera nuestros hijos son hermosos ¿no crees?

Claro que sí, por algo los hicimos los dos, para que se parecieran a nosotros.

CAPÍTULO XV

Barcelona

Luego de la muerte y el entierro del Rey Alfonso XII se comprobó que la Reina estaba esperando otro bebé y renació la esperanza de que esta vez sí fuera varón, pero tanto en la política como en la Guardia se empezaron hacer cambios muy significativos como el de que Cánovas le cedió el poder a Sagasta y a Vicente Nicasio le tocó ser uno de los que cambiaron, por lo que le llego la notificación de que sería asignado a la base naval de Barcelona y que debería partir en cuanto le llegara su nombramiento, cosa que lo llenó de tristeza y aunque quiso apelar la decisión sabía que no lo iban a dejar que se quedara en Palacio, y por eso muy apurado y triste llegó a su casa diciendo.

María nos han cambiado, me han dicho que me voy a Barcelona en una nueva asignación y que no la puedo apelar, ya me confirmaron que tengo que partir aproximadamente en un mes, también me están dando a entender que yo me he unido a un grupo de altos mandos militares del ejército que se han unido a un tal Ruiz Zorrilla del Partido Republicano Progresista que han querido derrocar la monarquía ¿podrás creerlo?

Pues ni creas que te voy a dejar ir solo, vamos a ver donde nos podemos cambiar allá en Barcelona, así que infórmate donde nos vamos a ir a vivir contigo, aunque sea por lo pronto en una posada, pero yo no me voy a separar de tí, y por lo que dicen de tí en la política ¿están ciegos o qué?, nunca comentas siquiera que estés metido en algún partido político, están locos de poder, es lo que pasa con ellos, ya no saben a quien acusar de sus bajezas, no les hagas caso y no te preocupes que nosotros vamos a estar unidos aquí o donde sea, jamás te dejaremos solo, solo la muerte nos podrá separar.

Me alientas con tus comentarios y sí es así, estoy dispuesto a enfrentarme a cualquier posición a la que me asignen, sí, siempre vamos a estar unidos, yo también lucharé por no abandonarlos, el trabajo que me han asignado es el de Oficial en la base Naval, pero hasta ahorita no me han dicho si voy a estar en una embarcación o qué, voy a esperar a ver a qué me asignan.

Esperemos que no sea peligroso a lo que te asignen, mira que eso sí me daría miedo, principalmente por nuestros hijos, que no quiero verlos sufrir.

Espero yo también estar al pendiente de su tranquilidad.

Mira, están llegando tus Padres, recíbelos y dales la noticia, pero sin que se vayan a alterar, ya ves como quieren a los niños, ahora sí que los van a extrañar cuando ya no vivamos aquí.

Hola Papá ¿Cómo están? pásenle que necesitamos hablar con ustedes.

Pues precisamente hemos venido, porque me he enterado en las oficinas del Alto Mando de la Marina que han pedido tu cambio a Barcelona, que ya no te quieren en la Guardia del Rey.

Sí Papá, esa es la mala noticia que me dieron hoy y como usted sabe no tengo alternativa, ya que tengo que servir a la Nación por otros 15 años para completar mi servicio en la Marina y así poder obtener derecho a pedir mi baja de la Marina.

Bueno, solo espero que no sea necesario y como todo marino espero que cumplas con tu deber, que como ya estoy yo para retirarme, cuando se vayan a vivir a Barcelona estaremos yendo a verlos seguido y quedarnos por allá algún tiempo para estar con los nietos, porque va a ser muy triste no verlos ya.

Esperemos que no sea mucho tiempo el que no los puedan ver, pero ya te enteraste que también me están implicando en un supuesto Partido al que se han aliado muchos altos jefes Militares.

Sí, también lo he escuchado, y lo he negado rotundamente, les he insistido que de donde han sacado semejante estupidez que tú te hayas aliado a ese partido, si sé que ni siquiera hablas de Política, pero sabes me acuerdo habértelo dicho, para mí es la venganza de la que te comenté cuando te dieron este puesto y que espero que no te sigan dañando más en tu carrera.

Pues por el bien de mi familia yo espero lo mismo, pero ahora tendré que prepararme para realizar mi cambio a Barcelona.

Si gustas, yo puedo mandar uno de mis empleados a que les consiga una casa en Barcelona y que esté en condiciones que te quede cerca de la Base Naval donde vayas a estar comisionado.

¿De verdad puede hacer eso Padre?, no sabe como se lo voy a agradecer porque de otra manera tendría que irme yo primero y cuando encuentre algo, mandarle decir a María que se vaya para allá, pero así de esa manera todo podría facilitársenos.

Déjame investigar qué puesto y en qué lugar te van a asignar ahí, para que así ya vayas preparado y sepas qué es lo que vas hacer.

De acuerdo Padre, estaré esperando sus noticias, vamos a estar nerviosos hasta saber a qué me están mandando, yo solo recibí el documento donde me avisaron de mi cambio a Barcelona.

No te preocupes, en cuanto sepa vendré a decirles qué es y espero pronto decirte donde van a vivir, yo me encargo de todo.

Gracias Padre, esperaremos sus noticias.

Mira, que tener que perdernos la oportunidad de disfrutar de estos hermosos niños duele, ya veré cómo le hacemos para estar más tiempo con ustedes.

Pero también tienen a los niños de Alvaro que ya son tres y ya ven que Sebastián quien ya está ejerciendo su profesión, también ya quiere casarse.

Pues sí, pero hemos disfrutado tanto de estos chicos que no va a ser nada fácil dejar de verlos y bueno nos retiramos y ya te vendré a decir lo que sepa.

Los días pasaron y Don Isidro logró saber a qué comisión mandaban a Vicente a Barcelona y es que va a estar al mando de una compañía de infantería de Marina dado que pensaban que como estuvo en la Guardia del Rey que como estuvo al mando del cuerpo de soldados al servicio del Palacio Real, que debería estar muy enterado de esa rama del Ejército.

A la vez ya le había contratado una casa para ellos para que se pudieran cambiar sin problemas y cuando llegó el día para partir lo hicieron en tren, de tal manera que las lágrimas de todos no se hicieron esperar, los niños asombrados por el tren y el llanto de todos iban en cierta forma asustados, pero se fueron junto con la Mamá de María que no quiso separarse de ellos principalmente porque no tenía a donde más ir.

La llegada a Barcelona después de un largo viaje no tuvo problemas, los carruajes los estaban esperando para llevarlos a su nueva casa, la cual María vió que tendría que hacer los arreglos necesarios para que se viera bien para ellos; muebles como el piano y sus instrumentos ya habían llegado, así como el resto de ellos, de tal manera que les fue fácil acomodarse rápidamente en su nueva casa, con la extrañeza del idioma, ya que hasta empleados para la casa les había contratado Don Isidro, por eso cuando les dieron la bienvenida notaron la diferencia del idioma, pero con todo lo nerviosos y asustados que iban los niños, pronto se adaptaron.

La asignación al nuevo puesto que le dieron solo tendría que esperar a que Vicente se presentara a su nuevo puesto para ver cómo le iba a ir.

¿Cómo ves la casa María? ¿Te gusta?

Pues aunque no me guste, la razón principal aquí eres tú por el que yo soy feliz aquí o donde sea, la vida sin tí nunca tendrá razón de ser, pero está bien, creo que vamos a poder acomodarnos y lo bueno es que tiene jardín y que desde aquí se ve el mar, ¿verdad Madre que está bonito el lugar?

¡Oh sí! Esperemos que podamos vivir bien aquí.

Así se los haré sentir, para que vivan bien ustedes conmigo en este nuevo puesto que me han asignado, que creo no va a ser difícil de desempeñar, y sobre todo buscaremos profesores para que sigan recibiendo sus clases nuestros hijos.

De eso me voy a encargar yo de buscarlos y entrevistarlos con la ayuda de mi Madre, ¿verdad Madre?

Claro que sí, y saben estaba pensando escribirle a la Madre Isabel Larrañaga para ver si aquí tienen a las hermanas de la caridad también y ver si me entretengo trabajando en algo con ellas.

Hágalo Madre, yo la puedo apoyar en todo lo que necesite, para eso contamos también con Vicente Nicasio, ¿Verdad?

Cuenten conmigo para lo que se necesite, que todo sea por llevar una vida sino completamente feliz sí lo más que se pueda.

Vicente se incorporó a su nuevo puesto sin problemas, era entrenar y mantener a los Infantes de Marina activos para cualquier evento que se necesitara.

Así empezaron una nueva etapa en sus vidas para continuar con sus idas a la Iglesia para oír misa, por lo que decidieron ir a la Iglesia y convento de las Salesas que acaban de ser inaugurados el 25 de Mayo del año pasado y también vieron que podrían ir a la Parroquia de San Josep que tenía una plaza a su lado donde los niños podrían jugar o pasear después de la misa.

Mientras en Madrid, cuando se supo del último pronunciamiento que fue mayor que los que se habían pronunciado desde 1875 por el Partido Republicano progresista que había logrado atraer a una importante parte de los Republicanos y algunos mandos Militares del Ejército y que había tenido muchos pronunciamientos desde su creación, Vicente se pudo enterar mejor de porqué lo querían involucrar al saber exactamente de cuales pronunciamientos y desde cuando se estaban haciendo y que precisamente el último que fue mayor y de más difusión que tuvo el Brigadier Villa Campa en Madrid fue el del año de 1886 y de esa manera pudo demostrar que él no sabia nada de eso hasta que lo trataron de involucrar, de lo cual pudo salvarse ya en Barcelona.

Pero mientras en Cuba en ese 1886 se suprimió la esclavitud y se tomó una actitud de atracción hacia los negros, cosa que le hicieron saber a Vicente a través de los periódicos que llegaban a Barcelona, aunque no le dió mucha importancia; así se empezaron a pasar los meses y casi para Agosto María empezó a sentir los síntomas de un nuevo embarazo comunicándoselo a Vicente.

Pero qué maravilla amor, otro hijo más en la familia, qué alegría tendremos tres hijos, ¿Qué ha dicho tu Mamá?

Está sorprendida pero a la vez no le extraña como me dice ella, que dichosa yo que he podido tener más hijos, ya que cuando ella me tuvo las complicaciones la dejaron inutilizada para tener más hijos por eso yo soy hija única.

Qué triste para tu Mamá, debe haber sufrido mucho cuando naciste.

Sí, desgraciadamente para ella, pero nunca me lo reprochó ni se quejó, simplemente se dedicó a mí y ya ves cómo me ha consentido en todo, yo me siento feliz de tener una Madre como ella.

Bueno, por lo pronto hay que cuidarte a ti, ¿y ya has pensado cómo llamarle?

Vamos, ni siquiera sé si va a ser hombrecito o mujercita, esperemos a que nazca y ya decidiremos qué nombre le pondremos, ya sabes que primero están los nombres de nuestros padres y al final si llegamos a tener más hijos entonces les ponemos nuestros nombres conforme vayan naciendo, yo espero que no pasemos de seis, pero está en las manos de Dios el cuantos hijos lleguemos a tener.

En estos días de incertidumbre para toda la familia se llegaron los festejos del nuevo año, Isidro tenia que empezar a ir a la escuela para empezar su educación Primaria así como ya lo hacía Virginia, pero lo que les extrañaba a ellos era el idioma que hablaban ahí, que con tantos modismos ellos no lo entendían fácilmente, aunque poco a poco se fueron adaptando, pero lo que más les llamaba la atención eran las clases de pintura y música, volviéndose ésta una de las actividades que más practicaban toda la familia en la casa.

En esos días en que estaba próximo el nacimiento de su siguiente hijo Vicente y Doña María de la Cruz Lucía que en estos asuntos quería hacer relucir su nombre, se pusieron a hablar sobre el Hospital de maternidad Provincial que estaba situado en la calle Ramellers de Ciutat Vella supieron que todavía se mantenía a los lactantes en el Hospital y que todavía no tenían lugar en los nuevos pabellones de niños.

Tú sabes que lo que más temo es la salud de mis nietos y de mi hija y que ahorita las condiciones de salubridad en Barcelona son muy malas ya que el sistema de drenaje y de agua están muy mal.

La entiendo pero ¿Por qué me está diciendo todo esto Doña Lucia?

Muy simple, porque me quiero llevar a María para que se alivie en Madrid, allá tengo a la matrona que le ha ayudado a traer a Virginia e Isidro, yo espero que no te niegues por el bien de los dos y por supuesto que me llevaría a los dos niños para que estén con su Madre, ¿Qué dices?

Pues mientras María lo acepte yo no tengo porque negarme y sí, me parece lo mejor, claro yo puedo pedir un permiso por unos dos meses o más dependiendo de qué me autoricen.

La verdad yo estoy muy preocupada por ella, entiendo que la Ciudad es una de las más industriosas del País pero yo no quiero arriesgar a mi hija.

Ni yo tampoco, ¿pero a dónde llegarían?

A la casa de tus Padres yo ya les escribí y me han contestado que están de acuerdo en recibirnos en su casa.

Pues no se diga más, digámosle a María lo que hemos decidido.

Llámala para comunicarle lo que hemos decidido por favor.

Mi amor, tu Madre y yo hemos acordado que te alivies de nuestro futuro hijo en Madrid, ya ves que allá hay mejores condiciones Medicas que aquí si hay alguna complicación.

Sí ya lo han decidido yo estoy de acuerdo, ¿para cuándo saldríamos?

En menos de una semana y yo voy a pedir un permiso para estar el mayor tiempo posible contigo.

Los arreglos para trasladarse a Madrid se hicieron y pronto partieron para Madrid para esperar el parto, llegaron como habían acordado a la casa de los Padres de Vicente, quienes los recibieron con mucha alegría y así pasaron las semanas, Vicente logró que le dieran permiso, llegando para el 5 de febrero a Madrid y afortunadamente para él no le tocó una de las más fuertes nevadas que había habido en Barcelona.

El 10 de febrero fue tan grande la nevada que al medirla en un lugar, se había medido en la mañana de ese día un espesor de tres palmos, el frío paralizó toda la industria de la Ciudad, no circulaban ni carruajes ni tranvías, el Puerto estaba desierto y muy tranquilo como si fuera un día de fiesta; por las calles solo salían los curiosos y muchos por divertirse en la nieve, fue tal que en los mercados había pocas vendedoras y hasta la falta de hortalizas por lo mismo; esta nevada superó a muchas que habían caído en Barcelona.

El frío era tan intenso que parecía que estaban en las montañas nevadas de Suiza, y Barcelona comprimida dentro de sus murallas hacía que las enfermedades como el tifus o la tuberculosis fueran unas de las mayores causas de los fallecimientos de los Barceloneses.

Pero a pesar de las malas impresiones que les había dado tanto a María como a Vicente, Barcelona era una de las principales Ciudades más Industriosas de España, ya que la Industria Textil era una de las mayores.

Tenían fábricas de juguetes, industria siderúrgica, y muchas más así como sus tiendas de productos domésticos era muy grande y bien surtida, era una gran ciudad cosmopolita con grandes avenidas y muchos edificios de apartamentos, los tranvías jalados con caballos la hacía verse muy agradable para vivir, pero las instalaciones del puerto no eran muy del agrado de Vicente que tenía que ir a su trabajo a través de ellas,

Eran muchas las cosas negativas para ellos ahí en Barcelona por lo que se sentían a disgusto.

Vicente se sentía muy presionado al estar trabajando ahí en Barcelona pero trataba de no hacérselo sentir a María, pues en cierta forma quería que lo cambiaran de ahí, y precisamente a casi un año de haber llegado a Barcelona y de que María había hecho todo lo posible por hacerse la vida lo más feliz que podía, las idas a las Escuelas de Virginia y de Isidro no eran de su agrado por lo sucio de algunas calles y la forma de ser de la gente y el idioma que aunque poco a poco lo fueron aprendiendo no les estaba siendo tan fácil adaptarse, y algunas veces que tenía que ir de compras por ropa u otras cosas la hacía sentirse como que estaba en un País extraño y no el suyo.

CAPÍTULO XVI

El nacimiento de Margarita

Los dolores de parto le empezaron a María en la madrugada del Martes 22 de Febrero, y las carreras no se hicieron esperar, Don Isidro mandó traer a la Matrona que Doña Lucía le había dicho, todo estaba ya preparado para el alumbramiento del bebe y pidiendo que la dejaran solamente con la Madre de María y con la idea de que si se necesitara un Médico corrieran a traerlo; las horas pasaron y de repente se oyó un llanto y todos en la sala que estaban esperando dijeron "Ya llegó," Isidro y Virginia preguntaron ¿Quién?

Vicente les contestó:

Eso es lo que vamos a saber ahorita que salga su Abuela.

Y casi de inmediato salió Doña Lucía diciendo:

"Es una niña y está bien rubia"

¿Y cómo está María?

Bien, pero muy cansada, ya veis niños, ya tenéis otra hermanita ahora sí vais a tener con quien jugar Virginia.

Papá, pero a mi no me vas a dejar de querer ¿Verdad?

Claro que no mi hija, ¿cómo podéis pensar eso? a los tres los quiero mucho y déjenme conocer a su hermanita.

Hola mi amor ¿Cómo te sientes?

Bien, ¿Qué dijeron los niños de su nueva hermanita?

Que si los vamos a seguir queriendo.

¡Ah que mis hijos! ¿Qué les contestaste?

Que sí, que no sé porqué preguntaban eso, me dejaron intrigado.

Ya se les pasará cuando la empiecen a tratar ya verás que todo va a estar bien, por cierto tu Padre me dijo qué porque no nos íbamos a descansar a Andalucía en Sevilla a pasar un tiempo mientras me recupero del parto.

No me parece mala idea y de esa manera aprovechamos mi permiso y nos quedamos ahí ¿Cómo ves?

Por mi parte está bien, así podemos conocer más de nuestro maravilloso País, por que de Barcelona me ha quedado en cierta forma un mal presentimiento por los problemas por los que está pasando.

Yo me acabo de enterar después de que se aprobó la Ley de Asociaciones en Barcelona el año pasado por el Congreso, que ahora se ha creado una Organización Anarquista de esa Región Española y está sirviendo para relacionar a los diferentes grupos anarquistas con una sola finalidad, ¡La anarquía!, piden que no haya Gobierno, que sea un Estado Social en el que no es necesario un Gobierno, ni dirección alguna, yo no puedo creer que propongan eso ¿pues quién va a controlar los servicios públicos y todo lo que implica un

Gobierno, y esto está existiendo como una fuerte implantación en Cataluña, Levante y fíjate dónde, en Andalucía ¿Cómo ves?

Y no solo eso, sino que algunos sectores del anarquismo internacional están utilizando el terrorismo y han tenido una ola de atentados.

Pues si vamos a regresar a Barcelona tendremos que tener mucho cuidado con quien nos relacionamos, pues como dicen allá "cuando la bona no sona Barcelona no es bona"

Después de pasarse un mes y medio en Sevilla de vacaciones tuvieron que regresar a Barcelona no sin antes pasar por Madrid para despedirse de los Papás de Vicente quien aprovechó para platicar con su Padre sobre pedir un cambio, quien le contestó que lo pensara muy bien porque podrían cambiarlo a alguna de las provincias dominadas por España como Cuba, Puerto Rico o Filipinas.

¿Pero qué más puedo hacer Padre? le pregunto.

Pídelo hijo y a ver qué te contestan, Pero bueno ¿que no van a bautizar a tu pequeña?

Sí Padre, le voy a comentar a María para ver si quiere que mi hermano Sebastián sea su Padrino junto con su novia.

Pues organízate ¿y ya sabes cómo la van a llamar?

Yo creo que se va a llamar Margarita como la Mamá de mi Mamá.

Bueno, habla con tu esposa, que yo buscaré a Sebastián para decirle lo del Padrino.

¡Oh no! Padre ya nos encargaremos María y yo de hacerlo,

Voy a hablar con ella a su recámara.

Hola María, te quería preguntar sobre el bautizo de la niña y quería proponerte dos cosas los Padrinos y su nombre.

¿Cómo quieres llamarle?

Como habíamos quedado con el nombre de nuestros Padres pero que en este caso seria el de mi Abuelita "Margarita" y de los Padrinos había pensado en mi hermano Sebastián y su novia, ¿Cómo ves?

De acuerdo, solo haz los arreglos de la Iglesia, me imagino que será en la Basílica de Santa María de Atocha.

Por supuesto que ahí la Bautizaremos y haré todos los arreglos para hacerlo este Domingo para que podamos irnos de Vacaciones a Sevilla, ¿Estás de acuerdo?

Todo esto contribuyó a que Vicente pidiera su cambio directamente al Ministerio de Marina, quienes le contestaron que lo iba a estudiar para ver a donde lo podían cambiar, que claro no era del agrado de mucha gente en el Ministerio ya que la sombra que ejercía Don Isidro afectaba también a Vicente, pero con todo eso, aunque se tardaron en contestarle casi para fines del 87 le mandaron un comunicado donde le proponían un puesto en Cuba en el cual le darían una buena casa casi a la orilla del mar y que su puesto sería comandar la casa de Cables submarinos con los cuales se mantenían comunicados tanto con España telegráficamente como entre la Isla de Puerto Rico, Santo Domingo y los Puertos de Cuba y que estaría también a cargo de un trapiche el cual manejaría con gente civil para el proceso de la caña de azúcar, y que seria en el puerto de Cienfuegos.

María ¿Cómo ves lo que me han propuesto? ¿no crees que estaríamos mejor?

Pero tendrías que irte a al otro lado del Océano, además tú mismo me has contado de lo peligroso que es para los Españoles que viven en Cuba, el poder trabajar allá, la verdad me da pánico pensar que te vayas a ir.

Te entiendo, pero ahorita la situación en Cuba está, muy distinta precisamente acaban de hacer un movimiento que le da a la gente Cubana tranquilidad al abolir la esclavitud, además que sería una forma de hacer dinero para cuando me quiera retirar de la Armada de España, ya que me dicen que los que manejan los ingenios y los trapiches hacen buen dinero con la venta del azúcar.

Tú sabes que la vida aquí en Barcelona se está volviendo peligrosa por las condiciones de salubridad para nuestros hijos y para nosotros mismos, mira que miedo me da invitarte a algún concierto o espectáculo en los Teatros de Barcelona por las condiciones de la gente, ya ves qué te decía de los anarquistas y tantos problemas con los cuales se tiene que vivir y que no estamos acostumbrados nosotros y que no creo que nos lleguemos a adaptar, a mi no me gusta como son aquí y como te digo tengo que esperar casi 15 años para poder pedir mi retiro de la Marina.

Déjame platicarlo con mi Madre para ver que decisión debemos tomar, te insisto, me da miedo irnos a vivir tan lejos de España y a un lugar donde no nos quieren y que quieren su Independencia de España.

¡Oh sí!, Te entiendo, pero eso era en el pasado, como te digo hay un pacto de paz y se están estableciendo buenos acuerdos entre los Cubanos y los Españoles.

De todas maneras, siguieron viviendo en Barcelona por el resto del año y se tuvieron que adaptar a vivir en Barcelona, no les faltaban problemas con la gente, quienes sabían en cierta forma que Vicente era un Oficial de la Marina de Guerra y que dependía del Gobierno, lo que los hacía blanco de indirectas y malos modos de la gente ahí en Barcelona.

María empezó a comentar más frecuente con su Madre la situación por la que estaban viviendo en Barcelona y la contestación siempre de ella era "va a ser tu decisión, piénsalo muy bien."

En el principio cuando llegaron por primera vez a Barcelona se dieron cuenta que se estaban realizando una cantidad muy grande de construcciones para la exposición que se iba a llevar a cabo en 1888 y que estaba cambiando la apariencia de la Ciudad ya que se trabajaba para construir un Hotel ya que en un gran espacio de más de 450,000 metros cuadrados se remodeló y se le conoció como el Parque de la Ciudadela y una parte para hacer una gran fuente monumental, se levantaron muchos stands para la exposición, en esta exposición se iban a celebrar numerosos actos públicos, fiestas, conciertos, representaciones teatrales, operísticas, desfiles militares en los que hasta Vicente Nicasio con su regimiento desfilaría, también procesiones Religiosas, así como carreras de caballos, algunos eventos deportivos, uno de los eventos uno fue el de los juegos florales que se efectuaría en el Palacio de Bellas Artes.

La Exposición sería abierta al público el 8 de Abril de 1888 con la presencia de las Autoridades Barcelonesas con una bendición que será efectuada por el Obispo de Barcelona, pero la Inauguración

Oficial se llevara a cabo el 20 de Mayo de 1888 y será precedida por el Rey Alfonso XIII con sus dos años de edad y su Madre la Reina Regente María Cristina junto con la Princesa María de las Mercedes, el Presidente del Gobierno de España Práxedes Mateo Sagasta y el Alcalde de Barcelona y vendrán otras personalidades como el Duque de Edimburgo, el de Génova, los Ministros de la Guerra, Fomento y Marina, el Capitán General Márquez de Peña Plata junto con Diputados y Senadores y los miembros del Ayuntamiento de Barcelona.

También la Reina hará la Revista de las Escuadras Nacionales y Extranjeras en la Bahía de Barcelona.

Y esto sería clave por su desfile en la exposición, para que le llegara a Vicente la orden de trasladarse junto con su Regimiento y parte de los Jefes y Oficiales destacamentados en Barcelona a Cuba, en especial al Puerto de Cienfuegos y que en un plazo no mayor de 90 días deberían todos hacerse presentes en dicho puerto.

María, le habló Vicente ¿cómo está la niña?

¿Margarita?

Sí, ella ¿Cómo está?

Bien, ¿porqué lo preguntas? y no por tus otros dos hijos.

Porque los acabo de ver y medio bromear con ellos.

Ah, ¿y qué has decidido?

¿Sobre qué?

Sobre el viaje a Cuba.

No quisiera ser imprudente, pero hoy nos llegó la orden de que debemos trasladarnos a Cuba especialmente al Puerto de Cienfuegos y seremos trasladados con todo mi Regimiento de Infantes de Marina después de que nos vió el Ministro de Marina ha ordenado que nos presentemos allá, hasta jefes y Oficiales les dió la orden también.

¿Y qué piensas hacer?

No tengo otra alternativa que irme, tenemos un plazo de 90 días para estar en Cienfuegos, nos dijeron que pronto se presentarían los buques que nos trasladarán.

¿Y qué va a pasar con nosotros?

Pienso que si deciden irse conmigo tendrán que decidirlo ustedes.

Ya te he dicho que eso ni lo preguntes, que ya he decidido irme a donde tú tengas que irte.

Pero tú sabes que es peligroso para tí y los niños.

No tenemos otra opción y eso tú lo sabes, yo ya no puedo vivir sin tí estés donde estés, ahora pienso que como tú dijiste, el País de Cuba está en Paz, yo espero que así siga.

Pienso que sí, porque se hizo un pacto de paz desde el 78 y se ha respetado hasta ahorita, por eso no creo que tengamos problemas.

Y entonces ¿Para qué los mandan?

Vamos a relevar a las tropas que ya llevan años destacamentados ahí en Cuba.

Pues esperemos que se sigan respetando esos acuerdos de paz como ha sido hasta ahorita.

Lo importante es arreglar si se van a ir conmigo, el transporte a Cuba y creo que va a tener que ser primero a la Habana y después por tierra a Cienfuegos, espero ya tenerles la casa arreglada para cuando lleguen.

Bueno, solo espero que podamos hacer los arreglos necesarios y ver si mi Madre va a querer irse con nosotros.

Perdón ya los oí y por supuesto que me voy con ustedes, yo ya no puedo vivir separada de todos ustedes, yo no me quiero quedar sola y menos viviendo ustedes tan lejos no, prefiero irme con ustedes.

Bueno, hagamos entonces los arreglos necesarios para irnos a Cuba, espero te puedas despedir de tus Padres.

Ya les mandé un telegrama, diciéndole a mi Padre lo que me acaban de ordenar.

Esperemos a ver qué te contestan.

Bueno, por lo pronto continuemos con nuestras rutinas aquí, ya viste que la Expo va a seguir por varios meses.

Pues sí, pero no creo que nosotros vayamos a estar para cuando se cierre la Expo, pero podemos aprovechar para llevar a los niños para que se diviertan un poco.

¿Te parece que vayamos el Sábado y el Domingo?

¡Oh sí! Y me gustaría que fuéramos a comer al Restaurante el 7 Portes que dicen que sus platillos los elaboran a fuego lento, como por ejemplo, me dijeron el de una picada de ajos y almendras con un chorrito de vino, un poco de tomillo, laurel o si lo prefieres de una esencia de limón, ya que lo hacen buscando la sensualidad de los aromas; usan el aceite de olivo, y con la frescura de las verduras, legumbres y hortalizas, el también savoi-faire de las hierbas aromáticas y la selección de los productos frescos del mar y de la carne te preparan unos arroces con unos entrantes fríos o calientes. Ya sea que prefieras mariscos y pescados o carnes; tienen unos postres deliciosos como la crema catalana, el flan con nata, las trufas de chocolate, los 7 postres, el Mouse de chocolate o el surtido de pastelillos.

Por lo visto te has enterado muy bien de los menús que tienen en el restaurante.

¡Oh sí! Le pedí a la cocinera que si nos podía recomendar algún restaurante y me dió todos estos datos que te estoy diciendo.

Pues no se diga más, este Sábado y Domingo nos iremos a divertir a la Expo y a comer a ese restaurante.

Se llegó el Sábado y Vicente Nicasio y María salieron a la Expo acompañados de la Mamá de María y dos empleadas más que les iban a ayudar con los niños, recorriendo los estantes y los niños en los juegos, Margarita que por su edad solo la podía llevar María en sus brazos, no dejaba de sentarse con ella donde podía para descansar y la niña volteando para todos lados llamaba la atención por lo rubia y sus ojos claros, y así se la pasaron un buen rato hasta que llegó la hora de ir al restaurante y servida la comida que según cada uno habían escogido se pusieron a comer, después de que terminaron les ofrecieron los postres, los que ordenaron de acuerdo a cada uno de sus gustos pero los que más pidieron fueron Virginia e Isidro que no dejaban de comer los pastelillos hasta que María les dijo que ya habían comido bastantes postres, por lo que levantándose salieron del restaurante para caminar un poco a través de la plaza y poder regresarse a su casa, donde ya le habían llegado a Vicente dos telegramas, en uno su Papá le notificaba que llegarían por la mañana y en el otro le indicaban que en el transcurso de la semana siguiente saldrían los buques que los llevarían a Cuba.

María, tenemos que prepararnos yo tendré que salir a Cuba la semana que entra, y quisiera saber si te puedo conseguir cuál línea de Buques te puede llevar a la Habana.

Pues apúrate, porque no me quiero quedar aquí sin tí, tienes que ir a buscar a donde y sería bueno que preguntes a alguien.

Sí, eso voy hacer, mientras voy a recibir a mis Padres mañana y voy a mandar uno de mis empleados a buscar los buques que te puedan llevar, ya sabes que tienes que esperar a que yo te mande un telegrama diciéndote que todo está listo para recibirlos, no quisiera que llegaras a tener que arreglar tu la casa donde vayamos a vivir.

No me importaría con tal de estar junto a tí y no creo que quieras estar lejos de tus hijos mucho tiempo.

Eso puedes jurarlo, que no lo voy a soportar, así como tú yo no puedo vivir sin ustedes.

Bueno, preparémonos en pensar en que tenemos que irnos lo antes posible.

Así es, por cierto pregúntale a tu Mamá sobre su dinero para ver qué puede hacer con él.

Ya veré a ver qué dice mi Madre, pero ¿crees que le puedan girar su dinero a Bancos en Cuba?

Ya lo investigaré cuando llegue allá y te avisaré lo más pronto que pueda para que pueda tener su dinero a la mano sin problemas.

CAPÍTULO XVII

El cambio a Cuba

El viaje se empezó a fraguar con la tristeza y la desesperación que produce un cambio de esa naturaleza y sobre todo a un país que ha estado en guerras, los Padres de Vicente casi lloraban ante la partida de la familia de Vicente junto con María y sus hijos, ante toda esa tristeza Don Isidro no se resignaba a dejarlos ir y pensaba que algo podría hacer para cambiar los planes, pero ante la orden que había recibido Vicente de partir en esa semana siguiente se dió cuenta que no sería fácil hacer algo para retenerlos en España, por lo que decidieron quedarse hasta que se fuera Vicente.

El Jueves de esa semana llegó y para ellos se hizo muy triste, ya que fueron a despedirlo al muelle de donde partiría; ahí mismo se encontraban los demás familiares de los Infantes de Marina y Oficiales y claro todo era llanto de los familiares, por lo que el Comandante de la Plaza de Barcelona ordenó a la banda de música que empezaran a tocar el Himno de España y amenizar la despedida con música Española y Catalana.

María como lo Papás que lo habían acompañado rezaban y lloraban, en esos tristes momentos, el pequeño Isidro como que comprendía que iba a dejar de ver a su Papá y estaba llora y llora, Virginia se agarraba de la falda de su Madre con toda su tristeza y lloraba en silencio como comprendiendo lo que estaba pasando, se llegó la hora de tirar los amarres para partir y ya desde arriba del buque, Vicente se despedía de su familia con lágrimas en los ojos, pero sin que nadie se lo pudiese notar, solo extendía su brazo para despedirse.

Se pasaron las primeras semanas y los preparativos para partir a Cuba de María con sus hijos y su Madre no se hicieron esperar, tuvieron que dejar a un empleado de Don isidro a cargo de vender todo lo que no pudiesen llevarse a Cuba.

Vicente por su parte en cuanto llegó a Cienfuegos lo llevaron a la casa donde vivirían viendo que era grande y con grandes ventanales de cristal por lo que le llamaban la casa de cristal y que estaba casi a la orilla del mar, por lo que se veía la casa bonita y acogedora, también estaba llena de camelias, rosas y enredaderas y estaba grande la casa y aunque compró otros muebles, la casa ya tenía bastantes; asimismo, lo llevaron al Ingenio azucarero que era de los más grande de Cuba, quedando asombrado por el proceso de la producción del azúcar, así mismo le enseñaron el Trapiche del cual iba a estar a cargo así como también los empleados que le ayudarían, entre ellos algunos miembros de su regimiento que le servirían de guardias.

Todo parecía en orden, hasta el piano de cola que tanto le gustaba a María se lo había conseguido, pero lo triste era el pueblo de Cienfuegos que por su pequeñez no tenía mucha población ni lugares que recorrer a no ser por la plaza principal, su gente pobre, algunos pescadores, pero también veía que hasta Catalanes había en el Pueblo ya que vendían las telas que se producían en Barcelona y los pueblos Vascos, muchas cosas que llegó a encontrar, pero al que no podía ver era a su amigo que se había venido a vivir a Cuba ya que él estaba viviendo en Santiago de Cuba, que le quedaba lejos y sobre todo que estaba a la espera de que le avisara María cuando llegaría a la Habana para ir a recibirlos y que casi habían ya pasado casi dos meses desde que él llego a Cienfuegos.

Cuando le llegó el telegrama de que María debería llegar a la Habana en unos seis días, pidió permiso para irlos a esperar a la Habana ya que venían viajando por la Compañía Trasatlántica Española y casi habían hecho 2 semanas, ya que de Barcelona viajaron a Alicante y de Alicante a la Habana, la ventaja para ellos es que venían en camarotes de primera y aunque se mareaban los niños poco a poco se fueron adaptando a la travesía, cuando llegaron, Vicente ya los estaba esperando y los iba a llevar a descansar al Hotel Inglaterra.

María después de bajar del Barco con los niños y con su Madre y además de dos empleadas del barco que venían ayudándoles con los niños y al abrazar a Vicente le preguntó.

¿Qué vamos hacer aquí? ¿Nos vamos a ir a Cienfuegos luego, luego?

El, que estaba abrazando a los niños que no se le despegaban de la alegría de volver a verlo, le dijo a María.

Quiero que nos quedemos unos dos días en un Hotel llamado Hotel Inglaterra está muy cómodo y bonito, es de estilo neoclásico y tiene unos vitrales hermosos así como una estatua de bronce de Carmen de la ópera de Bizet, y ya después que conozcan y descansen nos vamos en unos carruajes a Cienfuegos, les va a gustar la casa que me asignaron y que la he amueblado a tu gusto María.

Perdona, me siento muy extrañada en esto que ni me llama la atención conocer algo de aquí, sé que yo escogí estar siempre contigo y venirnos contigo, sé que te di a entender que me iría a cualquier parte del mundo, siempre y cuando estuviera a tu lado, pero no sé porque siento tanto miedo, me da la impresión de que hay algo en el ambiente que no va de acuerdo con mis pensamientos sobre este lugar.

En el Barco se sentía cierta antipatía de la gente hacia nosotros, platicábamos solamente con gente de España, pero la demás gente no nos veía bien, por eso si me dices que vamos a ir a conocer la Ciudad de la Habana, no sé, como te digo me siento rara.

Te entiendo y podría darte la razón, pero necesitamos entender bien a esta gente, el porqué nos ve fríamente y con cierto enojo.

En lo que se basaba Vicente era que en 1886 en Diciembre, Máximo Gómez que lideró la guerra anterior anunció que se ponía fin al movimiento revolucionario, que estaba desgastado por el hecho de que era lidereado por los Militares y también por las diferencias entre Maceo y Crombet.

Es por eso que te digo que yo me siento tranquilo ahorita porque no vemos ningún movimiento subversivo en Cienfuegos y sus alrededores y espero que siga así como hasta hoy y ya verás que la casa te va a encantar por sus patios llenos de flores y sus ventanales, donde espero que los niños se puedan desarrollar bien, ya les tengo preparados sus profesores que les darán sus clases de primaria, música y otras cosas que necesiten.

Pues espero que así sea y por lo pronto vayamos a ese Hotel que dices y luego vamos si quieres a recorrer la Habana para después irnos a Cienfuegos.

Y así lo hicieron, en el Hotel, María quedó impresionada por su lujo y lo amplio que se veía, los niños pudieron descansar bien del viaje que habían hecho y cuando salieron a recorrer la Habana iban los dos muy serios por lo desconocido que era eso para ellos, las comidas y cenas también fueron del agrado de María y de Vicente, pero tenían que partir hacia Cienfuegos lo que hicieron en unos carruajes que rentó Vicente para llevarlos y les costó muchas horas a través de las tierras Cubanas donde se dieron cuenta de los cañaverales y así llegaron a Cruses un pueblo pequeño de agricultores de caña de azúcar, pueblo pintoresco que hasta Doña Lucía se quedó asombrada por lo escaso de población y de las pocas construcciones que se veían ahí.

Ya tenía Vicente arreglada una especie de casa posada donde descansaron para pasar la noche y así seguir a Cienfuegos al día siguiente.

Para María el llevar a Margarita que apenas tenía casi el año le representaba mucho esfuerzo por los pañales que en este caso los tenía que casi tirar porque no era posible continuar con ellos ya que no había donde lavarlos y la niña requería de cambios frecuentes, así como la preparación de sus alimentos, y por eso Vicente prefirió llegar al pueblo de Cruses.

Ahí fue en donde los empleados les ayudaron a instalarse, así como con la preparación de los alimentos para todos, la leche para los niños era en cierto problema por la desconfianza que le tenían por la insalubridad que podrían tener pero vieron como les hervían las cosas para que no les hicieran daño, cosa que a María le satisfizo en cierta forma, después de pasar la noche salieron por la mañana después del desayuno rumbo a Cienfuegos, recorriendo el camino a través de casi puros cañaverales, Vicente le explicaba como él se encargaba de moler esa caña para producir la melaza que luego se convertiría en azúcar en los Ingenios y que ahí en Cienfuegos estaba unos de los más grandes de Cuba.

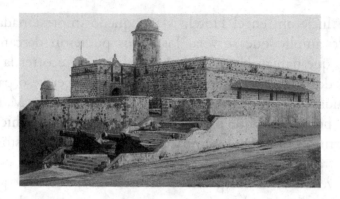

Llegaron a Cienfuegos pasando por sus calles para llegar a la casa que le habían asignado a Vicente y de esa manera empezó su vida en Cienfuegos. Fueron recibidos por los empleados de la casa y acomodando todas sus pertenencias comenzó María a recorrer la casa, empezando por las recámaras para ver en cuáles se iban a acomodar, después la cocina, el baño, la sala y el comedor, lo que la impresionó fueron los patios de la casa que estaban llenos de plantas como camelias, rosales, gardenias y otras clases de enredaderas.

¿Te gusta la casa María?

¡Oh sí! Pero lo que no sé es cómo vencer esta sensación de temor que me ha dado desde que veníamos en el Barco.

¿Recuerdas como me sentía aquella vez que salimos por primera vez a recorrer la Plaza Mayor de Madrid? Pues ahora me siento peor, estoy muy atemorizada.

Pues espero poder ayudarte a vencerlo, mira que yo me he sentido tranquilo por la paz que reina aquí y ya te presentaré o te enseñaré las instalaciones del Trapiche para que lo conozcas, lo que sí, es que aquí va a ser muy difícil llevarte a ver conciertos o algo así ya que aquí no llegan esos grandes músicos o cantantes.

Mira que lo que me preocupa es el porvenir de nuestros hijos, que aquí vamos a estar lejos de los grandes Médicos que como en España uno puede encontrar, que por cierto este calor es algo insoportable y los mosquitos también, así que me voy a encargar de ponerles protectores a las camas de los niños y ver de qué forma podemos evitar que se metan a la casa.

Pues a mí me dicen que prendiendo ciertas velas los ahuyentan, así que veremos que tanto nos ayuda.

Bueno, voy a ver que les damos de comer a nuestros hijos no quiero que se me enfermen, ya ví que las empleadas de la cocina como que no son muy limpias y yo les voy a exigir mucha limpieza para todo.

Como tú lo ordenes se tendrá que hacer, ya lo verás cómo te van a obedecer.

Eso espero y si no lo quieren hacer, que se vayan.

No creo que sea necesario ya verás que te van a obedecer, ellos necesitan el trabajo, ya que aquí si no es en los cañaverales o en los Ingenios no hay otros trabajos fácilmente que se puedan conseguir y como esos ya tienen el suficiente personal, pues tienen que encontrar otros trabajos donde los contraten y ahorita para la casa han respondido muy bien a lo que se les ha pedido, dime si tienes alguna queja y ya veremos que hacemos.

Está bien ya veré, tú sabes que soy muy estricta con los niños quiero lo mejor para ellos.

De esta manera se empezaron a adaptar a vivir con las restricciones que les daba el vivir en lugar tan alejado y que pocas diversiones tenía.

Los niños empezaron a recibir sus clases, tanto de primaria como de música y artes, Isidro empezó a hacer amistades con los niños del puerto y a veces se le perdía un poco a María pero siempre regresaba, Margarita en los conciertos de Piano que María y Vicente hacían para entrenarse junto con la Abuela Lucía empezaron a notar que ella se quedaba muy quieta escuchándolos y con sus deditos seguía el ritmo de lo que tocaban, poco a poco empezó a demostrar sus talentos para la música y el dibujo, los días pasaban, Vicente en su trabajo veía como se molía toda la caña que le vendían y que la enviaba a los ingenios, haciendo ellos muchas cosas con la miel de la caña.

Sabes, ya van a empezar las clases en el Colegio de los Jesuitas y quisiera inscribir en él a Isidro y a Virginia, ¿Qué te parece?

Bien, pues como es una obligación el que tomen sus clases de primaria me parece que ese sería el mejor colegio para que lo hagan ¿Te parece?

Está en que tú vayas, lo conozcas y decidas sí es lo que quieres para ellos, también quería decirte que sí tenemos un Teatro aquí en Cienfuegos así como la Iglesia donde podemos asistir a oír misa los Domingos, tiene Médicos y los fundadores de esta Ciudad fueron Franceses que llegaron aquí a principios del siglo, este es uno de los puertos más comerciales de Cuba, llegan muchos barcos por el azúcar, el tabaco, alcohol y traen otras clases de mercancías como telas muebles etc.

Qué bueno que me dices, por si tenemos que comprar más muebles.

Por eso ni te preocupes, que los podemos comprar, también te quería decir que aquí tiene el Banco Español de la Habana, una sucursal donde tu Mamá puede manejar su dinero lo mismo que nosotros y ya iremos recorriendo el lugar para que lo conozcan, les va a encantar.

¡Oh sí! Pero lo que no me gusta es el calor y como te dije los mosquitos.

Bueno, ya veremos como los atacamos ya que me dicen que con algunas veladoras se les puede ahuyentar un poco.

Eso espero, porque como te dije son molestos inclusive por la noche.

De esta manera comenzó la vida de Vicente y María en Cienfuegos acompañados de la Mamá de María y de sus tres hijos, quienes en cierta forma no comprendían qué era lo que pasaba, porqué los habían llevado a ese país donde los veían con cierto desagrado por ser Españoles y claro muchas de las veces los maestros tenían que intervenir para protegerlos de las molestias a que eran sometidos, pero claro poco a poco se fueron adaptando a la vida escolar y a la de Cienfuegos ya que como en España siguieron yendo a Misa en la Iglesia principal de Cienfuegos y después paseaban en la plaza para que los niños jugaran un rato o a veces los llevaban a la playa donde empezaron a aprender a nadar Virginia e Isidro.

A veces cuando había algún concierto en el Teatro, Vicente y María acudían a escucharlo y no con la Mamá de María porque ella no quería dejar solos a los niños, de lo que no podían enterarse, era de los movimientos independentistas que se llevaban a cabo tanto en Cuba como en los Estados Unidos ya que desde ahí José Martí seguía tramitando de alguna forma su movimiento revolucionario.

Pero una de las cosas que ayudaron a que la gente de Cienfuegos les tuviera más consideraciones fue que gracias a María que le había escrito a su amiga la Madre Isabel Larrañaga para pedirle permiso de organizar un grupo de damas que formaran el grupo de las Hermanas de la Caridad del Sagrado Corazón de Jesús ahí en Cienfuegos y por medio del cual ayudaban a los pobres, así como organizaba María grupos de enfermeras para que ayudaran a los enfermos y poco a poco se empezó a ganar la simpatía de la gente, y así poco a poco fueron pasando esos años de paz en que tanto Virginia como Isidro se pudieron adaptar a las escuelas de ahí y Margarita desde sus primeros años en cuanto veía que se ponían a tocar el piano o el violín sus padres, ella se quedaba a su lado y trataba de que le enseñaran a tocar la música que ellos tocaban por lo que viendo la inclinación que empezó a desarrollar Margarita le pusieron mucho empeño en su enseñanza.

Corría el año de 1890 y fue precisamente cuando María le comunicó a Vicente que esperaba otro hijo, esto les vino a traer mucha alegría pero a la vez zozobra y temor, porque ahora sí tendría que aliviarse en un Hospital en manos de Doctores, porque ahora no podía ser en manos de la Matrona de Doña Lucía y fue a finales de 1890 en que María se alivió y fue muy bien atendida en su parto.

Vicente ya viste, fue otra niña ¿te gusta? ¿Ya la viste?

Claro que me gusta y a esta niña sí le vamos a poner tu nombre María como tú.

Pero ¿no crees que le deberíamos buscar otro nombre?

No, para mi yo quiero que se llame María como tu.

Pero yo me llamo María Rafaela.

¡Oh sí! Pero si no tienes inconveniente quisiera que nada más se llame María.

Oye y ¿has pensado en regresarnos a España?

Eso no va a poder ser posible por dos cosas, la primera es que yo hasta el 1900 es cuando puedo pedir mi baja de la Armada y ahorita solo podría ser si me cambian, ¿Por qué lo preguntas ya te quieres regresar?

Ya te dije que sin tí no voy a ningún lado, tú sabes que no debes ni siquiera insinuármelo, fíjate ahora que he empezado a crear aquí el grupo de las hermanas de la caridad, ya tengo en que entretenerme más aquí y por decirlo así dejar un poco mis ansias de regresar a España, por cierto ¿te has fijado que Margarita se interesa mucho en la música y que se pone a dibujar ya tan pequeña?

Sí, y es sorprendente, hay que ponerle mucha atención y ver como le ayudamos para que aprenda música.

Bueno y por cierto ¿a ti cómo te va en los negocios?

Sabes, nunca me había sentido con la mentalidad de hacer negocios y ahora me veo en la necesidad de calcular precios, toneladas por barco que se van a embarcar, pago de salarios a los trabajadores que por cierto me vino a pedir trabajo un Mexicano que es de Mérida Yucatán y el hombre se ve joven y muy dispuesto a cooperar conmigo en el trapiche se le ve muchas habilidades para mandar y para administrar, se ve buena persona y hasta he pensado en nombrarle mi capataz o mi brazo fuerte. ¿Cómo ves?

Yo en eso no te puedo opinar además de que no conozco el manejo del trapiche y de la gente.

Bueno, desde que abolieron la esclavitud como que se vive más tranquilo con los trabajadores tanto del trapiche como de los cañaverales.

Y ¿Cómo se llama tu empleado?

Macario Hernández ¿Porqué me preguntas?

Ya ves que cuando andas embarcando en los barcos si necesito algo quiero saber con quien hablar y ver en qué me puede ayudar.

Yo le digo que venga para que lo conozcas y así te sientas más en confianza, también me he relacionado con algunos Capitanes de Barcos mercantes y a veces me quieren invitar a tomar algún trago a las cantinas del puerto pero como les digo, les acepto ir a comer pero a tomar no, porque tú no me dejas.

Vaya, ahora soy yo quien te lo prohíbe.

Bueno, es un decir pero así he hecho algunas amistades cuando vienen al puerto y cuando se te ofrezca algo de algún país se los encargamos a ver si nos lo traen.

Bueno ya veremos, ahorita hay que pensar en quien va a bautizar a María.

Sí que va a ser difícil porque ya ves que aquí no tenemos algún conocido y solo sería o podría ser algún dueño de algún Ingenio ya ves que aquí hay hasta descendientes de Franceses que son dueños de Ingenios azucareros, si quieres busco quien, porque ya ves que a los Ingenios vendemos nuestros productos también.

Pues a ver a quien encuentras.

Te lo prometo que antes de una semana te lo presento junto con su esposa.

De esa manera Vicente como ya tenía tratos con uno de los dueños de un Ingenio se atrevió a invitarlo a su casa con su esposa para conocerse y así lo hicieron.

María, ya logré conseguir que Don Jacques venga con su familia este Sábado por la noche a cenar.

Bueno yo me encargo de preparar lo necesario para recibirlos, pero ¿Ya le propusiste lo del Bautizo?

No, eso quiero hacerlo cuando vengan, es mejor que entre los dos se lo propongamos ¿no crees?

Me parece bien, lo haremos entonces este Sábado.

El Sábado llegó y así también la familia del Sr. Jacques.

María aquí esta el Sr. Jacques con su familia.

Pasen por favor a la sala, esta es su casa.

Miren mi Esposa María Rafaela y mis hijos Virginia, Isidro, Margarita y la bebé que carga mi esposa es nuestra mas reciente hija de la cual queremos hablar con ustedes.

Nos da mucho gusto y yo le presento a mi esposa Angela, mi hijo Jaques, mi hija Angela y un servidor de ustedes.

Pero pasen ustedes al comedor, mi esposa les ha preparado una comida al estilo Madrileño.

Ya después de la comida, Virginia y Jacques chico comenzaron a platicar ya que iban a la misma Escuela, y así comenzó su amistad ya que Virginia le preguntó que si le podía ayudar con sus clases de Francés a lo que él le dijo que con mucho gusto.

Sr. Jaques pasen a la sala por favor.

Con mucho gusto.

Miren hemos pensado en ustedes para bautizar a nuestra hija María porque nos han parecido la mejor familia para este evento.

Nos parece magnifico que hayan pensado en nosotros y con gusto lo haremos, ¿verdad Angela?

¡Oh sí! Nosotros nos haremos cargo de organizar en la Iglesia los preparativos para el Bautizo.

Y nosotros prepararemos la comida aquí en la casa.

Así se hará y si ustedes lo permiten nos retiraremos.

Como ustedes gusten, esperaremos por el día del Bautizo.

El Bautizo se llevó a cabo y de esa manera comenzaron a transcurrir los meses y hasta años en una cierta paz que los dejaba vivir tranquilos con los problemas rutinarios de las familias en las que algunas veces Isidro se les perdía por las tardes ya que le gustaba irse a nadar al mar con sus amigos y ver los barcos mercantes que llegaban al puerto; por otro lado Virginia y Jacques hijo se habían enamorado pero sabían que estaban muy jóvenes ya que en cierta forma él le llevaba casi 10 años de diferencia originando que María se sintiera un poco mal pero sabía que era mejor esa amistad que otra en ese lugar, por otro lado Macario se había vuelto el principal capataz de la finca y del trapiche pero tenía muchas ganas de regresar a Mérida, pero sabía que eso era un poco difícil por el trabajo.

Vicente ya había hecho un buen capital con el negocio del azúcar con el trapiche y la venta de caña ya que en 1890 las ventas a los Estados Unidos había alcanzado la cifra de casi 60 millones de pesos, mientras que España apenas llegaban a los 7 millones originando en cierta forma la ambición de los Estados Unidos para apropiarse de Cuba por el negocio del azúcar y del tabaco, por lo que facilitó en sus tierras los movimientos independentistas del pueblo Cubano, ya que los Estados Unidos tenía intereses socio económicos y de prestigio por los que le hacía proposiciones a España que no dejaba de hacer.

Pero mientras eso pasaba Margarita avanzó mucho en sus clases de música, ya tocaba el piano y otros instrumentos como el violín, el salterio, la guitarra, el arpa, y dibujaba muy bonito, muy real para su edad, lo que hacía que sus profesores la elogiaran bastante, Isidro ya a sus 14 años por su altura se veía de unos 16 a 18 años, Virginia ya casi una señorita también se veía mayor de la edad que tenía.

CAPÍTULO XVIII

La Revolución Cubana

Pronto se llegó el tan esperado Febrero de 1895 en que los Cubanos hicieron estallar su Revolución para independizarse de España y enarbolando la bandera de la Revolución José Martí al igual que otros lideres al grito de Baire dieron la primera batalla, desgraciadamente para Martí, él pierde la vida en una batalla a pocos meses de haber iniciado su lucha, una lucha que se fue intensificando cada mes más y más, que a pesar de lo difícil de las batallas llegaron cerca de Cienfuegos, fue cuando viendo el peligro que corría Virginia y ante la propuesta que les vino hacer el Padre de Jacques hijo quien quería casarse con Virginia para protegerla.

María ¿como ves lo que nos viene a proponer el Sr. Jacques sobre Virginia?

¿Tú que piensas? Creo que es lo mejor y si él se la va a llevar a vivir a Cruses de donde se han propuesto vivir, para como está, esta situación creo también que es lo mejor, esto que nos está pasando es terrible.

Por eso muy discretamente se llevó a cabo la boda de Virginia y Jacques hijo y casi sin ninguna celebración se quisieron despedir para no correr ningún peligro, y así de esa manera se fueron a Cruses donde vivirían y de vez en cuando tanto María como Vicente estuvieron yendo a visitarlos siempre rodeados de soldados disfrazados de campesinos para en caso necesario los defendieran, de esa manera fueron a conocer a su primer nieto en las visitas que les hacían, así se pasaron casi dos años en que la revolución Cubana se fue intensificando, en esos meses Virginia ya estaba esperando el segundo hijo y les mandaban decir que no se preocuparan por ellos que estaban bien.

Esta situación me tiene demasiado aterrorizada y es lo que quería preguntarte si no crees que sería mejor que nos regresáramos a España.

Tú sabes que eso para mí es imposible, que con la Revolución si yo pidiera mi cambio a España me lo negarían de inmediato y desertar sería un suicidio, por eso he estado tratando de evadir el meterme en los combates, ya que la responsabilidad del trapiche me ayuda bastante, pero esta situación se está empeorando y otra cosa que estoy viendo es que nos ha llegado el rumor de que se va a declarar Leva en España para combatir estas guerras y he pensado en Isidro, van a querer que lo entregue al ejército y yo no quiero sacrificarlo, ¿Qué piensas?

Tú dime que podemos hacer.

Pues se me ha ocurrido que se escape de nosotros poniéndolo en un barco mercante Americano para que no sea entregado a España.

¿Pero cómo que se nos escape?

Es que de otra forma seriamos penalizados por no entregarlo y como yo conozco muchos Capitanes que vienen al puerto lo quiero hacer cuanto antes.

Pero ¿lo volveremos a ver?

Si todo vuelve a la normalidad lo buscaríamos y si fuera posible nos iríamos a vivir a otro país que no sea España para que no lo penalicen a él o a mí.

¿Pero qué le vamos a decir?

La verdad que no queremos que lo maten así que háblale.

No es necesario Papá, los estaba escuchando, pero ¿qué va a pasar con ustedes si yo me voy?

Pues debemos de tratar de que podamos salvarnos todos, para ahora sí poder vivir en paz, y no me reclames nada porque si yo deserto me buscarían y me ahorcarían por desertor.

¿Pero cuándo me iría?

Esta misma semana, por que aquí está en el puerto un Barco Americano y ya hablé con el Capitán y me ha pedido dinero para sostenerte mientras que puedas regresar con nosotros y por lo pronto vas a trabajar como marinero con él, así que ve preparando todo, porque como te digo te tienes que ir cuanto antes.

De esta manera se llevo a cabo "el escape de Isidro" la despedida fue muy triste, todos llorando hasta Vicente, se le iba el hijo de su alma a quien no quería verlo muerto, sabía que también era un peligro el navegar como marinero en un barco mercante, pero era de esa manera una forma más segura de que sobreviviera, se despidió Isidro de su adorada Abuela Lucía, de todas sus hermanas y Vicente le pidió a Macario que lo llevara al Barco donde ya lo esperaban, llora y llora se fue Isidro, cuando regresó Macario, Vicente se sintió más tranquilo, ya que le dijo Macario que nadie se dió cuenta del "escape" y que le dió todas las instrucciones que le tenía que explicar al Capitán así como el dinero, esa misma noche partiría el Barco y por fortuna para ellos ese barco lo llevó en travesías largas salvándolo de la Leva.

Desde que se casó Virginia en Mayo de 1895 con la anuencia de sus Padres y sin una ceremonia suntuosa ya que los tiempos no estaban para fiestas y se fueron a vivir a Cruses, porque Jacques hijo manejaba los cañaverales en esa región, así se pasaron los años, y por el año de 1897 se generalizaron batallas cerca de Cienfuegos ya que los Mambises atacaron a los Españoles, pero también provocaban que no hubiera caña para los ingenios porque habían quemado los cañaverales, pero también esto provocó que a María llegaran las Hermanas de la Caridad a pedir su ayuda desde que empezó la revolución, cosa que no dejó de hacer al proporcionarles dinero, cobijas, ropa y alimentos, y les encargaba ayudar a las tropas Españolas.

Así de esa manera se pasaron los dos primeros años de la guerra, pero cuando hubo una tormenta muy fuerte en Cienfuegos, las ventanas de la casa de cristal en que vivían, estaba abierta una y Doña Lucía fue a cerrarla y cuando lo hacía un rayo cayó sobre la ventana matándola horriblemente, provocándole a María un dolor enorme que casi la trastornó, gritando ¡no, no por favor Dios mío no a ella no!, pero todo había pasado en un segundo por lo que no les quedó más que enterrarla cuanto antes, Vicente dió parte del accidente y llevaron al otro día a doña Lucía a enterrarla en el Panteón Español de Cienfuegos

Desgarrada por su dolor María no concebía haber perdido a su Madre a su hijo y a Virginia en tan pocos meses, tanto que Margarita o Marucha, que así la empezaron a llamar desde que tenía un año estaban tan desconcertadas que no entendían lo que pasaba.

De esa manera se pasaron casi los tres años de guerra, terror y muerte en los que en una etapa de la revolución Cubana en una batalla que hicieron los Mambises a filo de machete, 200 soldados Españoles bisoños (inexpertos en el uso de la guerra) fueron muertos a Machetazos por los Mambises, una verdadera carnicería humana e infame, que cuando lo supo María le provocó más llanto atemorizándola cada vez más.

Se llegó la tragedia del supuesto ataque al buque Maine en Febrero de 1898, que dijeron que los Españoles lo habían atacado y por ese motivo los Estados Unidos basándose en ese pretexto le declaró la guerra a España.

Inclusive en España estaban con el problema de reestructuración del mismo Gobierno, ante el atentado en el que había muerto Cánovas del Castillo, haciendo de esta guerra un descalabro más para España, ya que ante la negativa de crear una fuerza naval capaz de enfrentarse a cualquier potencia, no la tenían, por lo que cuando se declaró la guerra, la flota Española se refugio en Santiago de Cuba.

Se llegó el mes de Mayo en que los Estados Unidos bombardearon la casa de cables con los que se podían comunicar entre sí las fuerzas Españolas.

Pero en este ataque Vicente fue herido de muerte y lo trasladaron a su casa para que recibiera más atención Medica, pero cuando llegó herido María pegó de gritos, ¡no puede ser se decía!, pero desgraciadamente para Vicente sus heridas eran mortales, poco a poco iba perdiendo la vida, y fue cuando pidió hablar a solas con Macario.

Macario, necesito qué me ayudes con mi familia,

Dígame Señor ¿que quiere que haga?

Quiero que te lleves a mi familia a tu país a como de lugar, quiera mi esposa o no.

Pero ¿cómo me las llevo?

Acudo a tu inteligencia Macario, creo que lo mejor es que te las lleves en una barquilla y te voy a dar el dinero suficiente para que ellas puedan rehacer sus vidas en México, yo sé que tú me vas a ayudar, te voy a pagar muy bien porque lo hagas, ¿me juras que lo harás?

Se lo juro Señor y le prometo cuidar de ellas con mi vida, yo ya veré qué puedo hacer para llevármelas, pero tiene que decirle a su Señora que me obedezca en todo lo que le diga.

Así lo haré y por favor háblale.

Sí Señor ahorita le digo.

¿Qué pasa Vicente, te vas a recuperar verdad? No me vas a dejar sola por favor.

Mira le he pedido a Macario que si me muero él se haga cargo de ustedes, y tú le vas a obedecer en todo lo que te diga él.

Tú no me vas a dejar, no, no por favor.

Lo siento, me estoy muriendo no creo llegar a mañana necesito que le entregues todo el dinero a Macario, te amo demasiado y no quiero tu desgracia ni la de mis hijas que están muy pequeñas, piensa también en ellas, prométeme que vas hacer lo que te pido, déjame irme en paz que ya no soporto el dolor de las heridas, quiero saber que vas hacer lo que te pido.

Te dejo un poema para mi Patria.

España mía

España tierra mía,
que expones tu corazón en manos ciegas,
hoy me duele el alma porque veo que te destrozan,
tú que la tierra dominaste,
tú que la tierra llenaste de melodías,
tú que con tus manos creaste la arquitectura del mundo,
tú que formaste grandes hombres como Cervantes y Colón,
tú que con Colón descubriste a América,
tú que llenaste nuestras almas de esperanzas,
la esperanza por alcanzar la tierra del Señor,
¡Oh España! cómo te lloro porque por tus caminos ya no iré,
¡Oh España! cuánto dolor aqueja mi ser,
¿Cómo podré resignarme? si la vida sacrifiqué por tí ¡España mía!,
Tus verdes praderas, tus olivos, tus ríos, tus montañas,
Ya no son parte de mí vida,
¡Oh España mía! que en mi muerte vagaré,
Sí, pero por volver a tí.

Te lo juro que haré todo por nuestras hijas, pero yo en mis adentros solo viviré para tí.

Y abrazándolo y llamando a Margarita y a Marucha les pidió que le dieran un beso y un abrazo a su Padre, luego las sacó del cuarto de ellos llevándolas a sus camas y aunque ellas no entendían qué estaba pasando se quedaron llorando en sus camas.

Mientras, María regresó al lecho donde moría Vicente poco a poco, ya que solo horas duró su agonía, en la madrugada dió su ultimo suspiro.

María solo se resignó a seguir la última voluntad de Vicente, mientras, Macario preparaba su funeral para enterrarlo en el Cementerio donde habían enterrado a la Madre de María y así hacía lo necesario que tenía que hacer para sacar a la familia de Vicente de Cuba.

Mientras, en la región de Cienfuegos, el bloqueo que establecieron los Americanos que no dejaban que entraran alimentos, agua, medicinas, médicos y con la orden del General Wyler que hizo que ese bloqueo se volviese un calvario para la gente de Cienfuegos, ya que la basura se tiraba en la calle, las tuzas empezaron a abundar por las calles, las lluvias provocaban grandes lodazales y ante la hambruna, las epidemias de paludismo y otras, la gente empezó a morir y los empezaron a tirar a la calle lo que provocó que mientras Macario lograba hacer los arreglos necesarios para sacar a la familia de Vicente de Cienfuegos, María por presión de las circunstancias empezó a ayudar a las hermanas de la Caridad (como una anécdota la Madre Isabel Larrañaga R. muere en la Habana Cuba en 1899, lo que puede confirmar que María tuvo contacto con ella) a levantar enfermos y a los muertos llevarlos a las afueras del pueblo para ser enterrados en fosas comunes.

En uno de los días que no regresaba María a la casa, Macario fue a buscarla y la encontró en los escalones de la Iglesia, llora y llora exclamando, ¡Dios mío! esto no puede pasar entre tus siervos, una y otra vez, y cuando Macario la levantó de ahí, ella vomitó, y pidiendo perdón, dijo es la náusea que me da ver los cadáveres de la gente tirados en las calles y la suciedad que se ve por todos lados, sáqueme de aquí por favor, usted sabe que todo esto lo hago para que la gente vea que es mi manera de agradecerle la ayuda que recibimos de la gente de Cienfuegos durante los años que vivimos aquí y así para ayudarle Macario, para que no nos denunciaran ante los Españoles que nos estábamos preparando para huir de aquí.

Mientras Macario hizo que les sacaran actas de nacimiento falsas como si Margarita y Marucha fueran sus hijas y María su esposa, mientras los Españoles poco a poco iban siendo derrotados, por eso cuando todo estuvo completo Macario le pidió a uno de los empleados del Trapiche que los acompañara, para que así pudiese él regresar a China, como era su deseo, por lo que accedió de inmediato.

Y mientras todo se desarrollaba en Cuba en contra de los Españoles para derrotarlos, como fue el aniquilamiento de la flota Española en Santiago de Cuba, en que también fueron masacrados, ya que conforme iban saliendo de la Bahía de Santiago, los Americanos los fueron atacando con un poderío superior al de ellos y a pesar de su valentía, los Españoles no dejaron de presentar su lucha hasta el final, que como se atestiguó en la historia de Cienfuegos en que la sociedad podía contar que vivieron en su seno, a los Militares Españoles a quienes se les podía calificar con toda la extensión de la palabra sin reservas de hipocresía, con una alta calificación de Pundorosos, ya que con su labor exenta de crueldades, despotismo y arbitrariedades, ellos demostraron que podían cumplir con su deber militar Español, sin manchar sus nombres ni el de su Patria.

CAPÍTULO XIX

La huída de Cuba

Una noche en que Macario tenía ya todo listo para salir, llegó Virginia con su esposo para despedirse de su Madre y sus hermanas y le dijo que ya le haría llegar la dirección a donde les podían escribir en Mérida Yucatán a donde las llevaba.

Ellos de inmediato se regresaron a Cruses por la situación tan desastrosa por la que estaba pasando Cienfuegos y así María, Margarita y la pequeña María cambiándose las ropas por unas de campesinas se subieron a la carreta que Macario había rentado para que los llevara a donde los estaba esperando una barquilla que los llevaría a Progreso y luego a Mérida Yucatán en la Republica de México, en la que ya también iban otras familias Yucatecas que también querían regresarse a México.

En el viaje tanto María como Margarita se acomodaron a la orilla de la barquilla contemplando el mar y el horizonte por donde poco a poco se iba quedando atrás Cuba y en su tranquilidad veían como se mecía en las olas la barquilla.

María llorando sin que la vieran pensaba en Vicente y todo lo que ya había quedado atrás, sabía que nada iba a hacer igual, su mente entonces empezó a divagar cada vez más haciendo ver a la gente que ella ya no estaba bien mentalmente, se le veía con su mirada perdida y casi nunca contestaba bien a lo que le preguntaban.

En su mente nacía un pensamiento para Vicente que lo compuso así.

Nunca más podré vivir como viví,
nunca más volveré amar como te amé tí, lo sé hoy,
nunca más podré volver a vivir en tus ensueños,
los días de amor y alegrías pasaron ya,
¿Cómo podría regresarlos? Sí tú ya no estás,
El amor que me ofreciste fue siempre sin igual,
el amor fue siempre nuestra salvación,
el amor fue siempre el alimento de nuestras almas,
el amor nos dió siempre vida y esperanza,
el amor nos dio la oportunidad de un mundo pleno de satisfacciones,
difícil es hoy vivir sin tu presencia,
en un mundo lleno de luchas y tragedias,
un mundo en el que tú supiste disfrazar esas tragedias,
con tu amor, el mundo solo eras tú para mí,
quien puede ahora brillar sin amor,
quien puede caminar entre las espinas del dolor,
porque son las espinas las que llenan mi soledad,
en el cielo, las estrellas brillan más porque entre ellas estás tú,
ya no habrá el beso de amor que siempre encontré en tí.

Y así después de unas horas, el Capitán de la barquilla avistó tierra y era Progreso Yucatán.

Cuando llegaron, Macario llevaba en una caja todo el dinero para María que le había dado Vicente y muy celoso lo resguardaba pues era el futuro de la familia de Vicente.

Como a las dos de la mañana la barquilla llegó a Progreso Yucatán y gracias a que simulaban como que estaban pescando se fueron retirando de la costa hacia mar adentro sin que los detuviera nadie que fue la forma en que pudieron escapar de Cuba.

CAPÍTULO XX

México

Un nuevo País para María se le presentaba enfrente de ella y fue cuando empezó a recordar la suerte que aquella viejecita Húngara le había pronosticado, parecía que todo se le iba cumpliendo.

De esta forma llegaron en carretas a Mérida donde los recibió la familia de Macario a quien no veían desde hacía ya casi 10 años en que se había ido a Cuba, pues en Yucatán solo se cosechaba el henequén y se hacía en condiciones muy inhumanas, por eso cuando le propusieron irse a trabajar a Cuba, se fue casi sin pensarlo para hacer dinero y regresar para poner su negocio, cosa que pudo hacer con lo que le pagó Vicente, por eso antes de partir a Mérida en Progreso volteó y mirando hacia el mar gritó ¡Don Vicente su familia está a salvo!.

Comenzó así una nueva vida para la Marquesa María quien no se resignaba a su tragedia, actuando muy desconcertada en lo que hacía por lo que Macario se dió cuenta que casi se había trastornado, ya que no actuaba mentalmente como él la había conocido.

Lo primero que hizo fue hablar con un administrador para que pudiera aconsejarlos cómo manejar el dinero de María, pero a la vez amenazándolo que si se quería aprovechar de ellos se las vería con él y fue cuando José Meza llegó a la vida de María.

Margarita y Marucha ya en Mérida empezaron a educarse al asistir a las escuelas privadas en que continuaron sus estudios de primaria y secundaria, de esta manera estuvieron viviendo en esa Ciudad donde María era presa fácil de que la pudieran manipular para provecho de otros como lo hizo José Meza, pues a María dizque manejando su dinero llegó a convencerla de que las exportaciones de pulque los harían ganar mucho dinero y aunque algo lograron esto no fue del todo cierto.

Durante varios años se pasó María en ese lugar hasta que José le propuso a María que para que pudiese seguir manteniendo la vida que habían llevado ahí en Mérida, y que como él exportaba pulque le ofrecía comprar una hacienda en Urundaneo Michoacán para sembrar y cosechar los magueyes que daban el pulque y claro como María no coordinaba muy bien por su tragedia se dejó convencer y así fue que compraron la hacienda donde se cambiaron a ella, era entonces el año de 1908.

Por un lado tanto Margarita como Marucha estaban llegando a cumplir los 21 años Margarita y Marucha los 19, Margarita que a la vez ya había desarrollado sus aptitudes de pintura y música así como en poesía, y que como era entonces la época del Porfiriato, una época tranquila hasta cierto grado, ya que Don Porfirio llevaba muchos años gobernando el país y entonces las costumbres eran muy estrictas para la gente, había mucha miseria y los campesinos eran explotados por los terratenientes, todo eso hacía que la gente viviera también manifestándose en contra del Porfiriato, pero volvamos a María.

Cuando llegaron a Urundaneo a la Hacienda que habían comprado comenzaron la siembra y cosecha de magueyes para el pulque, ahí María empezó a masticar tabaco por invitación de José.

Pero como estalló la revolución en México, por el tiempo que llevaba gobernando Don Porfirio provocando cuando se volvió a reelegir que la gente se rebelara y como F. y Madero tenía a toda la gente a su favor Don Porfirio tuvo que abandonar el país refugiándose en Francia.

Los campesinos pedían tierras y así se formaron los agraristas que fueron los que les quitaron la hacienda a María y a José Meza provocándoles otra vez el terror y la angustia de la revolución y por eso se le formó otra gran tragedia a María, quien ahora se veía envuelta de nuevo en otra guerra, guerra que llegó a sus tierras.

En esa época a Margarita y a Marucha tenían que esconderlas hasta por debajo la tierra cuando llegaban los revolucionarios a la Hacienda, por eso es que cuando les quitaron los agraristas la hacienda, tuvieron que trasladarse a Morelia para refugiarse ahí, pero a María la revolución ahora en México le trajo mayores problemas sicológicos ya que su terror se había incrementado porque en su mal entender sabía que ya no estaba con ellas Vicente para protegerla.

Ya ahí en Morelia cuando todo se tranquilizó para María, la situación tanto Margarita como Marucha continuaron sus estudios en el convento de las Teresianas pero como les habían quitado la hacienda, José que no se quedó conforme buscó la manera de recuperar la hacienda y ya que mientras tuvieron que vivir en una casa que rentaron, ahí fue donde conocerían al Lic. Manuel Hurtado Juárez (mi abuelo) a quien José Meza lo contrató para tratar de recuperar su hacienda, en esa casa fue donde se conocieron después Margarita y el Lic. Hurtado pero tuvieron que buscar otra casa que estaba por la plaza de Morelia.

Fue en esta casa donde el Lic. Hurtado cuando llegaba a hablar con María y Don José, y que Margarita se ponía a cepillarse su larga cabellera rubia sentada en el barandal que daba a la calle para así también secarse el pelo fue lo que le llamó la atención al Lic. Hurtado ya que lo hacía todos los días.

El Lic. la saludaba cada vez que pasaba o iba a ver a José y a María, de esa manera él la empezó a frecuentar hasta que comenzaron a salir juntos y fue al paso de los meses que mantuvieron su relación de novios.

Figura:

Los meses pasaron y Margarita y el Lic. Hurtado se enamoraron casándose en 1913

Aunque ya se había recuperado el casco de la hacienda, pero
no todas las tierras María y José se iban a la hacienda a embarcar
el pulque que producían y una vez estando sentados platicando,
abajo de donde almacenaban las pencas de maguey, una de ellas
se resbaló, cayéndole en la cabeza a José Meza quedando muerto
instantáneamente y golpeándole la cabeza a María, quien de esta
forma acabó trastornándose más, por eso Margarita se llevó a María
y a su hermana a vivir en la casa donde ella vivía con su esposo el
Lic. Manuel Hurtado J.

Casa donde Margarita tuvo sus seis hijos, Manuel, Genaro,
Margarita, Armando, Graciela y Teresa,

Pero a la vez cuidando a su Madre quien con su estirpe de Marquesa no dejaba de actuar en la calle como tal, poniéndose algunas veces a recitar sus poemas y a bailar la J. Aragonesa en los Portales de la plaza de Morelia y todo lo hacía porque no le gustaba pedir dinero a nadie para sus compras a pesar de que aun le quedaba algo de dinero que Margarita le administraba.

Poco a poco, sumida en aquella tristeza María no pudo regresar a España porque no sabía cómo, porque todos sus papeles se habían perdido e inclusive no sabía nada de Virginia ni de Isidro, así se pasaron varios años en los que a Margarita su esposo le puso Maestros de pintura, música y poesía para que se perfeccionara, aptitudes que logró con grandes halagos ya que ella pintó la Imagen de la Virgen de Guadalupe que estuvo en el atrio de la Iglesia de nuestra Señora de la Virgen de Guadalupe en Morelia Michoacán, pero no sólo en eso se destacó, sino también en la música, ya que tocaba con gran maestría el piano, el arpa, el salterio, el violín, la mandolina y hasta la flauta y también escribía poemas de los cuales se imprimió un libro de poemas en 1959 por la Impresos Aguilar.

Regresando a María, fue traída a vivir bajo la tutela de su hija Margarita, quien ella en su trastorno mental seguía en su mente componiendo sus versos, adivinar en quién pensaba no podía ser más que en una sola persona, ¡Vicente! que de seguro vivió en su mente todo el resto de sus días.

Claro que podríamos decir que a Isidro si lo pudo volver a ver ya que el Esposo de Margarita el Lic. Hurtado lo pudo contactar por conducto de la embajada Francesa, llevándolo a la casa para reunirse con sus hermanas y su Madre en 1938, pero que desde esa visita después de despedirse nunca más se volvió a saber de él, ni de nadie más, aun después de la II guerra mundial.

Toda una historia muy triste, cuando se vive en sus personajes una vida producto de la maldad humana, que solo con guerras infames y crueles puede saciar sus ambiciones de poder y de riquezas, como de territorios, para el dizque provecho de sus ciudadanos, a quienes llevan a esas guerras donde son masacrados, tanto soldados como familias.

Quizás por eso, el Licenciado Hurtado Juárez no le cumplió a su adorada Margarita la gran ilusión que tenía por regresar a su CUBA ADORADA que podría llevarla a revivir las tragedias que vivió su Madre en su tierra tan adorada CIENFUEGOS así como a su Madre María quien por su estado mental murió trágicamente al caer de las escaleras que aparentemente, por su estado mental no se fijó y que fue por el año de 1939.

Hoy a 33 años de su muerte los nietos de Margarita nos hemos puesto de alguna manera a honrar la memoria de ella y llevar un poco de las cenizas de uno de sus hijos a Cuba y que fueron esparcidas por su nieto Armando ya que eran las cenizas de su Padre que de alguna forma representaría a Margarita regresando a Cuba.

MARGARITA Y SU CUBA ADORADA 04-25-14

Las mañanas se alegraban con los cantos de tu madre,
las tierras Cubanas adornaban tus vidas,
vidas llenas de enseñanzas de música y pintura,
tus Padres de las casas de España servían a su patria con honor,
pero la desgracia cayó en ustedes,
y el dolor de muerte se apoderó de sus vidas,
esas vidas alegres se tornaron en angustia, terror y dolor,
escapar de su hogar hermoso y de su adorable Cuba era la única
salvación,
el terror de ver a su Padre agonizar marcó sus vidas,
a su madre la pérdida de la cordura y la alegría, se apoderó de ella,
correr entre la oscuridad y la falsa identidad fueron la llave del huir,
huir de una posible gran tragedia,
sí, ante el odio de un pueblo sojuzgado que buscaba libertad y
venganza,
y que se cernía sobre las cabezas de tan pequeñas inocentes almas,
solo la huída a un país extraño fue la única solución,
México las recibió y las acabó de formar como las grandes mujeres
que fueron,
el tiempo y nuevas tragedias volvieron a sus vidas al formar sus
familias,
Margarita la gran artista, poetisa, pintora y que tocaba instrumentos
musicales, como el piano, el violín, el salterio, la mandolina, el arpa,

fue la que más anhelaba regresar a Cuba, su adorada Cuba como ella le llamaba.

Pero la muerte llegó a ella y nunca pudo regresar al gran hogar paterno,

aquel donde sus padres las adoraban y las llenaron de amor así como de felicidad,

hoy a más de casi 116 años de su huída,

hoy con gran amor uno de sus descendientes de Margarita ha realizado parte de su sueño,

a las puertas de la Catedral de la Habana ha dejado parte de las cenizas de uno de sus hijos,

sí, ha retornado,

sí, a la Patria tan anhelada de nuestra adorada Abuelita Margarita,

Dios te tenga a su lado junto con todos los que te formaron y los que tú formaste,

Que el amor interrumpido de tus Padres lo estés gozando al lado de Dios.

F i n